東野圭吾 作品集 18

分身

東野圭吾

李彥樺 譯

分身

Contents

總導讀　林依俐

由不屈的堅持所淬煉出的奇蹟

如果你問我，東野圭吾是位什麼樣的作家？

我會回答你，他是位不幸的作家。

你一定會覺得奇怪，光是以《嫌疑犯X的獻身》（二〇〇五）一書，便幾乎囊括了二〇〇六年日本推理文學相關獎項，同書在日本的銷售量更是打破五十萬大關的「暢銷作家」東野圭吾，怎會有什麼不幸可言？

在說明之前，請讓我先簡單介紹一下東野圭吾這位作家。

東野圭吾一九五八年生於大阪，大學畢業後進入汽車零件製作公司擔任工程師。由於希望能在工作以外，也能在私生活之中有個較爲不同的目標，所以開始著手撰寫推理小說，投稿日本推理文學代表性的公開徵選長篇小說獎「江戶川亂步獎」。

這並不是東野第一次寫推理小說。早在他十六歲的時候，由於看了小峰元的作品《阿基米德借刀殺人》（一九七三，第十九屆江戶川亂步獎作品）大受感動，之後又讀了松本清張的《點與線》（一九五八）、《零的焦點》（一九五九）等作品。一頭推理熱的他便曾試著撰寫長篇推理小說，而且第一作還是以重大社會問題爲主題。然而由於完成於大學時期的第二作被周遭朋友嫌棄，「寫小說」這件事便從他的生活之中消失了好一陣子。

而獲得亂步獎的夢想讓東野重拾筆桿。在歷經兩次落選後，他的第三次挑戰——以發生在女子高中校園裡的連續殺人事件爲主軸展開的青春推理《放學後》（一九八五）——成功奪下了第三十一屆江戶川亂步獎。之後他很快地辭了工作，前往東京致力於寫作。自從一九八五年《放學後》出版以後，東野圭吾幾乎是每年都會有一到三部甚至更多的新作問世。他不但是個著作等身的多產作家，其筆下的內容也橫跨了推理、幽默、科幻、歷史、社會諷刺等，文字表現平實，但手法卻絲毫不拘泥於形式，多變多樣。

看到這裡，如果你對於近年的日本推理有一定程度的了解，或許你會聯想到宮部美幸——多彩的文風、平實的敘述、充滿令人訝異的意外性；但是在兩者之間卻又有著決定性的不同。

那就是——相對於宮部美幸出道約二十年來，陸續囊括高達十項的日本各式文學獎，筆下著作本本暢銷；東野圭吾卻是一直與日本的各式文學獎項擦肩而過，且眞正開始被稱爲「暢銷作家」，也是出道後過了十多年的事。

實際上在《嫌疑犯X的獻身》同時獲得直木獎與本格推理大獎，並且達成日本推理小說三大排行榜——「這本推理小說了不起！」、「本格推理小說BEST10」、「週刊文春推理小說BEST10」——前所未有的三冠王之前，東野出道二十年來所寫下的六十本小說（包含短篇集）裡，除了在一九九九年以《祕密》（一九九八）一書獲得第五十二屆日本推理作家協會獎之外，其他作品雖然一再入圍直木獎、吉川英治文學新人獎等獎項，卻總是鎩羽而歸。

在銷售方面，他也不是那種只要出書就大賣的暢銷作家。在打著「江戶川亂步獎」招牌的出道作《放學後》創下十萬冊的銷售紀錄之後（江戶川亂步獎作品通常都能賣到十萬冊），整整歷經了十年，東野才終於以《名偵探的守則》（一九九六）打破這個紀錄，而眞正能跟「暢銷」兩字確實結緣，則是在《祕密》之後的事了。

或許是出道作《放學後》帶給文壇「青春校園推理能手」的印象過於深刻，東野圭吾本人雖然一直想剝下這個標籤，過程卻不太順利。書評家們往往不是很關心他在寫作上的新挑戰。這也難怪，在東野出道後兩年，也就是一九八七年，以綾辻行人等年輕作家爲首，提倡復古新說推理小說的「新本格派」盛大興起。從文風與題材選擇看來，東野圭吾作品用字簡單，謎題不求華麗炫目，內容既不夠社會派又不像新本格，自然不會是書評家們熱心關注的對象。

就這樣出道十餘年，雖然作品一再入圍文學獎項，卻總是未能拿到大獎；多少有機會再版，卻總是無法銷售長紅；傾注全力的自信之作，卻連在雜誌的書評欄都占不到個像樣的位置。所以我才會說，東野圭吾是個不幸的作家。說眞話這何止是不幸，實在是坎坷，簡直像是不當的拷問。

在獲得江戶川亂步獎後，抱著成爲「靠寫作吃飯」之職業作家的決心，東野圭吾辭去了在大阪的穩定工作來到了東京。這個決定使得他沒有退路，不管遭遇什麼樣的挫折，都只能選擇前進。於是只要有機會寫，東野圭吾幾乎什麼都寫。

二〇〇五年初，個人有幸得以見到東野圭吾本人並進行訪談時，曾經談到關於他剛出道不久時，在推理小說的範疇內不斷挑戰各式題材時期之心境。他是這麼回答的：

「那時的我只是非常單純地覺得自己必須持續寫下去，必須持續地出書而已。只要能夠持續出書，就算作品乏人問津，至少還有些版稅收入可以過活；只要能夠持續地發表作品，至少就不會被出版界忘記。出道後的三、五年裡，我幾乎都是以這種態度在撰寫作品。」

不過畢竟是背負著亂步獎的招牌出道，畢竟是身處日本泡沫經濟蓬勃、推理小說新風潮再起的八〇年代後半至九〇年代，向其邀稿的出版社當然也都希望東野圭吾能夠以「推理」爲主題書寫。配合這樣的要求，以及企圖擺脫貼在自己身上那「青春校園推理」標籤的渴望，東野嘗試了許多新的切入點，使出渾身解數試著吸引讀者與文壇的注意。於是古典、趣味、科學、日常、幻想，在他筆下似乎沒有什麼題材不能入推理，似乎沒有題材不能成爲故事的要素。或許一開始只是爲了貫徹作家生活而進行的掙扎，但隨著作品數量日漸累積，曾幾何時也讓東野圭吾在日本文壇之中，確實具備了「作風多變多樣」這難以被輕易取代的獨特性。

是的，東野圭吾是位不幸的作家。但也因此我們才得以見到，那些誕生於他坎坷的作家路上，由歷經幾多挫折仍不屈的堅持所淬煉而成，在簡素之中卻有著數不清面貌的故事。以讀者的角度而言，能與這樣的作家共處同一個時代，還眞是宛如奇蹟一般的幸運。

在推理的範疇裡，東野圭吾從不吝惜挑戰現狀。從初期以詭計爲中心的作品，漸漸發展出許多具有獨創性，甚至是實驗性的方向。其中又以貫徹「解明動機」要素（WHYDUNIT）的《惡意》（一九九六）、貫徹「找尋兇手」要素（WHODUNIT）的《其中一個殺了她》（一九九六）、貫徹「分析手法」要素（HOWDUNIT）的《偵探伽利略》（一九九八）三作，可說是東野在踏襲傳統推理小說元素之下，卻又充分呈現了屬於現代風貌的鮮麗代表作。

而出身於理工科系的背景，也讓東野在相較之下，比其他作家更擅長消化並駕馭以科技爲主軸的題材。像是利用運動科學的《鳥人計畫》（一九八九）、涉及腦科學的《宿命》（一九九〇）和《變身》（一九九一）、虛擬實境的《平行世界戀愛故事》（一九九五），還有之後以湯川學爲主角展開的「伽利略系列」裡，東野都確實地將自己熟悉的理工題材，在分解組合後以最簡明的方式呈現在讀者眼前。

另一方面，如同「處女作是作家的一切」這句俗語所述，高中第一次寫推理小說便企圖切入當時社會問題的東野圭吾，由《以前我死去的家》（一九九四）中牽涉兒童虐待的副主題爲開端，對於社會人心的描寫，似乎也成了他作家生涯的重要課題。例如以核能發電廠爲舞臺的《天空之蜂》（一九九五）、試探日本升學教育問題的《湖邊凶殺案》（二〇〇二）、直指犯罪被害人及加害人家族問題的《信》（二〇〇三）和《徬徨之刃》（二〇〇四），都在在顯露出東野對於刻畫社會問題與人性的執著。

東野圭吾這種立足於推理，進而衍生至科技與人性主題上的寫作傾向，在發表於二〇〇五年的《嫌疑犯X的獻身》中，可說是達到了奇蹟似的調和，也因爲這部作品，在二〇〇六年贏得各種獎項，讓東野圭吾正式名列「家喻戶曉的暢銷作家」之列。加上這幾年來，東野作品的紛紛電視電影化，他的不幸時代成爲過去，並站上前人未達之高峰。二十年來的作家生涯開花結果，創造了日本推理文壇近年來難得一見的奇蹟。

好了，別再看導讀了。快點翻開書頁，用你自己的眼睛與頭腦，去感受確認東野作品中理性與感性並存，而又如此引人入勝的獨特魅力吧！那將會勝於我在這裡所寫的千言萬語。

本文作者介紹

林依俐，漫畫、文學愛好者，曾前往日本學習動畫製作。目前爲《挑戰者》月刊總編輯。

鞠子之章 一

我的母親可能討厭我。

升上小學高年級後我開始有這樣的想法。

不過我的母親不會像灰姑娘的後母一樣對我大施虐待，也不曾對我冷言冷語，事實上在我的回憶裡，多數是受到母親關愛的點點滴滴。

我家裡有三本相簿，裡頭幾乎全是我的照片，近九成是父母幫我照的，只有少數出自同學或朋友之手。

第二本相簿前面數來第三頁，有一張照片是全家三人到函館山旅遊時拍的，上頭只有母親和我，可見按下快門的是父親。拍攝地點在一處類似展望臺的地方，背景有美麗的楓紅，時期應該是十月中旬。

照片中的我大約四、五歲，穿著連帽外套，從神情看，當時我似乎有點覺得冷，母親則微蹲著環抱住我，奇妙的是，母親的視線並未看向鏡頭而是微微望向右側，我曾問母親那時她在看什麼，她有些不好意思地說：

「那時候啊，我看見遠處有一隻蜜蜂飛來飛去，很怕牠飛過來，根本沒心情拍照呢。」

父親說他不記得有什麼蜜蜂，母親卻堅持有，雖然我完全不記得當時的事，但我相信應該眞的有蜜蜂，照片中的母親試著保護我就是最好的證明，從她不安的表情看得出她擔心的不是自己而是年幼的女兒。正因爲有這麼一段插曲，所有照片中我最喜歡的就是這一張，可惜這本相簿已經不在了。

母親對我的愛細膩、自然且恰到好處，待在她身邊我能完全放心，我一直以爲這樣的生活會直到永遠。

這原本應該永無止境的愛究竟何時蒙上了陰影，我也說不上來，因爲我們的日常生活其實不曾發生什麼明顯的變化。

然而我試著回想，記得年幼的我也曾數度察覺母親的異狀，例如用餐時偶然抬起頭卻發現母親正神情凝重地看著我，也曾看見母親動也不動地坐在梳妝檯前發呆良久，但這些時候，母親只要一發現我在看她，都會和平常一樣溫柔地對我微笑。

這都不是什麼大事，但憑著小孩子的直覺，我漸漸發覺母親的態度很不對勁，而且隨著我的成長，母親的狀況愈來愈嚴重。

我父親是大學教授，熱中研究，即使在家裡也常窩在書房工作，因此我和他多少有隔閡，他在我心中的形象與其說是父親更像是總管，雖然我感覺得出他相當溺愛我，母親的態度帶給我的不安卻依然無法釋懷。

五年級時我有了更深切的感受——母親似乎在躲著我。以往我常待在廚房一邊看母親做菜一邊說些學校發生的事，但曾幾何時，母親聽我說話的表情不再像從前那麼開心，有時甚至會叫我離開不要打擾她做菜；星期天母親上街買東西的時候，如果我說想跟去，她會說「今天買的都是爸爸用的東西，妳跟來會覺得無聊」之類的話讓我打消念頭，這也是前所未有的狀況。

然而最令我在意的是，母親對我說話時不再看著我了。就算面朝我，視線也是看向我以外的其他地方。

我不明白爲什麼原本那麼溫柔的母親突然變得好疏遠，我完全想不出原因。

五年級快結束的時候我知道了答案。我就讀的小學每學期期末都會舉辦親子座談，五年級的座談結束後，我們母女和同學小南及他的母親四人走進咖啡店，兩個母親天南地北閒聊了一會兒，不知爲什麼小南的母親突然說：

「鞠子是像爸爸還是像媽媽？比較像爸爸吧？」

「鞠子和伯母一點都不像呢。」小南也一邊打量著我和母親的臉說：「眼睛完全不像，鼻子也差很多。」

「是嗎？」我說。

「幸好和我不像，不然就太可憐了。」母親笑著回話，接著她凝視著我，有些黯然地喃喃說道：「眞的完全不像呢……」

這一刻我明白了母親內心的想法，她的眼眸深處不見一絲笑意，看著我的眼神彷彿看著某種可怕的生物。

我得出了答案，媽媽對我不再溫柔是因爲我和她長得不像，至於爲什麼母女非長得像不可，我並沒多想，或許當時的我已隱約察覺父母都會比較疼愛和自己長得像的子女。

的確，從沒人說我們母女長得像，但我不曾認眞思考這個問題。每次回外婆家玩，外婆總是看著我說：

「這孩子眞是愈來愈漂亮了，到底是像誰呢？靜惠竟能生出這麼漂亮的孩子，眞是歹竹出好筍啊。」

聽外婆這麼說，母親也笑得很開心。沒錯，那是在我還小的時候。

那天起，我便常常躲在房間裡對鏡子自照，我想找出與母親的共同點，卻愈看愈覺得自己和母親眞的完全不像，而且隨著年齡增長差距愈來愈大；接著我又察覺一件事——我和父親也完全不像。

一個可怕的念頭逐漸占據內心，我開始懷疑我不是他們親生的。身爲長女，他們算是很高齡的父母，換句話說，他們很可能是無法生育而收養了我。

我暗自煩惱，又無法找人商量，只能躲進自己的世界自怨自艾。

就在那時學校教到關於戶籍的知識，當時的導師是位年輕的男老師，他很肯定地回答我：

「戶籍謄本的資料絕對正確，如果是領養的，上面就會記載是養女。」

兩天後我下定決心前往市公所，經辦小姐有些詫異我一個小學生獨自前來申請戶籍謄本，我原本打算要是被問到理由就說是報考中學用的。

數分鐘後我拿到了戶籍謄本影本，本來想先回家再說，還是按捺不住當場看了起來。

父母欄上印著「氏家清」及「靜惠」，下方印著說服力十足的兩個字：「長女」。

一看見這兩個字，我胸口的積鬱驟然散去，我從不知道長女這兩個字能夠如此溫暖。我放下了心中的大石，把戶籍謄本看了一次又一次，原來事情這麼單純，原來查明眞相這麼簡單。

外婆曾對我說：

「妳出生的時候妳媽媽難產，大家都很擔心呢，親戚們聚在醫院裡等了將近八小時，到了半夜一點，外頭雪愈下愈大，大家正在討論明天恐怕得上屋頂鏟雪的時候便聽到妳呱呱墜地了。」

看到戶籍謄本讓我想起這番話，原來外婆說的是眞的，不是爲了騙我而編出來的故事。

但這麼一來，我的疑惑又回到了原點，爲什麼我的長相和父母差這麼多呢？每次照鏡子我都不禁納悶。

升上六年級，母親對我更見外了，終於在那年冬天，我確定了這一切不是我的錯覺，爸媽說想讓我念私立中學，那是一所天主教大學的附設初中部，所有學生都必須住校。

「這附近沒什麼好中學，爸媽雖然捨不得妳離家，不過妳假日也會回來嘛，而且這麼做對妳將來比較好。」

父親很明顯是在找藉口，母親則一直待在廚房洗碗，我想像得到他們倆一定有過這樣的討論：看著那孩子實在很難受，不如把她送去遠方吧……

父親見我沉默不語趕緊改口：「當然啦，如果鞠子妳不願意，爸媽也不勉強妳，和現在的朋友分開一定很痛苦，爸爸只是讓妳知道還有更多的選擇，如果妳想上這邊的中學，老實說沒關係。」

我想了一會兒，望著母親的背影問：「媽媽覺得呢？」

「嗯……」母親沒回頭，繼續洗著碗盤說：「上這邊的中學也不錯，不過一邊過團體生活一邊念書也很棒喲，應該會遇到很多新鮮事吧。」

我確定母親是贊成我離家的，便當場決定了。

「好，我要念那所中學，和一群人一起生活應該很快樂。」我對父親說。

「是嗎？嗯，那就這麼決定吧。」父親頻頻點頭，將學校的介紹手冊收了起來，「接下來的日子就寂寞了啊。」他眞誠的語氣是發自內心的。

我轉頭望向母親，但她一句話也沒說。

入學前那段時間我和母親經常出去購物，我們買了替換衣物、隨身用品及簡單的家具，母親非常溫柔且貼心地爲我挑選每一樣東西，而且她會對我微笑，看著這樣的母親，我忽然覺得兩人之間的疏離只是我多心，但我心中同時存在這個想法——她只是心情好而已，因爲我要離開了，再也見不到面了。

「媽媽，我去住校妳會不會寂寞？」買完東西之後我們在果汁店喝果汁，雖然我裝作若無其事地問，其實內心猶豫了許久。

「當然會寂寞呀。」母親旋即答道，但我在她眼神深處看見一絲遲疑。

三月我從小學畢業，二十九日我便帶著一個小包包與母親一起步出家門，大件行李都事先寄去學校了。

我們走到附近車站，巴士已經來了，我上了車，母親則繞到車窗邊。

「要注意身體喲，有什麼事就打電話回家。」

「嗯。」我點頭。

巴士發動後，好長一段時間母親一直留在原地目送我。有那麼一瞬間，我看見她原本朝我揮舞的手伸向了眼角，我猜她可能哭了，但那時候她的身影已經小到我無法確認這件事。

學校位於一座平緩的丘陵上，校內有牧場、教堂，還有學生宿舍。宿舍是木造建築，內部卻沒有想像的陳舊，空調設備也很完善。初中部學生住的是四人房，房內設有拉簾，多少保住了一點個人隱私。我們那間只住了三個人，除了我還有一位名叫春子的三年級學姊及一位名叫鈴江的二年級學姊，兩位學姊都對我很好，讓我安心不少。

就這樣，我開始過著每天六點起床、六點半做體操、七點禱告後吃早餐、八點到校的生活，同學有幾人得了思鄉病，我倒是沒事。同寢室的學姊都很有趣，我每天就像參加課外活動一樣快樂，牧場工作及聖歌練習也是課業的一環，所有課程都令我著迷不已。新生都會領到一本學生日誌，每天就寢前必須把當天經歷的事寫下來，隔天交給舍監細野修女審閱，但我常常白天玩得太累，晚上寫到一半便睡著了，這時身材一點也稱不上纖細的細野修女就會扠腰低頭瞪著我，以極爲嚴厲的聲音簡短地說：「以後多注意點。」細野修女的嚴格在學生之間幾乎成了一則傳說，但我周圍並沒有人見過她眞正動怒。

習慣宿舍生活之後，春子學姊和鈴江學姊偶爾會問起我家裡的事，例如我父親從事什麼工作，或是我家房子的樣貌等等，她們一聽說我父親是大學教授，鈴江學姊便如祈禱般雙手交握說：

「好了不起呢，令尊一定很聰明。大學老師耶，啊啊，好令人憧憬！」

「令尊教授哪一方面的課程呢？」春子學姊問。

「我也不大清楚，好像和生物、醫學方面有關。」我自己也不是很確定。

即使我的回答曖昧不清，鈴江學姊還是連呼「好了不起」。

接下來話題移到母親身上。一開始學姊的提問都很普通，好比她是什麼樣的女性、擅長做什麼料理，後來鈴江學姊不經意問道：

「令堂應該和妳長得很像吧？」

沒想到我卻被這無心的問題刺傷了，連我自己都很意外。我當場大哭起來，鈴江學姊嚇得手足無措，春子學姊則讓我回床上休息，她們好像以為我是因為想家而落淚。

隔天晚上，我決定把心事告訴兩位學姊，因爲我不想讓她們覺得我是個需要照料的麻煩學妹，她們兩人認眞地聽完後異口同聲地說怎麼可能。

「她是妳的親生母親呀，天底下沒有討厭女兒的母親的。」鈴江學姊堅定地說。

「我也希望如此，但是……」我說著低下了頭。

「鞠子，世界上長得不像的親子多得是喲。」春子學姊不愧是三年級生，一派冷靜地說：「這麼點小事就讓令堂避著妳實在不合理，如果令堂的態度眞的不對勁，一定是別的原因，而且我認爲那個原因絕對、絕對和鞠子妳沒有關係。」

「沒錯，我也這麼覺得。」鈴江學姊也重重地點頭。

「暑假妳應該會回家吧？」春子學姊微笑說道：「妳回家之後，她一定會溫柔接納妳的，我向妳保證。」

我輕輕答了聲「嗯」。

後來一如春子學姊所說，暑假我回到家，父母都顯得非常開心，剛到家的那天父親還一直待在客廳和我閒聊，而且我回家那段期間父親都不曾帶工作回家。

母親則是每天帶我上街買衣服或是一些小飾品，晚餐都煮我愛吃的菜，整個暑假她都對我非常溫柔。

但即使如此，我仍無法釋懷，母親的態度讓我覺得她有些勉強自己，甚至覺得她像是代為照顧別人家的孩子。

暑假結束，我回到宿舍，春子學姊一看見我劈頭便問：

「令尊和令堂對妳很溫柔吧？」

我只能回答「是」。

往返於教室與宿舍的日子再度展開，我很喜歡這樣的生活，這個季節有體育祭、文化祭等各項慣例活動，每天都有新發現，時間就在喜怒哀樂之間流逝，母親的事雖然讓我耿耿於懷，多虧了充實的生活讓我沒時間去胡思亂想。

光陰飛逝，冬天很快就到了，這裡的季節夏短冬長，從年尾到一月底都是寒假。寒假一結束，三年級生就要畢業了(*1)，因此對於我們這些即將在年底返家的一、二年級生來說，最大的課題就是該在什麼時候以什麼樣的形式為學姊辦送別會。

「不用特地辦什麼送別會啦。」春子學姊笑著說：「反正妳們也會升到高中部來，以後還有很多機會見面的。」

「該辦的還是要辦哪。」鈴江學姊一邊打點返家的行李一邊說：「不過這些事等二月回來再討論也不遲，先預祝二位寒假一切平安。」她說著鞠了個躬。

「二月回來的時候一定要開開心心的喔。」春子學姊對我說。

「好的，我一定會笑著回來報到的。」我也用力點了頭。

但是，我失約了，因為這個冬天，我家發生了噩夢般的慘事。

那一天是十二月二十九日，我想我一輩子都不會忘記這個日期，快樂的團圓光景在一夕之間完全走樣。

看見許久沒回家的我，爸媽顯得很興奮。父親照例搬出一大堆問題，學校課業如何、宿舍生活如何、朋友如何、老師如何……諸如此類。

「還不錯啦。」

我的回答卻只有這麼短短一句，其實有些過意不去，但父親還是瞇起眼連連點頭，直說「那就好、那就好」。

母親一點也沒變，話並不多，但對我細心呵護，我無從判斷這是出於她對女兒眞摯的愛，還是她心中有個完美母親的藍本，她只是照著藍本行事。不過，當時曾發生一件讓我印象深刻的事，那天我想去廚房幫忙母親做菜，只見母親在流理臺前愣愣地站著，正想開口的我又將話吞了回去，因爲我發現她腳邊的地板上不大尋常。

水滴一滴滴落在木頭地板，而水正是從她下巴淌下來的，這時我才發現她在哭。這是我第一次看見大人哭成這樣，而且最重要的是，她的背影散發出讓人難以接近的氣息，我連「媽媽妳怎麼了？」都不敢問便躡手躡腳地離開了廚房。

晚餐的餐桌上母親又恢復了往常的完美笑容，將親手做的菜一盤盤端上桌，那天吃的是附近

*1　日本傳統學制中每年畢業及入學的季節爲四月。

港口海鮮的日本料理。

飯後母親端出了蘋果茶，我一邊喝著茶一邊大談明年的目標與將來的抱負，父親和母親都露出滿足的笑容。至少在我看來是如此。

沒多久，強烈的睡意襲來。

當時我正在客廳沙發上看電視，沒看見父親，或許是在書房吧，父親剛剛好像也說有點想睡覺。

母親在廚房收拾碗盤，我想幫忙，她卻叫我坐著休息就好。

電視正在播兩小時的連續劇，劇中有我喜歡的演員，我很想看到最後，意識卻愈來愈模糊。一看時鐘才晚上九點半，雖然習慣了宿舍的作息，這個時間有睡意並不奇怪，但我總覺得不大對勁，那種睏好像整個人會被吸走似的。

我想站起來倒杯水喝，發現身體已經動彈不得了，腦袋裡似乎有什麼東西轉了一圈，接著我便失去了意識。

我感覺全身輕飄飄地浮在空中，我想我應該是被某個人抱在懷裡，但我神智很恍惚，無法判斷這是眞實發生的還是在做夢。

臉頰傳來一陣冰涼的觸感，我醒了過來，接著強烈的冰冷轉爲痛覺，我想翻個身，卻發現不只臉頰，全身都冷了起來，於是我張開眼。

首先映入眼簾的是夜晚的天空，無數星光散布在黑暗的天幕，周圍的景物慢慢進入視野，我發現自己正躺在我家庭院的積雪上。

我不明白自己爲什麼會在這裡，我冷得直發抖，身上只穿著毛衣和牛仔褲，連鞋都沒穿。

下一瞬間，身旁傳來轟然巨響。

不，單純的巨響已不足形容那爆炸聲，隨著大地的震動，我的身子也爲之搖晃。

一團火球從我頭頂落下，我當場抱住頭蜷起身子，一股熱風從我背上掠過。

我戰戰兢兢抬起臉，眼前是一幅難以置信的景象。

我的家在燃燒。剛剛還籠罩著團圓氣氛的家，如今卻被火舌吞噬。

我逃到庭園大門邊又回頭看了一眼，刺眼的巨大火焰讓我幾乎睜不開眼，但火光中搖曳著的影子確實是我家的屋子。

有人高喊著「危險！」跑了過來，一把抓住我的手臂拖著我離開院子，後來才聽說他是住附近的老伯。當時身旁有一大群人趕來幫忙，我的眼裡卻一個也看不見。

我無法理解發生了什麼事，一逕愣愣地看著從小到大居住的屋子不停地燃燒，火焰以超乎想像的速度吞沒了整個家，我最喜歡的陽臺垮了，米黃色的牆壁眼看變得焦黑，我房間的窗戶正不斷噴出火焰。

直到聽見消防車的鳴笛我才回過神來，不知爲什麼，我甚至沒意識到這就是火災。

我一邊哭一邊喊著爸爸媽媽，身旁似乎有人不停地對我說「別擔心、別擔心」，但我只是一直哭，喊到嗓子都啞了。

消防隊員迅速灌救，沒多久便把父親抬了出來。父親躺在擔架上，頭髮和衣服都燒焦了，臉上還有擦傷，我跑去父親身邊，還顧不及他身上的傷勢便先問：「媽媽呢？」

擔架上的父親望著我，他的意識很清楚，傷勢似乎沒有看上去那麼嚴重。

「鞠子嗎？」父親呻吟著說：「妳媽媽她……」他只說了這幾個字，後來直到被抬入救護車裡，父親什麼也沒說，只是哀傷地凝視著我。

大火彷彿嘲笑著人類的無能爲力，持續地猛烈燃燒，隨後趕來的警察把我帶上了警車，我在車內看著消防隊員滅火，逐漸理解一件事，此時的滅火作業並不是爲了拯救我家，而是爲了防止火勢延燒到其他房子。

大概是警方的安排，這一晚我住在鄰居家，但我一心只想知道母親是否平安，鄰居伯母一直和我說沒事的、不用擔心，但我很清楚那只是口頭的安慰。就這樣，我度過了一個輾轉難眠的夜晚。

隔天早上舅舅開車來接我。

「我們要去哪裡？」我望著駕駛座上的舅舅問道。舅舅喜歡滑雪，平常看上去總是年輕有活力，這天卻是一臉失魂落魄，彷彿老了十歲。

「去醫院看爸爸。」

「媽媽呢？」

舅舅仍直視著前方，沉默了片刻之後說：「媽媽的事等到了醫院再和妳說。」

一句「媽媽是不是死了？」只差沒脫口而出，昨天我整晚沒闔眼，滿腦子想著這件事，雖然已有了心理準備，終究還是問不出口。

途中我們經過我那遭受大火洗禮的家門前，舅舅應該是心思不在開車才會開進這條路。我仔細望著我家的殘骸，其實已經不能算是殘骸了，因爲那裡什麼都沒有，只有一些黑色的塊狀物，滅火時灑上的水隔了一夜結成冰，如今正在晨光中閃閃發亮。

父親的頭、左臂及左腳都包著繃帶，精神還不錯，也能正常說話，他說他只受到輕微燙傷。過一會兒舅舅離開了病房，不知是主動離開還是父親事先和他說好的，病房裡只剩我和父親，父親凝視著我開口了：

「妳媽媽來不及逃出來，她死了。」或許是害怕一旦停頓便再也說不出口，父親話說得很急，接著他彷彿放下心中一塊大石，輕輕吁了口氣。

我默然不語只是點了點頭，我早有心理準備了，昨晚我已經把該哭的份都哭完了。

然而我還是無法壓抑不斷湧上的情緒，一滴眼淚從眼角溢出順著臉頰滑下，我開始放聲大哭。

後來很快地，警察和消防署的人員也來到病房，從他們的談話我得知母親在火場被找到時已是一具焦黑的屍體。

父親的證詞大致如下：

那天他在一樓的書房工作到晚上十一點，覺得口渴到廚房喝了一杯水，走回客廳的時候察覺不對勁，他聞到一股奇妙的臭味，馬上驚覺是瓦斯味，於是趕緊打開通往庭院的玻璃門；由於擔心在沙發上熟睡的女兒，他先將女兒抱到庭院再回屋內檢查瓦斯開關，但客廳及廚房的開關都是關著的。

他想到可能是妻子在二樓寢室使用瓦斯暖爐，連忙奔上樓梯，就在抵達二樓的時候，大爆炸發生了。

爆炸的衝擊力將他彈了數公尺遠，他滾下樓梯，周圍瞬間化為一片火海，不知何時他的衣服開始燃燒。

他爬了起來大聲喊著妻子的名字，但腳好像受傷了，每走一步都疼痛萬分，即使如此他還是努力爬上樓梯走向寢室，只見火舌不斷從炸毀的寢室竄出，根本無法踏進房內。

「靜惠！快從陽臺跳下去！」他大喊，卻不見妻子回應。

他拖著疼痛的腳下樓，繼續待在這裡肯定會被燒死，如今只能祈禱妻子已經逃出去了。

一樓也完全籠罩在火海裡，距離室外不過短短距離，但他知道自己衝不出去了，何況他的左腳已幾乎失去知覺。

走投無路的他不禁想蹲下等死，就在這時，身穿防火衣的消防隊員從火焰的另一頭衝了進來。

母親在密不通風的寢室裡使用瓦斯暖爐，暖爐的火因不完全燃燒而熄滅，造成瓦斯瀰漫室內，這是警方初步研判的結論。母親沒有逃走，或許她當時已經一氧化碳中毒失去了意識。

但警方有幾個疑點，第一是關於瓦斯外洩警報器。家裡一樓和二樓各有一個警報器，但兩個警報器的電源插頭都被拔掉了。

針對這一點，父親的回答是：

「說來丟臉，我們家常把警報器插頭拔掉，因為家電用品愈買愈多，插座總是不夠用……」

或許是太常聽到這種案例，警察聽了只是皺了皺眉沒多說什麼。

但剩下的兩個疑點就無法解釋了。其一，起火的原因是什麼？母親並不抽菸，何況她也不可能在瓦斯中毒失去意識的狀態下抽菸。

其二，寢室的密閉狀態。瓦斯暖爐會燃燒不完全，表示寢室是處於完全密閉的狀況，既是完全密閉，為什麼身在一樓的父親會聞到瓦斯味？

關於這兩點，父親只能照實回答不知道，當然父親並沒有解釋的義務，一般民眾不明白起火原因是很正常的事。

但是這天晚上，又有一名刑警來到父親的病房，這位刑警有著岩石般粗獷的臉孔，我看不出他的年紀。

「小妹妹，能不能請妳先到外面去一下？」刑警的嗓音令人毛骨悚然。雖然被當成礙事者感覺很不舒服，但站在他身旁更不舒服，於是我默默地走出了房間。

來到走廊上，我倚在門旁牆上，我知道這樣門另一頭的聲音能聽得一清二楚。

「我不明白你太太當時到底在寢室裡做什麼？」刑警將之前問過很多遍的問題要求父親再回答一次之後，繼續問道：「不大可能是在睡覺吧？先生和女兒都還沒就寢，自己卻先睡，實在不合常理。」

「是，所以我猜她應該是在卸妝吧，她每天洗澡前一定會先卸妝。」

「啊，原來如此。」我想像得出刑警點頭的模樣，「你太太經常使用瓦斯暖爐嗎？」

「對，每天都用。」

「瓦斯暖爐放在寢室的哪個位置？」

「房裡有兩張床，瓦斯暖爐就放在床腳附近，剛好與陽臺相反方向。」

「瓦斯管線多長？」

「差不多三公尺吧……」

接著刑警非常詳細地詢問關於瓦斯暖爐的細節與母親使用瓦斯暖爐的習慣，這些父親在今天白天都說明過了，但刑警似乎懷疑著什麼，他們認爲像這樣重複問相同的問題能讓父親露出破綻，然而父親一點也沒有顯露不愉快，很有耐心地一遍遍給了相同的答案。

差不多問完之後，刑警又說了：

「你太太最近有沒有什麼異狀？」

或許是這個問題太唐突，父親愣了一下。

「有異狀是什麼意思？」

「例如有沒有什麼事情想不開，或是心裡有煩惱？」

「你的意思是我太太縱火自殺？」父親提高了音量。

「我們只是在思索有沒有這種可能。」

「那是絕對不可能的。」父親斬釘截鐵地說：「那天是我們全家最快樂的團圓日子，我女兒平常住校，那天難得回家，我太太期待好久了，一大早就出門採買，還煮了女兒喜歡吃的菜，整個人像小孩子一樣興奮得不得了，這麼快樂的人怎麼可能自殺？」

聽到父親的反擊，刑警沉默了，我無從得知刑警此時是點頭認同還是露出懷疑的眼神。緘默了許久，刑警輕聲說道：「不抽菸吧？」

「我嗎？對，不抽。」

「你太太也不抽？」

「對。」

「那爲什麼會有打火機？」

「什麼？」

「一個百圓打火機，就掉在遺體旁邊。」

「這不可能……，啊，等等……」原本對答如流的父親有些亂了方寸，「她手邊有打火機應該不奇怪，有時總得燒燒垃圾或落葉。」

「但洗澡前應該用不到打火機吧？」

「或許她平常打火機就是放在梳妝檯上呢？」

「你說的沒錯，我們也在遺體旁發現了梳妝檯的殘骸。」

「那就對了呀。」父親恢復了自信，「這只是偶然，單純的偶然。」

「或許吧。」

我聽見有人拉開椅子，連忙離開門邊，不一會兒刑警走出病房，一看見我便堆著笑走過來。

「方便問妳幾個問題嗎？」

我想不到拒絕的理由，只好點頭。

我在候診室內回答了刑警的問題，內容就和父親剛剛被問的一樣。我心想，要是我把母親在廚房掉淚的事說出來，這個刑警不知會有多開心，但我當然是這麼回答的：母親看到放假回家的我，顯得非常開心……

刑警露出難以捉摸的笑容，拍拍我的肩便離開了。

後來父親似乎又被偵訊了好幾次，但詳情我不清楚，因爲那段時間我被安置在外婆家，不過警方最後得出的結論就如同他們最初的判斷，這是一場瓦斯暖爐不完全燃燒所引發的火災。

父親出院後，親戚們低調地爲母親舉行了簡單的喪禮，那是在天寒地凍的一月底。

二月我回到學校宿舍，每個人都對我很溫柔，細野修女特地爲我在教堂禱告——希望這孩子今後不再受那樣的苦……

父親租了一間公寓開始獨居生活，火災中受傷的左腳後來有些行動不便，但他認爲最起碼自己的生活起居應該自己打理，煮飯、打掃、洗衣服樣樣不假他人之手。從此每當學校放假，我並不是回到住慣了的老家，而是回到狹小而有點髒的父親公寓。

但我偶爾會回火災現場看看，那裡荒廢了好一陣子，後來在我升高中的時候改建成停車場。

不論經過多少歲月，我永遠無法忘懷那一晚發生的事，難以理解的數個疑點在我心中逐漸凝結成一個巨大的問句，深深烙印在我腦海。

——母親爲什麼要自殺？

警察和消防隊的分析對我來說根本不重要，母親絕對不會在密閉房間內長時間使用瓦斯暖爐，也不會切斷瓦斯外洩警報器的電源。

母親的死一定是自殺，而且她原本想拉我和父親陪葬。我想起那晚突然襲來的強烈睡意，不禁懷疑餐後母親端出來的蘋果茶，誰能保證茶裡沒下安眠藥？母親原本打算讓我和父親睡著，把整間屋子灌滿瓦斯，然後點火引爆。

問題是她爲什麼要這麼做？這一點我怎麼也不明白，還有，她之前爲什麼要避著我？

我能肯定的只有一點，那就是父親知道一切眞相，所以他才會對警方隱瞞母親自殺身亡的事實。

但父親對我也是隻字不提，就算我偶爾聊起母親，他也只是面無表情地這麼說：

「把悲傷的事埋在心底吧，別再提了。」

就這樣，五年多的歲月過去了。

雙葉之章

一

休息室裡的時鐘是類似從前小學教室牆上掛的圓形鐘，可是今晚指針的移動速度特別怪異，盯著看會覺得它好像老先生爬樓梯似地走得很慢，但稍微移開一下視線再回頭看，指針又彷彿以驚人的速度飛快移動，不禁懷疑有人趁我不注意對時鐘動了手腳。

不過我眼前的三個男生應該都沒心思對時鐘動手腳，吉他手阿豐從剛剛就一直跑廁所；鼓手寬太抖著腳一邊假裝陷入沉思；貝斯手友廣則是一下子打哈欠、一下子翻閱和我們無關的腳本，乍看似乎相當自在，但我知道這只是他拚命裝出大人物的沉著模樣，所有人裡面最緊張的其實就是他。總而言之，三人都是可愛又平凡的大男生。

我再次望向時鐘，距離出場還有二十分鐘。

「別一副坐立不安的樣子呀。」友廣似乎察覺我的焦慮，「緊張也沒用，就保持平常心上場吧。」

我不禁輕笑出聲，緊張到雙唇僵硬的他實在不適合說這樣的臺詞，不過攸關男生的面子，所以我乖乖地回道：「說的也是。」

「哪有辦法說平常心就平常心啊！」毫不掩飾緊張的阿豐說：「啊啊，我有預感我會出錯……」

「喂，爭氣點。」寬太的聲音很細，和他的體型完全不搭，「只要你吉他引導得好，我就算稍微出錯也不會太明顯。」

「呿，別賴著我啦，去賴雙葉才對。」

「沒錯。」友廣聽到阿豐的話，也看著我說：「外行人根本聽不出演奏的好壞，所以正式上場的成功與否全看雙葉的表現了。」
「你們什麼意思嘛？這種節骨眼還給我壓力。」我不禁跺腳。
「沒事啦，總之放輕鬆吧，放輕鬆。」友廣拿起腳本當扇子對著我猛搧，他們也知道要是主唱壓力太大就糟了。
「今天只要正常表現就能過關對吧？」寬太的口吻像是和自己確認。
「導播是這麼說的啊。」阿豐答道：「他說最近大概不會有什麼令人驚豔的樂團出場，不過他也說不能掉以輕心，我們要是表現太爛還是會被刷掉的。」
「畢竟是現場轉播啊。」
「出錯又不能重來呀。」
寬太與阿豐同時嘆了口氣，這時身材矮小、滿臉青春痘的助理導播走了進來。
「各位準備上場了喲。」
雖然他的語氣輕鬆且毫無威嚴，聽到這句話的我們卻頓時全身僵硬。
「該來的終於來了。」寬太第一個站起身。
「我又想上廁所了。」阿豐苦著一張臉說道。
「結束後再去上啦，反正一定一滴也尿不出來。唉，眞拿你們這些傢伙沒轍。」友廣邊說邊拚命舔著嘴唇。
我也站了起來，反正到這地步已經逃不了了，我現在該做的事就是把這三個傻小子趕上場去，然後扯開嗓門好好地唱，盡全力讓我們樂團過關。

走出休息室，我做了個深呼吸走在長廊上，前方三人走路的模樣彷彿沒上油的金屬人偶，我看著他們的背影，好生羨慕他們要面對的只是上電視前的緊張心情，哪像我，滿腦子都在擔心今天登臺的後果。

「當然不准，妳在說什麼傻話。」媽媽說。

不出我所料。我早知道她會反對，所以一點也不意外，只是仍免不了沮喪。

場景回到當初我告訴她我可能會上電視的時候。

我們母女和平常一樣面對面圍著小餐桌吃晚餐，那天輪到我做菜，我故意煮了烤茄子、蛤蜊湯等等媽媽愛吃的菜。

「怎麼了？一定有鬼，妳在打什麼主意？」媽媽一看桌上的菜色便察覺了，我嘴上回答「沒有啊」，但當然是無事不登三寶殿，於是我看準媽媽心情最好的時刻說出了要上電視的事。

媽媽的表情一下子由聖母變成惡鬼，然後說出了上述那句話。

「為什麼不行？」我用力將筷子擱到桌上。

「不行就是不行。」媽媽的表情又從惡鬼變成了冰冷的撲克臉，只見她默默地將我做的烤茄子塞進嘴裡。

「這不公平，至少要告訴我理由吧？」

媽媽放下筷子，將眼前的料理推到一旁，手肘撐在桌上，臉湊近我說道：「雙葉。」

「幹嘛。」我不禁微微向後一縮。

「妳高中剛開始玩樂團的時候媽媽和妳說什麼來著？」
「必須兼顧學業和家事……」
「還有呢？」
「不能隨便和樂團的男生交往……」
「我記得還有一點吧？」媽媽瞪著我。
我嘆了一口氣說：「不能把樂團當職業，也不能上電視。」
「沒錯，妳都記得嘛，看來不需要我解釋理由了。」
「等一下。」媽媽正想將盤子拉回面前，我出聲了，「我記得我們的約定，但現在狀況和那時候又不一樣，如果高中生隨便組個樂團便誇口說要朝職業之路邁進而荒廢課業，我也覺得不妥，但我現在是大學生了，二十歲了，我有能力自己下判斷，也很清楚自己有沒有實力把樂團當職業。」
「喔？」媽媽打量著我，「就憑妳的歌聲能把樂團當職業？」
「我有自信辦得到。」
「哈，眞會說大話，小心哪天被環保署開罰說妳製造噪音。」
「哼，妳又沒聽過。」
「不用聽也知道，妳可是我女兒。」
「妳不是常說我和妳一點也不像嗎？」
「是啊，可惜妳父親也是個大音痴。啊啊，可憐的雙葉小妹妹，無法掙脫遺傳的束縛。」媽媽拿起生菜沙拉裡的芹菜咬得喀喀作響，吃光之後狠狠瞪著我說：「總之不行就是不行。」

「媽媽，求求妳嘛。」我使出哀兵戰術，「讓我去這次就好，我們可是好不容易通過預賽才能上那個節目呢。」

「那個什麼鬼預賽，我也不記得我答應讓妳參加吧。」

「當初我也沒想到會贏嘛，可是好不容易有了機會怎能輕易棄權。求求妳，一次就好！如果眞像妳所說我們沒有成爲職業樂團的實力，頭一週的節目裡就會被刷下來了。」

「想也知道會被刷下來。」媽媽的態度冷淡得幾乎不像個母親，「何必特地在全日本人面前丟臉？」

「不過是上個電視，爲什麼不行？」我拉高了音量。一瞬間媽媽閉上了雙眼，再度張開凝視著我。

「妳從小到大，我自認沒限制過妳什麼，往後絕大部分的事我也會睜一隻眼閉一隻眼，就算妳帶個來路不明的男人回家說想和他結婚，只要妳喜歡，我都不會阻止。就唯獨這麼一件小事，爲什麼妳不能答應我？何況我也不是強人所難，只是希望妳能夠過普通人的生活而已。玩搖滾樂不是壞事，但只能當興趣，媽媽不希望妳在外面拋頭露面。」

「難道我在外面拋頭露面會發生什麼不好的事？」我半開玩笑地問。

「如果我說正是這樣，妳願意打消念頭嗎？」媽媽放下筷子了，臉上不見絲毫說笑的意思。

「妳這種莫名其妙的理由教我怎麼打消念頭？」

「妳非打消念頭不可。」媽媽說著站起身，丟下一句「我吃飽了」便走進隔壁房間，之後不管我再費多少唇舌，她都像座石雕般不爲所動。

實際演唱時間大約三分鐘，演唱前後還有一些和主持人事先套好的對話，由於排演時已練習過很多次，正式上場幾乎不須思考就回答了。不論是說話或唱歌，直到最後我都沒搞清楚到底是哪一臺攝影機在拍，不過之後也沒人出面糾正我們，所以應該是表現得不錯吧。

評審結果出爐，我們本週過關了，於是團員們按照導播的指示高舉雙手歡呼，我一邊偷瞄螢幕，看見了自己的臉部特寫，現在只能祈禱媽媽沒看到這個節目了。她今晚是夜班，但不代表我能高枕無憂，醫院護理站裡應該也有電視機，護士搞不好晚上也會看歌唱節目。

節目結束後，我們和導播稍微討論了下次拍攝的細節才離開攝影棚，走出電視臺的時候已經深夜一點了，我們坐上寬太的廂型車離去。

「太好了。」車子開了好一陣子，寬太率先開口，大夥似乎這時才終於感受到過關的眞實感與喜悅。

「雖然我原本就知道會過關，還是挺開心的。」副駕駛座的友廣一副自信滿滿的語氣，接著轉頭看著我說：「不過，這都是雙葉的功勞。」

「不是我一個人的功勞，是大家的功勞，大家今天的表現都很棒。」

「的確，今晚沒什麼明顯失誤。」阿豐一臉滿足，「不過說眞的，我們這種程度的演奏沒什麼大不了，多虧雙葉今晚的歌聲特別宏亮，評審們也大力稱讚呢。」

「都是雙葉的功勞、都是雙葉的功勞。」開車的寬太也透過後照鏡望著我說道。

「謝謝。」我微微笑了笑，深深靠進椅背。

直到三天前我才下定決心上電視。與其說下定決心，不如說是局勢已騎虎難下。樂團其他成員不知道我和媽媽有過約定，他們都理所當然地認爲，既然要玩樂團就以走上職業之路爲目標，而事實上我也的確想走職業之路，我不想放棄眼前的大好機會。

但決定上電視之後，我依然開朗不起來，媽媽嚴厲的眼神不斷浮現腦海，她爲什麼那麼討厭我在眾人面前露臉呢？

其實這不是第一次因爲上電視的事和媽媽發生爭執，國三的時候，我曾經想和班上同學組隊參加電視機智問答節目，那時候媽媽也強烈反對，她的理由是做這種事會影響我準備升學考，我說我很想得到節目的參加獎——一臺迷你CD音響，隔天媽媽便帶我到秋葉原買了一臺CD立體組合音響，她覺得這樣我就會閉嘴了。的確我沒再吵著上節目，但取而代之的是滿肚子疑惑。比起上節目，CD音響應該更容易影響念書吧。

如果我在外拋頭露面，就會帶來不好的後果。這邏輯聽起來很荒謬，但媽媽嚴肅的表情讓我懷疑這不只是單純的玩笑。對這個謎團的難以釋懷以及背叛媽媽的罪惡感，害我今天一整天都很憂鬱，爲了一掃心中陰霾，我在臺上特別使勁扯開喉嚨唱歌，沒想到反而因此過了關，眞是諷刺。

寬太送我到石神井公園旁的我家公寓前，其他團員也住在同一條鐵路沿線上，我們幾個都是高中時代的同學。

高二時，友廣邀我加入樂團，第一次練習之後我便明白這就是我要的，我覺得自己終於找到長年追求的東西。我原本參加的是排球社，但總覺得少了點什麼，而那個欠缺的要素我在這裡找到了。

「小林雙葉一加入，我們的樂團就完美無缺了。」那天練習完，友廣在咖啡店裡對著團員正式宣布。

我們確定身邊沒有學校輔導員之後，舉起啤酒乾杯慶祝。

就這樣，我離開排球社一頭栽進樂團的練習，而媽媽也對我開出前述那些條件，我曾經把這件事告訴那幾個男生，但他們似乎並不特別在意。

「不准走上職業之路？哈哈哈，不愧是雙葉的老媽，格局就是不一樣。」友廣這麼一說，阿豐及寬太也笑了出來。

的確，對那時的我們而言，職業之路根本是夢想，我們的預設目標只是想在文化祭之類的活動上出出鋒頭罷了。但進了大學之後，樂團活動愈來愈像回事，大家漸漸開始聊到一些更具體的目標，例如將來希望靠這行吃飯或是想開演唱會等等。

所以我們有了這次的挑戰。

友廣他們想必早忘了我和媽媽之間的約定，就算記得，一定也不覺得是多嚴重的事。這不怪他們，因爲我原本也是這麼想。

如果我宣布退出樂團，不知道那幾個男生會有什麼反應？雖然是個有趣的實驗，但我實在沒勇氣說出口。

我和媽媽住在一棟兩層樓公寓的二〇一號室，步行到車站大約十分鐘，家裡沒什麼貴重家當，平日也沒訪客，所以兩房一廳的空間已經很夠了，站在朝南的陽臺上看得見翠綠的石神井公園，住起來還滿舒適的。

一開門，媽媽的深褐色皮鞋擺在門口，我不禁心頭一凜。她之前說今天是夜班，應該明天早上才會回家。

我躡手躡腳走過媽媽的房門前，到廚房喝了一杯水，再回來輕輕拉開她房間的紙拉門。床已經鋪上了，媽媽面朝裡面側睡，嚴肅的肩膀露出棉被外，似乎訴說著對我的怒氣。

我心想既然睡了就別吵醒她，小心翼翼正想拉上紙拉門，拉了五公分，媽媽突然說了聲：

「妳回來了。」

我像觸電似地全身一震，「嚇我一跳，妳還沒睡？今天不是夜班嗎？」

「我換班了。」

「喔……」

我很想知道她是不是看了那個節目，但不知從何問起，就在我默默望著媽媽背影時，她開口了：

「妳下星期也會參賽嗎？」

媽媽果然看了那個節目，不過她既然這麼問，可見不是那麼生氣吧。不，不能掉以輕心，說不定只是暴風雨前的寧靜。

「我是有這個打算啦……」我望著媽媽身上的棉被戰戰兢兢地說道，總覺得那條棉被似乎隨時會飛起，媽媽會面目猙獰地轉過身來。

但沒想到媽媽只是「喔」了一聲說道：「沒事的話把門拉上，我很冷。」

「啊，對不起。」我雖然心想這個季節怎麼會冷，還是照著她的話做，就在門快拉上的時候，媽媽開口了。

「雙葉。」

「什麼事？」

「妳歌聲還不錯嘛，媽媽對妳刮目相看了。」

意想不到的一句話。

「謝謝。」我對著媽媽的背影微微鞠躬，自己也覺得這個反應有點蠢。我拉上了紙拉門。

我回到自己房間，換上睡衣鑽進被窩。媽媽似乎沒生氣，我試著思考其中原因。是我太不聽話所以她已經不想理我了？還是我的歌聲讓她驚爲天人，所以不忍心反對我走上職業之路？

我還沒想出任何結論便進入了夢鄉，睡著的前一刻，我矇矓地想著，看來媽媽的反對立場並沒有我想像的那麼強硬。

但這天眞的想法在一個小時後便完全被推翻了。

夜裡突然覺得渴，我醒過來爬下床，手伸向門把又縮了回來，因爲房門開著數公分寬的縫，我看見了廚房一隅的景象。

媽媽正孤伶伶坐在椅子上，面對餐桌卻什麼也沒在看。我仔細看著她不禁嚇了一跳，媽媽臉上有明顯的淚痕，神情恍惚，像人偶般動也不動。

我還沒有樂觀到能夠自我解釋媽媽會這樣不是因爲我，我忘了口渴回到床上。

我眞的做了那麼過分的事嗎？不過是上電視，我只不過是在電視上大聲唱了首歌而已啊。

爲什麼這件事會讓媽媽如此痛苦？

一種不可思議的感覺在我腦海甦醒，從前好像也發生過……，不是似曾相識的錯覺，而是相當明確的回憶。想了一會兒，我終於想起來了，是那件事。

很久很久以前，媽媽也曾露出那麼悲傷的表情，當時我剛上小學，如果沒記錯，我們才搬來不久。

有一天我在學校被同學欺負了，帶頭的是一個住我家附近的女生，她拉了一群班上同學指著我說：

「不要和她一起玩，我媽媽說不可以靠近小林家的小孩，你們說對不對？」

她身邊幾個人點了點頭，他們都是和我住同社區的小孩。

「爲什麼不能一起玩？」我一問，那個女生便擺出勝利者的姿態挺起胸膛說：「因爲妳家沒有爸爸。不是死了，而是從一開始就沒有爸爸。是我媽媽告訴我的，這是不對的事，太不成體統了。」

我很懷疑這個剛上小學的女生是否眞的了解「不成體統」是什麼意思，她可能只是把母親在家裡說過的話原封不動搬出來而已，當然現在的我完全能夠想像她母親說了些什麼。「聽說小林小姐沒結婚呢，沒錯，就是未婚媽媽。我是不知道她在做什麼工作啦，總之生活一定很不正常。酒店小姐？或許吧，搞不好連小孩的父親是誰都不知道。眞討厭，我們家附近怎麼會搬進這種不成體統的人。」差不多是這麼回事吧。

那天我哭著回家，一看見媽媽劈頭便問：「媽媽，我們家不成體統嗎？我們家不像別人一樣有爸爸，這是不對的嗎？」

媽媽思索了一會兒我說的話，接著抬起臉看著我豪爽地哈哈大笑，「雙葉，別理那些人，他們只是太羨慕妳了。」

「羨慕我？為什麼？」

「那還用問嗎？因為妳很自由呀。有爸爸的話，生活可是非常不自由呢，爸爸會一下叫妳要守規矩，一下叫妳要像個女孩子，媽媽有沒有拿這些煩人的事要求過妳？」

「沒有。」

「那就對啦，家裡只有女生才好呀，大家都是因為羨慕妳才找妳麻煩，懂了嗎？」

我似懂非懂，點了點頭說：「懂了。」

「很好，既然懂了……」媽媽揉著我的雙頰不停繞圓，「下次被欺負，如果妳又哭著回來，媽媽可不讓妳進家門喲。不管對方是誰，妳都要勇敢對抗，不必擔心，受傷的話媽媽會幫妳包紮。妳順便和朋友這麼說：我媽媽是護士，知道怎麼處理傷口，所以不必手下留情。」

媽媽氣勢十足的一番話，讓我頓時勇氣百倍。

但是那天晚上，我看見了。在榻榻米上鋪床的時候，媽媽跪坐著一動也不動地發愣，她沒察覺我洗好澡出來，一逕凝視著遠方，那個時候她的臉上也帶著淚水，看見這一幕的我不禁又縮回浴室站在洗衣機旁邊，當時我的幼小心靈開始覺得我的出生一定有不可告人的祕密，至於是否與父親有關就不得而知了。

剛才媽媽的表情就和那晚一模一樣。

這麼說來，莫非這次的事情又和我的出生有關，媽媽才會那麼痛苦？我在電視上露臉是否打開了不該打開的潘朵拉盒子（*1）？

*1 希臘神話中，潘朵拉（Pandora）打開了一個盒子，因而釋放出人世間的所有災厄。

蛹子之章 二

七月十日下午三點五分，我搭乘的飛機抵達羽田機場，取回行李後，我搭上單軌電車前往濱松町。這是我第三次來到東京，前兩次都是跟在朋友後面什麼都不必煩惱，但這次所有事情都必須自己決定。

我從濱松町轉搭山手線電車去澀谷。前往帝都大學的轉車路線是橫井告訴我的，橫井是北海道大學的學生，他的說明相當詳細，託他的福這一路都還算順利，但我很不適應的是在東京不管走到哪裡人都很多，札幌或函館那邊根本沒得比，這裡連買張車票也得排隊排好久，而且明明是星期六下午，車站卻像早晨通勤時間一樣擁擠。

山手線電車上幾乎全是年輕人，我分辨不出他們和北海道的年輕人有什麼不同，可能服裝髮型有些差異，但我向來不關心時尚，連札幌現在流行什麼打扮都不知道。不過我對東京人的確有種莫名的懼意，這種感覺是我在北海道時不曾有的，或許是東京給我的印象讓我有些神經質吧。

到了澀谷人潮更多，整個車站就像《玫瑰的名字》(*1)裡的立體迷宮一樣錯綜複雜，我拿著橫井寫給我的便條紙尋找標示牌，終於找到井之頭線的剪票口。距離目的地只差最後一步了。

「在東京，最好別和車站人員以外的人問路。」

這是橫井給我的建議，他說，東京大部分的人都只沿著自己平常習慣的路線移動，根本不在意自己現在在哪個位置，向這樣的人問路只是給他們添麻煩，而且就算得到回答，內容也不見得正確。我覺得也怪不得他們，畢竟這裡要面對的是棋盤般的電車網以及宛如立體迷宮的車站。

十分鐘後電車抵達澀谷，一出站只見周圍大樓林立，馬路上滿是汽車，這個地區在我看來也是大都市，我再次深深體會這就是東京令人咋舌之處，在札幌搭個十分鐘電車就感受不到都市氣氛了。

我的視線停在一間遍布全國的漢堡連鎖店，這兒就是約定的地點，我走進店裡點了漢堡與可樂，看看手表，距離四點還有十分鐘。

漢堡的味道果然到哪裡都一樣，吃完已過了四點，但約好碰面的人還沒出現。我拿著僅剩少許的可樂望著店門，覺得自己好像是正在光明河車站等待馬修．卡斯伯特前來迎接的安妮．雪莉。對方眞的會來嗎？就算來了，對方認得出我嗎？就算認出我了，會不會因爲陰錯陽差使得對方以爲即將碰面的是個男孩，卻在見到我之後大失所望，就像紅髮安妮遇到的狀況？(*2)

四點十二分，一名身穿藍色馬球衫搭米色長褲的女子走進了店內，身材高眺的她先是環顧四周，一看見我便筆直走來，兩手仍插在褲子口袋。

「妳是氏家鞠子小姐吧？」她的聲音頗有磁性。

「請問是下条小姐嗎？」

「對。」她點了點頭，「抱歉來晚了，教授臨時丟了件工作給我。」

---

*1 《玫瑰的名字》（*Il nome della rosa*）是義大利小說家安伯托．艾可（Umberto Eco 1932-）於一九八〇年出版的神祕探案小說。

*2 此處乃是描述世界知名小說《紅髮安妮》（*Anne of Green Gables*，又譯《清秀佳人》，作者爲Lucy Maud Montgomery）中的劇情。主角安妮．雪莉（Anne Shirley）是個孤兒，被馬修．卡斯伯特（Matthew Cuthbert）及馬麗拉（Marilla）兄妹收養，兩人原本想收養一個男孩，因此初次見到雪莉的時候相當驚訝。

「沒關係，我也剛到。」

「那就好。我們走吧。」下条小姐說著轉身就走。

「啊，好。」我急忙抓起行李跟上。

下条小姐說從這裡走到大學只需幾分鐘，於是我和她並肩走在人行道上。

「聽說妳想寫父親的半生記？」下条小姐問。應該是橫井告訴她的吧。

「是的。」我回答。

「而且是用英文寫？好厲害啊，妳雖然念的是英文系，也才一年級不是嗎？」

「沒有啦……，不是什麼了不起的事。」

「很了不起呢，而且好令人羨慕，妳會想寫父親的半生記，可見妳一定有個好父親，哪像我爸，只是個混吃等死的牙醫，腦袋裡只有錢。」下条小姐又說了一次，「眞的好羨慕。」

「請問……」我說：「剛剛妳爲什麼一眼就認出我了？」

「剛剛？喔，提著大旅行包走進麥當勞的女生還滿少見的。」下条小姐輕描淡寫地說。

走沒多久，右手邊出現一道長長的圍牆，帶著翠綠葉子的樹枝從圍牆的另一邊伸出來，原來東京也有綠色植物。

「妳想先查哪一方面的事？」步入校門的時候下条小姐問我。

「嗯……只要是和家父學生時代有關的都好……」

「這麼說來應該先找出當年的教室嘍？不過畢竟過了三十年，很多地方都改變了……。妳父親是從事什麼領域的研究？」

「他現在在大學教書，教的好像是發育生物學（*1）。」

「發生學呀……」下条小姐停下腳步，俐落地撥了撥短髮，「學生時代的研究方向和現在不見得相同，但梅津教授或許知道些什麼，他是我的專題研究老師。」

「梅津老師？請問是梅津正芳老師嗎？」

下条小姐單邊眉毛一揚，「妳認識他？」

「不認識，不過……」我從提包拿出一張賀年卡，寄件人就是梅津正芳，「和帝都大學有關的人當中，目前與家父還有聯絡的似乎只有這位老師。」

「原來如此，看來找梅津老師準沒錯了，眞巧。」下条小姐繼續向前走去，我抱著背包緊跟在後。

我們來到一棟四層樓的白色建築前，下条小姐要我在這裡等一下便走了進去，我孤伶伶地站在原地眼看校園裡的學生們來來去去，這些身穿白袍的學生每個看上去都是神采奕奕滿臉自信，三十年前的父親想必也是那副模樣吧。

什麼想寫父親的半生記云云，當然都是騙人的。

我的目的只有一個——查出母親死亡的眞正原因。

*1 「發育生物學」（Developmental biology）專門研究生物的生長與發育過程，簡稱「發生學」。

我相信母親是自殺。那件事發生之後，我不斷思索如何查明原因，但唯一知道眞相的父親卻三緘其口，我又住在宿舍，根本找不到機會，光陰就在唉聲嘆氣之中虛度。

我終於掌握到線索是在事件發生的五年半之後，也就是今年的春天。

四月我進入札幌的某女子大學就讀，因此借住在外婆家。

外婆家住著舅舅一家人，舅舅和舅媽有個剛上高中的女兒阿香，和我情同姊妹。我剛搬去沒多久，有一天阿香拿了一本東京區域地圖及一份老舊的班次時刻表來找我，她說這些東西是當初他們改建房子之前整理外婆遺物時在佛壇抽屜裡發現的。

「我一直很喜歡東京的地圖，爸爸也答應把這份地圖給我，後來這些東西就一直放在我那裡。妳看，連續劇裡不是常會出現一些東京地名嗎？六本木或原宿什麼的，我很喜歡看地圖找出那些地方呢。」

聽到這番話我不禁笑了出來，因爲我也做過類似的事情。中學三年級的時候，室友從家裡帶來一個地球儀，我們就在地球儀上找到了《紅髮安妮》的愛德華王子島及《眞善美》(*1)的薩爾斯堡的位置。阿香和我做了同樣的事，差別只是地名換成了六本木和原宿。

當然阿香給我看這些東西不是爲了和我聊這些，她說，這本地圖和班次時刻表應該是姑媽——也就是我媽媽的東西。

阿香翻開時刻表的國內線航空班機那一頁要我看，「東京—函館」的航班時刻被人以藍色原子筆圈了起來，「東京—札幌」的班機也有幾班打了記號，接著阿香又翻到函館本線電車的頁面。

「看，這裡也有幾班電車做了記號，把這個和飛機時刻表對照一下就會發現，這幾班電車是當東京來的飛機抵達千歲機場的時候，剛好能銜接搭往函館的班車，換句話說，使用這個班次時刻表的人想要來回函館與東京，只是擔心回程在羽田機場無法搭上直飛函館的班機，所以把飛往札幌千歲機場再轉電車回函館的方式也列入考慮。」

我不禁佩服這個高一表妹的敏銳觀察力，聽到這裡我也明白了，能夠進出外婆家而且住函館的，只有我母親。

「阿香妳好厲害，簡直就像瑪波小姐(*2)！」我對她大加稱讚。

但我的興奮心情卻因阿香接下來的一句話消失無蹤，只聽她吞吞吐吐地說：

「奶奶可能是將這些東西都當成姑媽的遺物才會收進佛壇抽屜裡，因為妳看，時間正好是那個意外發生不久前……」

我吃了一驚，再次仔細看班次時刻表的封面，發現我忽略了一個重點。

這份是五年半前的十二月份時刻表，沒錯，就是母親過世的那個噩夢般的十二月，換句話說，母親在發生那件事的不久前曾經去了東京。

---

*1 《真善美》（*The Sound of Music*，又譯《音樂之聲》）是一部音樂劇作品，改編自瑪莉亞・馮・崔普（Maria von Trapp）的著作《真善美的故事》（*The Story of the Trapp Family Singers*）。

*2 瑪波小姐（Miss Marple）是英國偵探小說作家阿嘉莎・克莉絲蒂（Agatha Christie）筆下的老處女神探。

我直接問父親這件事，父親很明顯慌了手腳，我把時刻表與東京地圖拿給他看，又把阿香的推理重複了一遍，聽著我的說明，父親的臉色一直是蒼白的。

但父親卻這麼回答我：

「妳媽媽沒有去東京，妳快點忘了那場火災吧。」

之後父親對我的追問完全充耳不聞。

父親的態度讓我更確定母親自殺之前去過東京，母親那趟東京之行一定隱藏了某些祕密。

說到東京，我又想起另一件事。去年年末，我曾和父親說我想念東京的大學，父親一聽大驚失色，直說絕對不能去東京、年輕女孩子一個人住那種地方絕對沒好事等等，如此情緒化且缺乏理性的言詞實在不像身為大學教授的父親會說出的話。

當時我以為父親只是怕寂寞，因為我想不出其他合理的解釋，但發現母親去過東京之後，這件往事再度浮現腦海，難道父親不讓我上東京是有什麼特殊原因？

接下來的日子，我只要一有空便著手調查母親與東京的關聯，好比假裝若無其事地向舅舅他們打探情報，或是仔細調查母親的過去經歷，結果我發現母親在東京似乎沒有任何朋友，東京對母親而言也不是熟悉的土地，如此一來只剩下一種可能性——母親的東京之行關係著曾就讀帝都大學的父親的過去。

此外，我還發現另一個母親東京之行的線索。阿香找到的東京區域地圖上有個地方被劃了記號，那一頁是世田谷區的地圖，上頭的「祖師谷一丁目」被人以鉛筆圈了起來，我仔細檢查其他頁面都沒找到類似的記號。

世田谷區祖師谷一丁目。這裡可能就是母親東京之行的目的地，從地圖上判斷那一帶似乎沒有什麼大型機構，所以母親應該是前往某人的住家。

我把函館老家家中所有的通訊錄及書信文件徹頭徹尾查了一遍，沒看到位於世田谷區祖師谷的住址。

說不定父親帝都大學時代的友人當中有誰住在那裡，我有股衝動想立刻前往東京，但這時我手上的線索還太少，就算去到東京也只是手足無措查不出個所以然吧。

就在暑假將近，我開始焦急的時候，出現了一個關鍵線索。那是一張照片，看見照片的瞬間，我便下定決心要好好調查父親在帝都大學的往事，我確信朝這個方向絕對沒錯。

前往東京之前，我想先找到和帝都大學醫學院有關的人，而和我參加同一個義工社團的橫井說他有個高中學姊目前是帝都的學生，於是我請橫井幫我介紹那位學姊，她就是下条小姐。

「久等了。」

聽到身後有人呼喚，我回過神，下条小姐走了過來，雙手擺出「×」的手勢說：「梅津老師在上課，我們等等再來吧。嗯……妳今晚不用趕著回去吧？」

「嗯，我訂飯店了。」

「所以明天晚上才回北海道？」

「對，我已經訂好明晚的班機，六點前抵達羽田機場就行了。」

「好，那我們時間很充裕。」下条小姐微微一笑交抱雙臂說：「不過接下來要去哪裡呢？妳還想知道關於父親的什麼事？」

「請問哪裡查得到名冊？」

「名冊？哪一種名冊？」

「醫學院的名冊，只要查得到畢業生姓名和連絡方式……」

「啊，原來如此。」她彈了一下手指，「那我們去圖書館，走吧。」她話一說完便邁開步子。

帝都大學的圖書館相當氣派且莊嚴，在我就讀的大學恐怕只有校內的大禮堂能相提並論。走進圖書館，裡面宛如博物館一樣靜謐，我把行李寄在一樓櫃檯，跟著下条小姐走進位於二樓的特別閱覽室。閱覽室裡沒有書，室內並排著許多空空蕩蕩的桌椅，只有房間角落站著一名像是服務人員的年輕男子。

下条小姐拿出學生證走向男子，他們似乎原本就認識，兩人一邊辦手續一邊閒聊了幾句關於足球的話題，男子面帶微笑看了我一眼，突然神情有些驚訝。

「這位是妳朋友？」他問。

「朋友的朋友。」下条小姐說：「很可愛吧？」

「是啊，不過我好像在哪裡見過她，呃，到底是哪裡來著？」

「少來了，拿這種藉口泡妞是沒用的。」

「不不，是眞的，我眞的見過她。」

「我們應該沒見過面吧。」我說。

「咦？眞的嗎……？」男子看著我喃喃說道。

「別耍嘴皮子了，快把名冊拿來吧，不然我會去打小報告說你怠職喲。」

下条小姐話剛說完，男子雙手一拍說：

「我想起來了，昨晚的電視節目！」

「電視節目？什麼啊？」下条小姐問。

「妳上過電視吧？就是那個星期五晚上十一點的音樂節目。」

他說的那個節目名稱我聽都沒聽過，應該是北海道沒播的節目。

「裡頭有個單元是讓業餘樂團上場表演，昨晚那個樂團主唱和妳長得一模一樣，就是妳吧？」看他說得煞有介事，搞不清楚他是認眞的還是在開玩笑。

我搖了搖頭說不是。

「咦？眞的不是嗎？」

「你在說什麼夢話，人家可是剛剛才從北海道來東京呢。別瞎扯了，快做事吧。」

男子一邊喃喃自語：「我是說眞的呢……」一邊走進隔壁房間。

房門一關上，下条小姐便小聲對我說：「妳得小心點，在東京到處都是像這種找藉口搭訕的男人。」

我笑著回答知道了。

男子抱著一疊厚厚的檔案走了出來。

「資料請勿攜出閱覽室，也請勿影印資料。」他一邊將檔案交給下条小姐一邊說道。男子說這兩句話時用了敬語，或許是職業習慣吧，接著他瞄了我一眼，又喃喃說著：「眞的太像了，只要我看上的女生，我是絕對不會忘記長相的。」

「你怎麼還不死心呀。」下条小姐罵道。

我們挑了靠窗邊的桌子。

「這是醫學院的畢業生名冊，妳先找出妳父親的名字吧，應該找得到。我再去確認一下梅津老師的時間。」

「麻煩妳了，眞是不好意思。」

目送下条小姐走出房間之後，我翻開陳舊的名冊。這份名冊並不是統整舊資料重新編製，只是把每一屆的畢業生名冊裝訂在一起，所以前幾頁的紙張褪色很嚴重，印刷品質也很差，畢竟這所大學已經有七十多年的歷史，畢業生名冊也有相當年紀了。

從父親的年齡不難推測他的畢業年度，找出他的名字不費什麼力氣，我在第四十三期第九研究室中找到了「氏家清」這個名字，而「梅津正芳」就在父親名字的正下方。

每個名字旁邊都記載了此人畢業後的發展，以父親為例，上頭寫著北斗醫科大學研究所，那是一所位於旭川的大學，與父親同期的畢業生只有父親進入這間研究所，其實看下來很少人繼續攻讀研究所，或許因為大部分畢業生的目標都是執業，所以畢業後多半在不同的際遇下各自成了醫生吧。

我無意間想到一個疑問——父親為什麼要選擇位於旭川的大學研究所？是因為旭川距離父親的故鄉苫小牧比較近嗎？不，如果是這個原因，父親打一開始就不會選擇就讀帝都大學。

我之前從沒想過這個問題，但這的確是個疑點。

我查了一下前幾期的畢業生出路，想看看是否有人和父親一樣進入北斗醫科大學，但一直往前翻都沒看到，看來父親的決定確實頗突兀。

我放棄追查想翻回印著父親名字的那一頁，翻到途中，突然「北斗」兩個字躍入眼簾，我愣了一下停下手。

這一頁的內容並不是畢業生資料，而是醫學研究室的人事資料，我看見「北斗醫科大學」這串字。

久能俊晴　原任第九研究室教授，昭和××年三月十五日起轉任北斗醫科大學教授。

人事資料上印著這樣的文字。

這位久能教授既然負責第九研究室，應該是父親在帝都時的直屬教授。久能教授轉任北斗醫科大學一年之後，父親也進入了北斗醫科大學研究所，這麼說來，父親是追隨這位久能教授的腳步才進入北斗嗎？

還是有疑點，如果父親一直在這位久能教授底下做研究，爲什麼父親的生活中看不出任何端倪？包括通訊錄及所有書信都不曾出現久能這個名字。

現在似乎不可能立即找出答案，我決定先換個方向調查。我以父親的畢業年度爲起點查閱每一名畢業生的住址，我想找的是一個令我印象深刻的地址——世田谷區祖師谷一丁目。

但沒多久這個方向也遇上了瓶頸，我遍尋不著住在這個地址的人，雖然勉強找到一位住在祖師谷四丁目，但此人的畢業年度晚了父親十年，不大可能和父親扯上關係。

我托著下巴陷入沉思，雖然早知道事情不會太順利，還是難掩失望，難不成「世田谷區祖師谷一丁目」這個地址沒有任何意義？東京區域地圖上出現那個記號是基於毫不相干的理由？

我聽見開門聲，抬頭一看，下条小姐正面露微笑走過來。

「有收穫了嗎？」

「啊……嗯，很有參考價值。」給人家添了那麼多麻煩，總不好意思說出「斬獲甚少」。

「那就好。」接著下条小姐閉上一隻眼搔了搔太陽穴，語帶歉意地說道：「梅津老師說他今天實在抽不出時間，想問妳能不能改約明天見面。明天中午。」

「我是無所謂，但明天是星期日，不會太打擾嗎？」

「沒問題的，老師說氏家的女兒無論如何都要見一面呢。」

「嗯，那就恭敬不如從命了。」

我回到一樓取回行李，和下条小姐一道走出圖書館。我在裡面待了一個半小時，即使是白晝漫長的七月時節，天色也開始暗了下來。

「妳難得大老遠跑來，要不要順便參觀一下校園？我可以當嚮導喲。」

「啊，那就麻煩妳了。」

「行李重不重？」

「不要緊的。只是讓妳陪我這麼久，會不會給妳添了很多麻煩？」我說出了一直掛懷的事。

下条小姐輕閉雙眼搖了搖頭，「如果覺得麻煩，我一開始就不會答應這件事了，横井和我只是單純的學弟學姊關係，我又沒義務幫他。」

「可是讓妳幫了這麼多忙……」

「目前還沒幫上什麼忙吧？而且像妳這麼努力的女生相當令人讚賞呢，大學女生多半滿腦子只想著玩樂和談戀愛，這幾年女性社會地位雖然逐漸提升，可是那種讓人擔心大學畢業之後就活不下去的女生依然滿街都是，就是這些女生在扯我們的後腿，從小到大，只因爲身爲女性，我受到太多不公平待遇了。現在也沒好到哪裡去，每次都被拿來和那種女生相提並論，想到就讓我很火大。但現實是殘酷的，這樣的狀況恐怕還會持續下去，所以像妳這麼努力的女孩子，我很希望妳能繼續保持，只要有我幫得上忙的地方，妳儘管開口沒關係。」

下条小姐說得如此慷慨激昂，我不禁感到無地自容，只想把自己像海灘球一樣洩了氣之後壓得扁扁的塞進旅行包。如果她知道我根本沒打算寫父親的半生記，搞不好會氣瘋了。我在心裡偷偷雙手合十對她道歉——請原諒我吧！爲了查出母親過世的眞相，我非這麼做不可。我也藉著這些話希望能稍解自己的良心不安。

我們兩人從圖書館出發，繞了一大圈之後走向醫學院，途中看到各式風格的建築物，有讓人聯想到明治時代的古老建築，也有生硬而略嫌冰冷的現代化建築。

「這裡是從前的學生會館，從創校一直使用到大概二十年前，後來是因爲太過老舊，基於安全考量才封館的，看起來很有氣氛吧？」

下条小姐指著一棟四四方方的紅磚建築物，這棟建築非常適合雪景，似乎再多加一根煙囪就能吸引聖誕老人光臨。

我發現窗上裝了窗扉，不禁駐足多看兩眼。

「怎麼了?」下条小姐問。

「沒什麼……。這些建築真是漂亮啊。」

「對呀,那個時代的建築家很有品味呢。」

於是我們欣賞了好一會兒。

下条小姐邀我到車站附近的義式餐廳用餐,她食量不算小,吃起東西卻是有條不紊,而且一邊吃還能一邊和我說很多話。例如大學的事情、研究的事情、以及她想學會所有醫術之後遊走全世界的夢想,而我則是笨拙地吃著義大利麵一邊聆聽她的每一句話。

「我覺得男生遇到妳都要甘拜下風呢。」

「就工作方面,或許吧,不過我可沒放棄當女人。女人都是有母性的,沒了母性,女人就活不下去,也無法繼續奮鬥,這不是單純生不生小孩的問題喔,母性是一種包容全宇宙的能量。」下条小姐拿起白酒斟滿一杯,酒瓶剛好空了,她晃了晃酒瓶笑著說:「我好像有點醉了。」

「我能理解妳說的。」我也深深覺得「母性」真是一個好詞,忽然間我想起了母親,眼淚差點掉下來,我趕緊喝口水緩和情緒。

我們走出餐廳,約好明天的見面時間之後,我便與下条小姐道別了。坐在電車上,我不禁心想,真的很慶幸自己遇到這麼好的人,回程買個禮物給横井謝謝他吧。

我訂的飯店位於濱松町。走進房間,我從背包取出一張照片。

就是那張讓我下定決心來東京的照片。

這張照片是舅舅給我的,他說他偶然在找東西的時候發現了這張奇怪的照片。首先,發現這張照片的地點就很令人在意，它混雜在外婆的遺物中被收在佛壇的抽屜裡，說到佛壇的抽屜，阿香的班次時刻表和東京地圖也是在那裡找到的，也就是說，這張照片很可能也是母親前往東京時帶在身上的東西。

這張黑白照片大概巴掌大，有兩個人入鏡，拍攝地點似乎是在某棟建築物前方，兩人背後是一面紅磚牆，牆上的窗子裝有窗扉，兩人的影子清晰地延伸到牆面。

右邊那個面露笑容的年輕人正是父親，頭髮黝黑，臉上肌肉緊實，當時應該不到二十五歲，父親伸出開領襯衫袖子的手臂看起來削瘦而白皙。

但舅舅之所以說這張照片奇怪，問題當然不是出在父親，而是站在父親身邊的那個人。那個人比父親矮很多，身穿窄版長裙搭白色女上衣，應該是個女的，但如果遮住服裝就無法分辨性別了。

因爲那個人沒有臉，被人拿黑色簽字筆塗掉了。

第二天，我把行李放進濱松町的投幣式置物櫃之後便前往帝都大學，我和下条小姐約好正午在昨天那間漢堡連鎖店碰面，今天她早到了五分鐘。

「昨晚睡得好嗎？」

「嗯，睡得很熟。」

「是嗎？那就好。」

「眞是對不起，妳難得的假日還浪費在我身上……」

「不用這麼客氣，反正我也沒有約會對象。」她露出雪白的牙齒笑了。

星期日的大學校園裡果然人變少了，遠處不斷傳來吶喊，下条小姐說那應該是體育社團練習時發出的聲音，附近可能有個運動場吧。

我請下条小姐再帶我去昨天那棟舊學生會館看一下，她笑著說：「看來妳愛上那裡了。」我只是微笑不語。

漫步在老舊的紅磚建築前，我將眼前的景象與腦海裡那張照片的背景對照，牆壁的形狀、窗扉的模樣，全都如出一轍。錯不了，那張照片是在這裡拍的。

母親來東京的原因一定和那張照片有關，這麼說來，那個臉部被塗掉的女子是誰便成了最大的關鍵。我有預感，只要解開這個謎，其他疑點都會迎刃而解。

我們和梅津老師約好在他的教授休息室見面，走過充滿藥味的木頭走廊來到一個房門前，門牌寫著第十研究室教授休息室，下条小姐敲了門。

「哎呀，歡迎歡迎！遠道而來辛苦妳了。」

教授的臉圓得像是拿圓規畫出來的，沒有頭髮，眉毛也很稀薄，眉毛下方是兩道「ㄟ」字形的眼睛。

教授讓我們在接待沙發坐了下來，首先由下条小姐再次說明我來此的目的，當她提到父親的半生記時，我不禁微微低下了頭。

「呵，原來如此，有個願意幫自己寫傳記的女兒眞是令人羨慕啊。」教授一面搖晃著肥胖的身軀一面點頭。

「那麼我在隔壁房間等，兩位慢慢談。」下条小姐對我微微笑了笑便走出房間。

「她很精明幹練，對吧？」房門關上後，教授說道。

「是啊，非常精明幹練，我好欣賞這樣的人。」

「男同學在她面前都抬不起頭呢，嗯，先不談這些，妳父親都還好嗎？」

「他很好，託您的福。」

「是嗎？那就好，平安就好。呵，和他也將近十年沒見了，他剛回北海道那段時間我們還常聯絡呢。」說到這裡，教授似乎想起了什麼臉色一沉，調整了一下坐姿說：「那場火災眞的很遺憾，我很想出席妳母親的葬禮，可惜實在抽不出時間。」

「沒關係的，請別這麼說。」我輕輕搖了搖頭。

「這件事我一直掛在心上呢，我很想請妳代我向氏家問好，但聽下条說氏家並不知道妳到東京來，這麼說來應該是不方便託妳問候了？」

「眞是非常抱歉。」

「沒關係、沒關係，妳不用道歉的。那麼，妳想知道些什麼呢？」

「任何事情都好，只要能多了解父親的學生時代……」

「嗯，我對氏家印象很深刻呢，要形容他，大概只有優秀這兩個字了。我可不是因爲妳是他女兒才吹捧他喔，腦筋像他那麼敏銳的人非常少見，而且他比別人加倍努力，教授對他也相當信賴，他還在大學部的時候教授就常託付重要工作給他。」

「您說的教授，是久能教授嗎？」

我這麼一問，梅津教授用力點頭，「沒錯，就是久能老師，老師可說是發生學的先驅，氏家非常尊敬久能老師，久能老師似乎也當他是繼承者。」

「可是後來久能老師到北斗醫科大學去了？」

我這麼一說，教授的「ㄟ」字形眼睛微微張開了一點。

「嗯，那件事一言難盡，畢竟久能老師的研究太創新了，所以該怎麼說呢……和其他教授們理念不合吧。」

「教授之間曾經發生爭執嗎？」

「不不不，沒那麼嚴重啦，只是對學問的看法不同而已，常有的事。」

梅津教授似乎有些吞吞吐吐。

「可是爲什麼久能老師會調去旭川那麼遠的地方……？他是北海道人嗎？」

「不，不是的，是北斗醫科大學主動邀請他過去任教的，當時北斗醫科大學剛創校，正在四處挖角吸收先進技術的權威人才。」

「所以隔年家父也追隨久能老師前往北斗醫科大學？」

「應該說是老師叫氏家過去幫忙吧，做研究很多時候一個人是忙不過來的。」

接下來梅津教授聊起幾件學生時代的回憶，雖然也有少部分遊玩的回憶，但大部分是關於做研究的辛苦與付出，有些甚至與父親毫不相干，我不禁有些不耐煩了起來。

「請問當時這所大學裡有多少女學生？」趁梅津教授講到一個段落的時候，我假裝若無其事地改變了話題，會問這個問題當然是因爲那個臉部被塗掉的女子。

「女學生？幾乎沒有女生吧……，嗯，我看不是幾乎沒有，是完全沒有喔。」教授撫著下巴。

「一個也沒有？」

「嗯，因爲這裡不是適合女生念的大學，現在雖然多了文學院或生活科學院什麼的，但當時只有醫學院、工學院和經濟學院。妳爲什麼突然問起女學生？」

「啊，沒有啦，我只是想知道父親有沒有和女同學交往過……」

教授登時笑了出來。

「這我就不清楚了，不過氏家雖然很認眞做研究，畢竟不是聖人，應該多少交過女朋友吧？」

「可是學校裡完全沒有女學生……」

「是沒錯，不過會和其他大學交流嘛，從前的學生也和現在差不多，喜歡和帝都女子大學之類的學校組一些共同社團。啊，對了，」梅津教授手在膝上一拍，「我記得氏家也參加過社團呢。」

我不禁湊向前，「眞的嗎？」

「嗯，那個社團叫什麼來著……，我記得不是登山社那種嚴肅的名稱，大概是健行同好會之類的吧。」

「健行同好會……」

這是我第一次聽說父親在學生時期也玩社團，父親完全沒和我聊過他帝都大學時代的事。

「您也認識那個社團的成員嗎？」

「不，都不認識，氏家在我們面前不大提社團的事。」

「是嗎……」

最後一個問題，我問梅津教授是否見過我母親，我猜想母親過世前那次東京之行說不定曾來拜訪。

「見過一次面，有一次我去北海道出差順道拜訪氏家，當時他們剛結婚，妳母親看起來很溫柔賢淑呢，她的過世眞是令人惋惜啊。」梅津教授說這些話的時候眉毛垂成了「八」字形。

我向梅津教授道了謝走出教授休息室，隔壁房間的下条小姐應該是聽到聲響也走了出來。

「有收穫嗎？」

「嗯，收穫不少。」

我們離開教師休息室大樓，我告訴下条小姐健行同好會的事，她停下腳步看著我說：

「看來妳的運氣非常好呢。」

「什麼意思？」

「我剛好認識一位曾經加入健行社的人，而且他的年紀和妳父親差不多。」

若眞是如此就太幸運了。

「請問那個人在哪裡？」

「跟我來吧。」下条小姐兩手插在口袋，左右轉頭鬆了鬆筋骨。

我跟著她來到運動場旁邊的一座網球場，雖然是假日，球場依然相當熱鬧，四面場地都有人在打球，看他們的年齡層應該不是網球社社員。
「妳先等我一下。」
下条小姐讓我在鐵網旁的長椅坐下之後便走向最右邊的場地，場子上一位滿頭白髮的男士正與一位年輕女子練習發球，下条小姐朝男士走去。男士應該超過五十歲了，體格卻相當結實，頭髮如果是黑的或許就會像四十出頭。
下条小姐與男士交談兩三句之後，兩人一起離開球場朝這裡走來，我連忙站了起來。
「這位是笠原老師。」下条小姐向我介紹那位男士，「他是經濟學院的教授，也是我的網球敵手。」
「啊……您好，我是氏家鞠子。」我鞠躬說道。
「敝姓笠原，請多指……」笠原老師突然斂起笑容，一逕凝視著我。
「老師，怎麼了嗎？」下条小姐問。
「不，沒什麼。」笠原老師揮了揮手，臉上再度出現笑容，「對了，妳找我有什麼事？」
「老師從前不是健行社的嗎？」
「怎麼突然提起陳年往事？」笠原老師苦笑，「我是加入過，不過名爲健行，可不是帶著便當在高原上野餐唱歌喲，我們爬的山雖然不像登山社那麼誇張，爬起來也不輕鬆呢。」
「請問你們社團有沒有一位社員叫氏家？他是這位小姐的父親。」
「氏家？」笠原老師粗壯的雙臂交抱胸前，看了看我，又看了看下条小姐，「沒印象耶，是經濟學院的人嗎？」

「不是，是醫學院。」我告訴他父親的入學年度。

笠原老師帶著溫柔的笑容搖了搖頭，「那他應該大我一屆，但是我不記得學長之中有這號人物，何況當時我們社團裡根本沒有醫學院的學生，我想他參加的應該是其他社團吧。」

「其他社團？還有其他從事健行活動的社團嗎？」

「應該有好幾個吧，那個年代物資非常缺乏，健行類社團是最不花錢、最容易成立的社團。」

「這麼說，家父參加的是別的社團了？」我問下条小姐，一邊留心不讓失望寫在臉上。

「嗯，應該是別的。」

「妳在找妳父親曾加入的社團嗎？」笠原老師問。

「是的。」我答道。

「那我建議妳去圖書館找找看，圖書館裡有一份檔案叫做『帝都大學體育會活動紀錄』，上面或許有記載。那份檔案是體育會五十週年時製作的，大概這麼厚吧。」笠原老師將拇指與食指拉開約十公分的寬度。

「也包括同好會的資料嗎？」下条小姐問。

「多多益善嘛，各同好會自製的名冊應該都收錄在那裡面，我曾翻過一次，裡頭連保齡球同好會、獨木舟同好會都有呢。」

「那我們去找找看吧。謝謝老師，幫了大忙。」

「真的非常感謝您。」我也道了謝。

「我很高興能幫上忙。」接著笠原老師又愣愣地看著我的臉，遲疑了一會兒說：「不好意思，請問妳是東京人嗎？」

「不，我住在北海道。」

「北海道……，那麼是我搞錯了吧。」

「怎麼了嗎？」下条小姐問。

「不，沒什麼啦，只是我總覺得好像在哪裡見過她。」

「眞是的，連老師都這樣。」下条小姐噗哧一笑，望著我對笠原老師說：「昨天圖書館的服務人員也說她長得很像電視上出現的女生呢，難不成老師您也看音樂節目？」

「音樂節目？我不看那種東西的，我是覺得好像很久以前在哪裡見過她……」說到這裡，老師笑著朝自己腦袋敲了一下，「不可能啦，一定是我搞錯了，眞是抱歉。祝妳回北海道時一路順風喲。」

「謝謝您。」我再次鞠躬道謝。

然而圖書館星期天沒開館，我正不知如何是好，下条小姐淡淡地開口了：

「我找時間幫妳查吧，查到了再通知妳。」

我吃了一驚，轉頭看著她，「這樣太麻煩妳了。」

「這又沒什麼。不過，我希望妳告訴我一件事。」

「什麼事？」

「妳說要寫父親的半生記，是騙人的吧？」

我倒抽一口氣，望著下条小姐，她只是平靜地回望我，我不禁低下了頭。

「妳是……怎麼發現的？」

「因爲啊……」下条小姐嘆了口氣，「妳對妳父親的了解實在太少了，連我對我那頹廢老爸的些許認識都要強過妳手邊的資訊。」

「對不起，我不是故意說謊的……」

下条小姐溫柔地將手放在我的肩上說：

「我不問妳理由，等妳想說的時候再告訴我吧。」她拿出一本小筆記本，「來，把妳的聯絡方式寫下來。」

我忍住淚水，寫下了札幌的地址和電話號碼。

當天晚上，我在下条小姐的目送下離開了東京。

雙葉之章
二

我們樂團租的錄音間位於西池袋，結束練習之後我想去買些東西，在大樓前便和同伴們道別。

「正式上場時妳可得多加油，我們已經沒時間聚在一起練習了。」友廣說。他今天從頭到尾都臭著一張臉，原因是我唱歌的時候完全心不在焉。

「對不起，我會加油的。」我雙手合十向他道歉。

我心不在焉的原因很簡單，因爲媽媽的事一直掛在心上。自從我上電視到現在已經過了五天，她卻隻字不提那天的事，而且她不是在鬧脾氣或故意不理我，她的態度和平常一模一樣，不，可能沒有平常那麼強勢，或者該說是沒精神吧，總之她看起來不像對我有什麼不滿。

這反而讓我更在意，如果她明顯表示怒意還比較容易理解，畢竟是我打破約定在先，被罵也是理所當然，但她卻完全沒生氣。我寧願她對我大吼大罵我心裡也輕鬆一點，然而現在的媽媽到底在想些什麼我完全猜不透。

前幾天媽媽落淚的畫面深深烙印在我腦海，之後我好幾次想開口問她怎麼了，終究開不了口，我有股莫名的不安，又看到媽媽這幾天的舉止我更難啓齒。

我買完東西回到公寓樓下的時候已經過了九點，今晚輪媽媽做晚飯，平常就算不是輪我做飯的日子，我晚回家她多半會生氣，但今晚我倒希望她發脾氣，我希望她趕快恢復正常。

我一踏上公寓樓梯，樓梯上方傳來了說話聲。

「如果妳改變心意了，請和我聯絡。」聲音聽起來是個陌生的中年男人，我一邊嘀咕這人是哪戶鄰居的訪客一邊走上樓梯，但下一個聲音讓我停下了腳步。

「我不會改變心意的，請你高抬貴手……」

是媽媽的聲音，絕對不會錯，我好久沒聽她用這麼恭謹的口氣說話了，我見苗頭不對，回頭躡手躡腳地走下樓梯躲在腳踏車停車場暗處。

接著傳來下樓梯的腳步聲，應該只有一個人下樓，我探出頭張望。

一名身穿深色西裝的男人提著一個小公事包正走出公寓，燈光昏暗，我看不清楚他的長相，只知道他身材矮小，五十歲左右，但他給人的感覺一點也不瘦弱，因爲他的儀態顯得相當有自信，西裝也是高級品，質料散發著光澤。

我等了五分鐘才走出來，上了樓梯打開門進到家裡，媽媽人在廚房，只見她滿臉錯愕地看著我。

「雙葉，妳剛回來？」媽媽的聲音有些緊張。

「是啊。」

「路上有沒有遇到什麼人？」

「啊？嗯，沒有啊。」

「喔……那就好。」媽媽輕吁一口氣，那一瞬間她的身影似乎小了半圈。

「怎麼了？有誰來過嗎？」

「咦？嗯，是啊，剛來了一個推銷員，這種時間跑來推銷東西還賴在門口不走，我都快被煩死了。」

「喔。」我偷瞄了一眼流理臺，裡頭放著接待訪客用的茶杯，看來媽媽的說謊技術變差了。

「晚飯吃過了嗎？」

「還沒。」

「喔，那我現在煮，妳等我一下。」媽媽轉身點燃瓦斯爐加熱爐上的鍋子，她的背影似乎比平常還小。

媽媽也還沒吃，等到我們坐下來一起用餐時已經將近十點了。今晚的主菜是燉牛肉，媽媽一邊以湯匙叉子將食物送入口中，一邊高談闊論著調味和火候的技巧。今天的媽媽非常多話，比昨天有精神，但看她表情總覺得有些強顏歡笑，兩人之間話題一中斷，氣氛就變得非常尷尬。

「媽媽。」我趁著對話的空檔開口了，「妳不氣我上電視嗎？」

媽媽似乎有些措手不及，身體微微縮了一下，接著聳了聳肩說：

「當然生氣呀。」

「那爲什麼不罵我？」

媽媽正拿湯匙撈起一片肉，她停下手看著我，「妳希望我罵妳？」

「也不是啦，」我拿叉子戳著一塊紅蘿蔔，「只是覺得怪怪的。本來以爲妳會罵我，但妳什麼都沒說。」

媽媽微微笑了笑，但眼神依然嚴峻，一逕默默吃著她自己做的料理。

晚餐結束時，媽媽開口了：「下次也是星期五吧？」

她指的是上電視的事。「是啊。」我說。

媽媽意味深長地點了點頭，「如果你們臨時無法上場，不知道那個節目會怎麼樣喔？」

這是威脅嗎？

「想也知道工作人員一定會緊張得要命吧，導播和製作人應該都會慌成一團啊。」

「我想也是，不過反正你們只是玩票，替代人選應該很多吧？」

「妳想說什麼？」我皺著眉說：「難不成妳想在緊要關頭讓我們無法上場？」

「沒那回事，只是問問。」說完這句話，媽媽俐落地開始收拾碗盤。

那一夜我在被窩裡遲遲無法入眠，太多想問媽媽的問題在我腦袋盤旋不去，我試圖拼湊合理的推論，弄得自己睡意全沒了。我不想在床上翻來覆去，乾脆下了床走出房間。

媽媽的房間靜悄悄的。媽媽睡著的鼾聲可是大到別人會以爲裡面養了一頭猛獸，所以她應該還沒睡。我在紙拉門上輕敲兩下，裡頭隨即有了回應，「幹嘛？」

我拉開紙拉門，在媽媽的枕邊坐了下來。「我能問一個問題嗎？」

「什麼事？」

「今天那個訪客是誰？」

媽媽應該沒有睡迷糊，卻花了不少時間才聽懂我的問題，只見她一臉驚訝。

「我看到了。」我搔了搔鼻梁旁邊，「那個中年男人看起來很體面，根本不是什麼推銷員。」

媽媽緊繃的臉好一陣子才恢復笑容，她深深嘆了口氣說道：

「被妳看見啦，那我只好招了。」

「那人是誰？」我又問了一次。

「媽媽以前的同事，當時我和他都在大學當研究助理，他很照顧我，不過人家現在已經是教授了呢。」

「他來我們家做什麼？」

「這個嘛……」媽媽似乎覺得不妥又閉上了嘴，頓了一頓才對我說：「他說剛好來這附近順道看看我，大概是來東京辦事情吧。」

「爲什麼騙我是推銷員？」

「沒有爲什麼啊，只是隨口說了。」

「可是……」

「雙葉。」媽媽豎起食指，「妳不是說只問一個問題？」

「唔……」我一時語塞。

「滿意了吧，快去睡覺，媽媽又不像妳，我明天可得早起呢。」

我心不甘情不願地站了起來，走出房間拉上紙拉門，隔著門說了聲：「晚安。」門的另一頭也傳來一聲「晚安」。

回到被窩，我回想那名紳士與媽媽的對話。

「如果妳改變心意了，請和我聯絡。」

「我不會改變心意的，請你高抬貴手……」

媽媽竟然會說出高抬貴手這種話，對方一定不是普通人物。

難道是我的爸爸？

這突如其來的念頭讓我愣了一下，但想想的確有可能，媽媽從前可能因爲某個緣故與爸爸分手，從此躲到爸爸找不到的地方過日子，但是我上了電視，爸爸因此找到媽媽的下落，便來家裡問媽媽願不願意和他復合……

想到這裡我搖了搖頭，這個推論實在太蠢了，如果爸爸眞的有心要找，應該不難找出我們的住處，何況就算是親生父親，也不可能光憑我在電視上露面那幾幕影像便認定我是他的女兒。

胡思亂想中，我沉沉睡去。

隔天我難得去了一趟學校，其實從上電視之後這還是我第一次踏進校園。

我就讀的東和大學位於高田馬場，我一走進階梯教室，國文系的同學一齊發出令人震耳欲聾的尖叫。

「小林！妳怎麼這麼久沒來上課？我還以爲妳休學了！」甚至有人這麼說。

女同學們圍著我問了一些上電視的事，這些朋友都很支持我參加樂團活動。

「啊，對了，前幾天有人問我一大堆妳的事呢，我想想……，好像是前天吧。」綽號叫栗子的女生說道。

「問我的事？誰啊？」

「他說他是電視臺的人，但我後來愈想愈覺得可疑，他是個很瘦的老伯，長得怪怪的，實在不像演藝圈的人。」

「他怎麼會找上妳？」

「我走出教室沒多久他就追了上來，先問我是不是國文系的學生，我說是，他就說他是電視臺的人，想要採訪關於小林雙葉的事。」

眞是怪事一樁，電視臺的人應該不會這麼做。「後來呢？」我問。

「他說他會付採訪費，我想應該無所謂吧，就跟著他到咖啡店接受採訪，沒想到他淨是問些怪問題。」

「他問了什麼？」一旁的同學催促著。

「他首先拿出雙葉的照片，讓我確認小林雙葉是不是這個人，我說沒錯就是她，不過那張照片有點怪。」

「怎麼說？」我問。

「照片上的人的確是妳，但就是怪怪的，年紀好像比較輕，感覺也比較乖巧，總之和妳不大一樣。」

「啊？妳在說什麼啊？」

「我也說不上來，可能是妳高中的照片吧，而且照片裡的妳是直長髮。」

「直長髮？」我皺起眉，「我沒留過那種髮型啊。」

「可是照片上就是那樣嘛。」栗子嘟起嘴。

這實在很詭異，我高中一直是短髮，上了大學才把頭髮留長，而且很早就把頭髮燙捲了，那個男人是怎麼弄到那種照片的？

「算了，這先不談。那個男的還問了什麼？」

「嗯，他問了一些關於妳的個性和日常生活的問題，我想這種時候好像該幫妳說好話，所以就加油添醋講了一堆，尤其是講到妳的成績，可是講得我好心虛呢。」

「還有呢？」我愈聽愈不爽，雙臂交抱胸前。

「後來他的問題愈來愈奇怪，好比妳有沒有生過大病、有沒有什麼慢性病之類的。」說到這裡，栗子突然壓低了聲音，「他還問妳有沒有懷孕過。」

「什麼!?」周圍一陣尖叫。

「怎麼會問這種問題？」我說。

「我哪知道？我也覺得很怪，所以我和他說這些事我不清楚便離開了，反正採訪費已經拿了。」

「他給妳多少？」一旁同學問道，栗子吐出舌頭不好意思地笑了笑說：「一萬。」

「什麼!?」周圍發出了比剛剛更大聲的尖叫。

不知道該煮什麼的時候，煮咖哩飯就對了。從我上小學，媽媽就要求我幫忙做晚飯，而這個決定菜色的方針從小到大都沒變過。多虧如此，現在我閉著眼睛也會煮咖哩，雖然媽媽常抱怨我手藝沒進步，管他的，反正只有我和媽媽兩個人吃。

我將瓦斯爐火轉小，讓咖哩慢慢熬煮，然後在廚房椅子坐下望著微波爐的電子鐘，八點三十二分。看媽媽今天的班表，她應該會在九點前到家。

我在餐桌前一手托腮一手翻開晚報，沒什麼吸引人的新聞，或者該說沒有新聞能吸引我，因爲那件事一直在我腦海轉來轉去。

根據今天調查的結果，拿了一萬圓採訪費的包括栗子共有三人，都是國文系二年級的同學，而且接受採訪時間都是前天，過程也極爲相似：上完課走出教室，不久便被人從身後叫住，劈頭就問是不是國文系的學生。

我的想像是，那個男人應該事先調查過國文系二年級學生的課表，然後埋伏在教室門口，一下課他就隨便挑個對象跟上前伺機開口說要採訪。

另外兩人被問的問題也和栗子差不多，最不可思議的是，很多問題都繞著我的身體健康狀況打轉，而且每個人都被問到我「是否懷孕過」，聽得我心裡直發毛。一個同學說，那個老伯一定是我男朋友的爸爸，爲了確認我是否適合當他們家的媳婦而暗中查訪，「所以我說了不少好話喲。」眞是謝謝她的雞婆。

那個男人到底是誰？爲什麼要調查我？尤其還付了每人一萬圓的採訪費，更加深了我的懷疑，演藝圈人士再怎麼出手闊綽，也不可能爲了這幾個問題砸下那麼多錢。

我腦中第一個想到的是昨晚來我家的那名體面紳士，但根據栗子她們的描述，應該不是同一人，聽說那個老伯走路時左腳有些跛，但昨晚那個紳士走路卻很正常。

想破頭也想不出個所以然，我決定轉換心情，從廚櫃拿出Four Roses波本威士忌，倒進杯裡加些冰塊小口啜飲著，接著我從冰箱拿出一顆檸檬直接啃著吃，媽媽常說她光是看我這麼吃檸檬就酸到口水直流，我倒覺得不懂這種快感的人眞是不幸。

啃了半顆檸檬，微波爐旁的無線電話機響了，應該是媽媽打來的。我按下通話鍵，傳來的卻是陌生男人的聲音。
「喂？請問是小林小姐的家嗎？」
「是的。」我回答。男人的聲音聽起來非常嚴肅，我有股不好的預感。
「這裡是石神井警察署交通課，請問妳是小林志保小姐的家人嗎？」
我一聽到警察兩個字頓時全身僵硬，看來我的預感沒錯，我緊握聽筒說：「我是她女兒，請問我媽媽怎麼了嗎？」我不禁拉高了音調。
「她出了車禍，現在正送往谷原醫院。」
我驚呼出聲，一句話都說不出來，心臟劇烈跳動，手上的檸檬掉到地上。
「喂喂？小林小姐？」
「……我在。請問她狀況怎麼樣？」
「詳細情形我這邊也不清楚，但聽說有生命危險，妳方便趕去醫院嗎？」
「我立刻過去。」
「妳知道谷原醫院在哪裡嗎？」
「我知道。」我當然知道，因為那就是媽媽上班的醫院。「請問……車禍當時的狀況是……？」
警察隔了半晌答道：「對方撞了妳母親之後肇事逃逸，我們現在正全力查緝，一定會盡快將肇事者逮捕歸案。」
「肇事逃逸……」這四個字深深刺在我的心上。

掛上電話，我妝也沒補，一身牛仔褲搭馬球衫的裝扮便衝出瀰漫著咖哩味的家。

我一抵達醫院便衝進大門，候診室裡一片昏暗，只點了一盞日光燈，掛號處也是關著的。

我邊走邊脫掉運動鞋，嘴裡大聲喊著：「有人在嗎？」走廊轉角出現一名護士，她的身形嬌小，看上去比媽媽年輕一些。

「妳是小林小姐的……」她小聲問道。

「對。」

護士點了點頭，招手叫我跟她走。

我本來以為她要帶我去手術室，沒想到她帶我來到走廊盡頭的一間房，門牌是空的。

護士比了比房門說：「這邊請。」

「我母……」我本來想問「我母親是不是在裡面」，話說到一半便哽住了，因為我看到護士的眼中含著淚水，也聽見了門內的啜泣。

我的身體開始顫抖，寒氣竄過全身冒出無數的雞皮疙瘩，一顆冷汗從太陽穴流向脖子。

我顫抖的手握住門把一拉，陰暗的房間裡，映入眼簾的是一大團白色影子。白色病床、床前的兩名白衣護士、以及白布。

我踉踉蹌蹌地走向病床，兩名護士一看見我便退了下去。我站在病床旁邊，低頭看著臉上蓋著白布的媽媽。

這是在開玩笑吧……。我很想說這句話，但我一句話也說不出來，我的嘴唇不聽使喚；我想取下白布，但我的手指也不聽使喚。

「媽媽……，是我，雙葉。」

我一逕愣愣地站著，好不容易擠出了這幾個字。

鞠子之章 三

從東京回來北海道已過了五天。星期五第四堂課結束後，我走出校門，從西十八丁目搭地下鐵前往札幌車站再轉搭ＪＲ電車(*1)，這是我再熟悉不過的生活。

下条小姐完全沒有聯絡，我想或許是我太厚臉皮了，畢竟她和我非親非故，沒有義務幫我那麼多忙，我必須靠自己找出真相。

從千歲線新札幌站走十分鐘路程就到了我目前借宿的舅舅家，這裡原本是一棟老舊的木造建築，兩年前外婆過世後，整棟房子重新翻修，現在成了一棟白色磁磚外牆的西式住宅。

我一打開大門便聽見熟悉的聲音，是父親。

父親正在一樓客廳與舅媽及表妹阿香聊天，舅舅好像還沒回來，桌上放著水果蛋糕，應該是父親帶來的伴手禮，世界上蛋糕種類何其多，父親卻只知道水果蛋糕。

「我去旭川辦事，回程就順道過來看看鞠子妳有沒有給人家添麻煩。」父親一看到我便如此說道。父親去旭川，目的地應該是北斗醫科大學吧。

「我正在和妳爸爸說妳一點也沒有給我們添麻煩，還幫我們做了不少家事，我們非常感謝呢，真希望阿香也和妳多學學。」舅媽溫柔地瞥了一眼身旁的阿香。

阿香正拿叉子叉起水果蛋糕，聽到這句話眉頭一皺，「又來了，沒事就愛扯到我。」

舅媽和阿香的對話逗得大家笑了一陣之後，父親從沙發起身說：「我想參觀一下鞠子的房間，方便嗎？」

「啊，當然好呀，你們父女倆一定好久沒單獨聊聊了。」舅媽說。

我只好跟著站了起身。

父親進到我房間，首先走向窗邊看了看外頭的景色，舅舅家這一帶地勢比較高，視野很遼闊，太陽已經下山了，家家戶戶亮起燈火。

「這裡環境真不錯，窗外景色一望無際呢。」父親似乎相當感動。

我看著父親的背影，忽然有股衝動想拿出那張照片，如果我當面問他那個臉部被塗掉的女子是誰，不知他會露出什麼表情？但我馬上甩開了這個想法，父親連母親過世的真相都不願告訴我，怎麼可能對我說真話？而且要是我把話攤開來講，可能這輩子都無法從父親口中探出真相了。

「對了，妳學校生活過得如何？」

我還發著愣，父親突然開口問道。我嚇了一跳抬起頭來，父親正倚著窗框看著我。

「大學生活快樂嗎？」父親又問了一次。

「嗯，很快樂。」我回答。

「你們英文系想專精英文的人應該很多吧？」

「是啊。」

「那麼想出國的人應該也不少？像出去留學之類的。」

我緩緩點頭，「大家都說想出國呢。」

*1 JR，即Japan Railways，日本鐵路公司的簡稱。

「我想也是，只有留學才能眞正理解一個國家，不只是學會語言而已。」父親交抱雙臂頻頻點頭，「鞠子妳呢？想不想出國留學？」

「嗯，有機會當然想去。」這類夢想，我和大學朋友之間不知聊過多少次，只不過她們的留學夢還附帶了「認識金髮男生」這個動機。

父親用力地點了頭說：「好啊，那就這麼辦吧。」

「咦？」我驚訝地望著父親。

「我說妳就去留學吧，去美國，啊，不過妳是英文系，去英國是不是比較好？」

「等等，怎麼回事？怎麼這麼突然？」

「爸爸可不是臨時起意，當初妳選擇英文系的時候，爸爸就打算遲早要送妳出國了。」

「但你都沒提過啊？」

「我只是沒特別拿出來講，如何？要不要去國外看看？不過短期留學沒什麼意義，既然要出國，乾脆念個一年左右再回來，這邊的大學先辦休學就行了。」父親顯得異常興奮。

「留學……說是很簡單，但是辦手續什麼的沒那麼容易吧？何況有沒有學校願意收我也是個問題。」

「這一點妳不必擔心，其實，我今天去拜訪一位很熟悉這方面的人士，他說可以幫忙處理，我是和他談過之後才決心送妳出去的。」

「原來是這樣。不過對我來說還是太突然了，我需要一點時間考慮。」

「嗯，妳慢慢考慮沒關係。」父親移開了視線，擱在膝上的兩手不停交互摩擦掌心，接著又望向我說：「不過妳會很爲難嗎？是不是有什麼牽掛讓妳無法出國留學？」
「那倒是沒有。」
「那麼我是覺得不必考慮了，如果我是妳，早就滿口答應了呢。」
「可是我才剛進大學呀，我想再多學一些，等基礎都扎實了再出國。」
「是嗎？爸爸不這麼想呢，留學這種事，應該是愈早體驗對自己愈有幫助吧。」
我眞的很懷疑父親爲什麼千方百計要說服我出國留學，雖然他說不是臨時起意，但我印象中他先前根本不曾動過這種念頭。
「總之，讓我考慮一下。」我又說了一次。
「嗯，不過爸爸希望妳能多想想自己的將來。」父親點了點頭。
我走到書桌旁的椅子坐下。
「對了，我想參加社團。」
「社團？什麼樣的社團？」父親沉下了臉。
「還沒決定，不過很多社團都希望我加入。」
「嗯，參加社團活動是不錯啦，不過……」
「爸爸，你學生時代玩過社團嗎？」我假裝若無其事地問道。
「我嗎……？」父親似乎有些措手不及，頻頻眨著眼睛，「沒有啊……，我沒加入什麼社團，當時忙於研究，根本沒空參加活動。」
「這樣呀。」我一邊答腔一邊留意不讓懷疑寫在臉上。

父親爲什麼要說謊？還是梅津教授弄錯了，父親根本沒加入過健行社團？

不久舅舅回來了，他留父親吃晚餐。餐桌上，父親也和舅舅一家人提起想讓我出國留學的事，舅舅和舅媽也頗爲詫異。

舅舅和舅媽要父親住一晚再回去，父親婉拒了，才八點多便說他該走了，還說明天一大早有工作要忙，他想搭今晚的電車回函館。

我和舅舅一家人在玄關目送父親離開。父親總是說火災時受的傷早痊癒了，但看著他走路的背影還是看得出他的左腳不大靈活。

「眞沒想到姊夫會說這種話。」我和舅舅及舅媽回到餐桌前坐下，舅舅說：「他說想讓鞠子留學，不知道是認眞的還是隨口說說？」

「誰知道呢，或許是想法改變了吧，哪像從前，鞠子只是說想念東京的大學他就死也不答應呢。」

「對喔，有過這回事呢。」舅舅捧著茶杯頻頻點頭，「那時候他眞的是氣得吹鬍子瞪眼的。」

「現在也還是一樣吧，他要是聽到鞠子跑去東京玩還是會不高興呀。」舅媽說著轉頭看我，「所以上次妳去東京我沒告訴他，放心吧。」

「謝謝舅媽。」我說。

「對了，姊夫兩三天前好像也去了一趟東京呢。」

「咦？眞的嗎？」我轉頭看向舅舅。

「嗯。」舅舅點了點頭。

「他怎麼沒和我們提起？」舅媽說。

「應該是去過回來了，剛剛他從口袋掏出手帕的時候掉了一張紙片，我撿起來一看，是東京飛札幌的機票票根，日期印的是前天，我就問他是不是去了東京，他說是啊。」

「這樣呀……，那就怪了，他怎麼和我說他這星期都待在大學裡？」

「喔？眞的有點怪。」

「搞不懂。」

三人都百思不解，最後舅舅說了句：「算了，他大概覺得這種事沒什麼好講的吧。」便結束了這個話題。

隔天是星期六，一早我假裝去上學，和往常一樣出了家門，之後便搭上札幌開往函館的電車。我沒和父親說我今天要回函館，我打算偷偷調查幾件事再回札幌舅舅家。

其實對我而言「回函館」只是個說詞，因爲我在函館根本沒有可「回」的地方。從小生活的房子已經不在，如今我戶籍上的家是父親住的那間公寓，但我在那間公寓其實沒睡過幾晚，勉強要說可「回」的地方，大概只有從前的學生宿舍吧，可是那裡現在都換了一批學生，早成了一個與當初完全不同的世界，好朋友們、溫柔的學姊，都不在宿舍裡了。

突然覺得有點渴，我從背包取出包在保鮮膜裡的檸檬，這半顆檸檬只是對半切開，我從小就喜歡把檸檬連皮一起啃，所以母親總會幫我買無農藥的國產檸檬。

電車過了長萬部，左手邊看得見內浦灣，平靜的水面在陽光下閃耀著光芒，宛如《紅髮安妮》裡描述的「閃亮湖水」。

安妮應該不曾懷疑自己的身世吧……。我邊啃著檸檬邊想，她出生三個月母親便離開了人世，四天後父親也因熱病過世，雖然不記得長相，她依然深愛著她的父母，她愛著父母的名字，把旁人提到關於父母的回憶都當成重要的寶貝。成了孤兒之後，她輾轉被湯瑪斯家的伯母及哈蒙家的伯母收留，最後被綠色屋頂之家的年老兄妹領養，但對於愛幻想的安妮而言，關於親生父母僅有的些微描述一定成了她心靈上相當大的助力。

我想像著，如果我和她一樣是孤兒，心裡會不會好過一點？這樣我就不必為母親謎樣的行動及自殺而苦惱，也不必因為和父母長得一點也不像而難過，要是能像安妮一樣盡情幻想該有多好，雖然我能不能捱得住身為孤兒的苦楚還是個問題。

不到中午電車便抵達函館，由於時間有限，我決定搭計程車，從車站到父親的公寓只花了大概十分鐘。

這棟公寓只有三層樓，據說是為了確保住宅區的景觀視野。父親的租屋位在最頂樓，三房一廳的格局對一個獨居男人而言非常大，不過聽說每週兩天會有清潔人員來打掃，屋內比我預期的整潔得多。電燈沒關，可能是為了防小偷吧。

進門左手邊是父親的寢室，沿著通道直走經過廚房，在盡頭處還有兩間房間，一間是父親的書房，一間是我回來過夜的房間，當年我住宿時帶去的家具也放在這間房間裡。

我走進自己房間，從壁櫥取出收藏賀年卡及夏季問候卡的箱子，這個箱子原本是裝沙拉油罐的，現在塞滿了這幾年收到的明信片。明信片幾乎都是寄給父親的，我一張一張拿起來審視。

我想找出當年和父親一起加入健行社團的人，雖然父親聲稱不曾加入社團，我決定賭梅津教授的記憶是正確的。

我的過濾重點在於明信片內容是否出現健行相關詞句，例如「最近有沒有去爬山」或是「希望再和從前一樣一起去山上健行」之類的。

然而看完幾百張明信片，完全沒找到類似的詞句，既沒看到「山」，也沒看到「健行」。難道父親眞的不曾加入社團？不，不見得。人過五十歲之後，學生時代的友情或許早已風化成令人尷尬的青澀回憶。

而且還有另一種可能。

如果父親眞的隱瞞了曾加入健行社團的事實，那麼同理可證，他很可能早已刻意切斷與當初社團朋友的聯繫。

總之目前的狀況無法下任何判斷，我將明信片全數收回箱子。

接著我走進父親書房，我還想調查另一件事——

我想查出父親前幾天去東京的目的。當然，父親去東京並不稀奇，每年他都會數度前往東京參加學會或研究會，但如果是這些原因，父親何必隱瞞舅媽他們？

再者，父親昨天突然力勸我出國留學應該和他這次前往東京脫不了關係，雖然父親的說法是希望我學好英文，但實在太突然了，他在東京一定遇到了一些事，而且這些事一定和我有關。

父親明明在這裡住了好幾年，但我一走進書房還是聞到濃濃的新家具臭味，大概是因爲空氣很少流通吧，我的眼睛被薰得有點痛，於是我打開窗戶，越過朝南的陽臺看得到遠方的津輕海峽。

除了窗邊及房門口之外，書房內每一面牆都擺了書架，每座書架都塞滿了書，想要多塞一本進去都不可能，地上也堆滿塞不進書架的書，我不得不佩服父親有辦法在這片書海裡找到自己要找的。聽說父親禁止清潔人員進書房，看來他這些書的擺放應該自有一套邏輯。

窗邊有張書桌，桌上也堆滿了檔案夾及筆記本，我對父親的研究幾乎沒概念，我側著頭看了看檔案夾的背條。

〈哺乳類細胞核移植相關研究Ｉ〉

〈受精卵細胞核除去法〉

〈細胞核移植卵停止發育分化的原因與解決方法〉

〈利用成體細胞階段性細胞核移植的複製方法〉

我看得一頭霧水，但當中的受精卵、細胞之類的字眼卻讓我感到莫名的不安，這些研究似乎觸及了人類不應該侵犯的神聖領域，父親該不會憧憬科學怪人(*1)的故事吧？

我帶著一絲罪惡感拉開書桌抽屜，暗自期待能找到一些解讀父親東京之行的線索，但抽屜裡只塞了一堆寫到一半的報告，以及一些記載著不明數字及記號的便條紙。

我關上抽屜再次環視房內，發現房門旁有個四四方方的黑色公事包，我見過這個公事包，昨天父親去札幌舅舅家的時候就是提著它，換句話說，父親帶去東京的應該也是這一個。

我蹲在地上打開了公事包，裡頭胡亂塞著盥洗用具組、文具、文庫本(*2)時代小說之類的，還有一把摺疊傘。

公事包內側有個放文件的夾層，我拉開拉鍊，發現裡頭有張摺起來的紙，我滿心期待攤開一瞧卻大失所望，那只是一張列印出來的大學課表，父親是大學教授，公事包裡會出現這種東西根本不足爲奇。

我正想將課表重新摺好，突然愣住了，因爲紙面的右上角印著一排字——「東和大學文學院國文系二年級」，東和大學是東京的知名私立大學，何況是文學院的國文系，和父親絕對扯不上關係。

父親到東和大學去了？這就是父親前往東京的目的？

我繼續在文件夾層內翻找，又找出一張照片。那是我的照片，應該是當初報考大學時用剩的，照片中的我迎面看著鏡頭，髮型和現在一樣是及肩長髮，臉上表情有些僵硬，我自己不是很滿意這張照片。

我不禁陷入了沉思。這張照片出現在公事包裡應該不是巧合，東和大學的課表和這張照片必定有某種關聯。

---

*1 《科學怪人》（*Frankenstein: or The Modern Prometheus*），英國小說家瑪麗．雪萊（Mary Shelley, 1797-1851）於一八一八年出版的小說，描述瘋狂醫生弗蘭肯斯坦（Frankenstein）利用科學的方法讓死屍復活。

*2 文庫本：日本一種小型規格的平裝書，常見尺寸爲A6，比一般版本售價便宜，也較易攜帶。

我轉頭望向書架想找出與東和大學有關，然而這麼多書卻沒有一本與東和大學有關，我想起抽屜裡有個名片收納盒，於是將名片拿出來一張張檢查，同樣沒找到與東和大學相關的名片。

我把照片與課表放回公事包，再將公事包放回原先的位置。父親的觀察力很敏銳，房裡的東西要是位置稍有改變搞不好就會發現有人進來過，我也一邊注意不去碰觸其他東西。

我走到朝南的窗邊正想關上窗，一低頭發現一件汗衫掉在陽臺地上，曬衣桿上則有一個空蕩蕩的鐵絲衣架隨風搖曳，看來應該是父親出門前將洗好的汗衫拿出去曬卻沒有夾上曬衣夾，所以風一吹就掉了吧。父親身爲科學家，這種小地方卻這麼脫線。

我回我房間打開通往陽臺的玻璃門，又發現門外沒有室外拖鞋，我嘆了口氣，回到玄關拿了我的鞋子過來，穿上鞋子走出陽臺。我撿起汗衫，拍了拍上頭的灰塵重新掛回衣架，我很想將汗衫重洗一遍，可惜我沒那麼多時間，我也很想拿曬衣夾將汗衫夾好，但想到會嚇到父親又有點於心不忍。

我手肘撐在陽臺欄杆上，遠遠眺望著景色，這是我第一次悠哉地站在這兒看風景，覺得函館眞的變了，建築物和諧的風格不再，整座城市像塊巨大的瘡疤；空氣也變了，以前是那麼清新，現在無論是顏色或味道都糟糕透頂。

我拎著鞋子回房裡，正想關上陽臺玻璃門，外頭傳來開鎖的聲音，我吃了一驚，緊接著又傳來用力打開大門的聲音，是父親回來了。我一看時鐘，現在還不到三點，他今天爲什麼回來得這麼早？

一陣腳步聲朝我房間走來，我不禁吞了口口水。一定要表現得很平常才行，見面第一句話就說「你回來了」吧。

父親似乎走進了廚房，他沒有察覺我來了，因爲我的房門是關著的，而且我的鞋子正拎在我手上。

我不斷告訴自己——態度要自然，不能嚇到他。正當我伸手想轉開門把，突然聽見父親的聲音：「殺掉了？」

我心頭一驚縮回了手。這句話是什麼意思？

「沒錯，是我，氏家。你竟然做得出這種事，虧你還是……」

是電話，父親正拿餐桌上的無線電話機和某人通電話，所以他是爲了打電話而提早回家？因爲他不想讓學校的人聽見這些對話？

「別裝傻了，怎麼可能剛好在這個節骨眼發生意外。我要退出，我不想和這件事有任何牽扯了。」

父親的聲音夾雜著憤怒與哀傷。我伸出的手仍停在門把前，動彈不得的我宛如櫥窗的模特兒人偶，汗水不斷從我的腋下、頸子及掌心滲出。

「……你想威脅我？」父親突然壓低了嗓音，話語彷彿從深井底部傳出，「少了我又沒影響，藤村的技術和我差不多，不，比我更強，他在哺乳類細胞核移植領域的經驗也很豐富。」

哺乳類細胞核移植？剛剛在書房裡似乎看過這樣的字眼，就在那些檔案夾的標題之中。

「那些幾乎都是久能老師獨力完成的，我什麼也沒做。我之前也說過了，我只是聽從指示做事罷了。」

久能老師……，是久能俊晴教授嗎？

父親沉默不語，似乎正在聽對方說話。雖然完全聽不到內容，我想像得到對方一定正在說服父親，問題是，說服什麼？對方想叫父親做什麼？

「嗯，去過了。我在東和大學蒐集了一些那孩子的情報，一切如我預期，那孩子的身體沒有出現任何異狀。」

那孩子？東和大學？

父親以充滿無奈的沉重口氣說道：「你要怎麼說服？你應該知道這事不能亂來，如果鬧大後果會不堪設想。小林應該也有兄弟姊妹吧……，是嗎，有個哥哥？那更不能亂來啊。你打算怎麼辦？你該不會連那個哥哥也……，嗯，千萬拜託了。」

小林……？從沒聽過的名字。

「我知道，總之小林的事和我無關，我就相信你，當那是一場意外吧，不過今後要是再發生類似的事我馬上退出。還有，我再強調一遍，這是我最後一次和你們扯上關係，以後別再找我了。」沉默了片刻，父親接著說：「你們的保證能相信嗎？二十年前，你的頂頭上司也和我說過同樣的話。」

傳來喀啦一聲輕響，父親似乎掛上了話筒。

我仍倚著門全身僵直。從剛剛的通話內容推測，父親似乎參與了一件相當危險而恐怖的計畫，我很想衝出去逼問父親到底是怎麼回事，但我彷彿被施了緊箍咒全身動彈不得。

聽見父親走來走去，我不禁閉上了眼。我已經有覺悟了，他會打開房門，發現我站在這裡。我多希望自己能像妖精一樣，在他看見我的那一瞬間消失不見。

然而我的房門並沒有打開，腳步聲再度響起，而且愈來愈遠，最後是大門的開門聲、關門聲，以及上鎖聲。

這些聲音解開了我的封印，我的身體重獲自由，但我再也站不住，膝蓋一軟撲倒在地。

雙葉之章

三

冷氣過強的室內迴蕩著和尙誦經聲，我以爲和尙都是光頭，祭壇前的住持卻有著一頭烏黑頭髮，要是讓他穿上西裝活脫就是個銀行員，但他低吟的誦經聲聽起來四平八穩，不愧有住持的架式。

我原本下定決心今天不哭了，但上香的時候一看見媽媽的照片，眼淚還是流了出來。這兩天下來我的眼淚沒停過，我從小到大很少哭，或許這兩天把該哭的份都補足了吧。

喪禮全程在大樓裡面進行，我不知道媽媽喜歡什麼樣的喪禮，只好按照葬儀社的建議選了最平凡的模式，這年頭連喪禮的靈堂都是設在鋼骨大樓內部。

前天夜晚發生的事在我睡眠不足的昏沉腦袋中隱隱浮現，一下子發生太多事，我對時間的感覺都麻痺了，有種已經過了一星期的錯覺。

葬儀社掌握情報的速度之快令人咋舌，媽媽過世的當晚他們就跑來醫院和我商討後續處理。我明明沒聯絡他們，一問之下才知道這家葬儀社與谷原醫院關係良好，是裡面的護士通知了他們，但也多虧如此，讓我沒多少時間沉浸在悲傷之中，對我而言或許是件好事。媽媽從前也常這麼對我說：「雙葉，有時間哭的話，不如想想下一步該怎麼走。」

「請問是否有其他親人？」戴著黑色膠框眼鏡的葬儀社人員問道，我才想起有個必須聯絡的親戚，那就是住在町田的舅舅。他是媽媽的哥哥，五十歲左右，滿頭白髮看起來像學者，其實舅舅是個鐵工廠老闆，個性溫厚，一笑起來眼睛就瞇成一條縫。舅舅現在依然住在媽媽從小生活的老家，有老婆及三個兒子，兩個在念高中，一個在念中學，這三個兒子都是滿臉的青春痘，我每次靠近都很怕被傳染。

舅舅及舅媽聽到媽媽的死訊震驚不已，立刻趕來醫院，平常個性溫和的舅舅得知對方肇事逃逸，宛如野獸般大吼大叫敲著牆壁，哀嚎響遍整棟安靜的醫院；舅媽則是淚流滿面一逕撫著失去妹妹的丈夫的背。

見過遺體之後，舅舅夫妻倆馬上參與我和葬儀社的討論。說眞的，我有種得救的感覺，該選擇什麼價位的棺木和祭壇，我一點概念也沒有。

舅舅叫我先回家好好休息，他說接下來的事他們會處理，我接受他的好意，當晚便回公寓去了，但我根本睡不著，結果當然是又哭了一整晚。明明聽到媽媽死訊時已經哭了好久好久，眼淚卻絲毫不見乾涸，待在家裡放眼望去，所有東西都充滿了媽媽的回憶，我的眼淚更是停不下來。我一邊哭一邊在心中想像那個開車撞死媽媽的傢伙的模樣，憎恨之情愈來愈強烈。

天快亮的時候，大概是哭到麻痺了吧，悲傷的情緒變得斷斷續續的，而且最丟臉的是，我竟然餓了。於是我慢吞吞地下床，把咖哩弄熱淋在白飯上吃掉，我的舌頭完全無法辨別味道，但吃完之後我又添了一盤，想到這些咖哩本來是要和媽媽一起吃的，眼淚又流了下來。

我無法入睡，但腦子又無法保持清醒，一直昏沉沉地躺在床上。早上十點左右門鈴響了，我以爲是舅舅他們，隔著門上的小窗一看，門外是一身制服的警察三名。

一名是石神井警察署交通課的警察，兩名是搜查一課的刑警，我雖然不想被人看見自己兩眼紅腫，卻很想聽聽警方的說明，只好把這三人請進了狹窄的廚房。

首先是年輕的交通課警察向我說明車禍的大致情況，他說媽媽是在車流量不多的住宅區街道上被撞到的。媽媽離開谷原醫院之後走在路上，被一輛汽車從身後追撞，但那條路的路幅頗寬，而且是單行道，過去極少發生車禍。

「出事時間是八點五分左右，附近居民聽到聲響趕來查看，發現車禍便叫了救護車，救護車立刻趕到將她送進最近的醫院，但當時她已生命垂危，研判肇事車輛的速度相當快。」

「頭蓋骨側頭部內出血，脾臟及肝臟破裂……，簡直像墜樓一樣。」我想起醫生是這麼形容的。

「我母親難道沒察覺後方有車子駛近嗎？要是察覺了應該會閃到路邊吧？」我問。

交通課的警察思考了一下說：

「或許沒察覺，也或許察覺了但以爲不會那麼快撞上吧，只是很不幸地開車的人也沒注意到前方有人。」

我很想大罵「這不是一句沒注意到就能推卸責任的吧」，還是強忍了下來。

「請問……關於肇事者有沒有什麼線索？」這是我最在意的一點。

「我們已經查出了車種。」一名頭髮往後梳的中年刑警隨即答道。他的下巴很尖，給人冷酷的印象，「根據掉落現場的漆片及輪胎痕跡研判，肇事的是一輛九〇年出產的白色豐田LITE ACE廂型車，我們正在過濾車主，不過擁有這款車子的人很多。」

「LITE ACE……」肇事者開的是廂型車，這讓我有些意外，雖然橫衝直撞的商用廂型車我的確見識過不少，「沒有目擊者嗎？」

「問題就在這裡。」刑警皺著眉說：「從昨晚到現在，我們在事發現場附近問了不少人，但目前還沒人表示見過肇事車輛，不過倒是有好幾個人當時曾聽見車子撞到東西的聲響。」

「這樣啊。」我不知道只是聽見車禍聲響的證人對搜查工作能有多少幫助，但從刑警的表情看來應該是不必期待了。

「關於剛剛提到的輪胎痕跡……」一旁交通課的警察開口了，「我們仔細檢查路面之後發現，本案的煞車痕比一般案例要少得多，既沒有發現駕駛人在看見小林小姐的瞬間緊急煞車的痕跡，也沒有撞上之後停車的痕跡，我們認為這名駕駛在過程中根本沒減速，撞人之後直接把車開走，所以附近的居民聽到聲響出來查看的時候，肇事者早已逃逸無蹤了。」

「撞上之前沒踩煞車並不奇怪，駕駛人可能開車不專心，直到撞上了才發現。」尖下巴的刑警說：「不過，撞到之後也完全沒停車而直接逃逸就不大對勁了。」

「什麼意思？」我的雙眉不由自主地上揚。

刑警微微繃起了臉，「簡單來說，一般就算是肇事逃逸也會留下撞人之後的煞車痕。不小心撞到了人，第一個反應通常都是踩煞車，這是駕駛人的本能。如果妳會開車，應該能體會吧？」

「我明白。」我點頭。去年我考上了駕照。

「駕駛人會下車查看傷者的狀況，有良心的駕駛人不管傷者的狀況如何都會立刻打電話叫救護車，但有少部分的駕駛人卻會在這時心生愚蠢的念頭——『要是報了警，自己就得背上刑責。這傢伙要是死了我的一生就毀了，還是逃走吧，反正沒人看見，應該不會被抓到吧。』像這樣自私的駕駛人就會坐回車子開車逃逸。」

「但是撞死我母親的肇事者卻沒有經過這些猶豫的過程？」

「若以煞車痕來判斷，確實如此。這名駕駛一撞上小林小姐，當下便採取了行動。」

我的嘴裡有種苦澀的味道擴散，我不禁吞了口口水。

「請問，這是不是代表這名駕駛原本就打算撞死我母親……」

我說到一半，刑警搖了搖頭。

「這目前還無法斷言，因爲也不是沒有意外肇事後旋即逃走的案例，只不過我們目前的搜查方向並不排除蓄意犯罪的可能。」

蓄意犯罪，意思是說，這是一場謀殺？有人蓄意殺死媽媽？怎麼可能？誰想殺死媽媽？

「所以我們想請教妳，假設這是蓄意犯罪，妳有沒有想到什麼可能涉案的人？」

「沒有，完全沒頭緒。」

我立刻搖頭。這不是深思熟慮的結果，只是反射動作。

「小林志保小姐有沒有被人糾纏，或是有人憎恨她？不，應該說……」尖下巴的刑警連忙補充：「我說的遭人憎恨，很多時候是當事人的善意被曲解了，所以我們還是得和妳確認一下。」

「有誰會恨我母親……？」我努力回想，但腦中一片空白。印象中媽媽的確和別人有過幾次小糾紛，但一時之間我卻一件也想不起來。

「沒辦法，我想不出來。」我哭喪著臉。

「曾經接到奇怪的電話嗎？」

「大約一年前常接到無聲電話，但最近都沒有了。」

「這樣啊。」中年刑警對身旁做筆記的年輕刑警使了個眼色，又對著我說：「那麼，小林志保小姐最近的舉止是否有什麼不尋常之處？」

「不尋常……」這時我終於恢復了思考能力，我想起來有件事該告訴警方。

「有嗎？再瑣碎的事也沒關係，請告訴我們。」

「我想到一點，是關於我上電視的事。」我把我和媽媽的爭執說了出來，我告訴刑警，媽媽反對我上電視的態度很不尋常，我費盡唇舌說明，然而刑警只是一臉失望地說了句「有些人的確很討厭演藝圈」，完全不當一回事。我又告訴刑警，媽媽在我上電視之後變得很消沉，這點似乎多少引起刑警的興趣，但他還是不認爲這起車禍和我上電視有關，反而問我：「妳母親心情消沉有沒有可能是其他原因？」我斬釘截鐵地回答「不可能」，但我很懷疑刑警到底信了幾分。

接著刑警又問我：「還有沒有其他不尋常的地方？」於是我說出那名紳士來訪的事。

「從前和媽媽一起工作的一名大學老師前天曾來找過媽媽，不過我沒見到面。」

刑警向我詢問姓名，我回答不知道，我只知道他們以前似乎在同一所大學當研究助理。

我順便告訴刑警有個男人在大學裡到處打探我的事，刑警似乎頗感興趣，向我問了那幾個接受採訪的朋友姓名。

警察離開後，我試著思考媽媽遭人謀殺的可能，最讓我在意的是上電視前我和媽媽的那段對話。

「難道我在外面拋頭露面會發生什麼不好的事？」

當時媽媽聽我這麼一問，一臉認眞地答道：「如果我說正是這樣，妳願意打消念頭嗎？」

「不會吧……」我不禁喃喃自語。不是這樣吧？媽媽……，難道所謂「不好的事」指的就是妳會被殺？不可能吧？

一陣暈眩襲來，我躺回床上。
守靈從傍晚開始，今天整晚都必須待在靈堂，祭壇前並排著許多鐵椅，我坐在其中一張上頭發著愣，舅舅對我說：「妳還是去睡一下吧。」
「不用了，我睡不著。」
「別搞壞身體了。」舅舅在我身旁坐下，其實舅舅看起來比我還疲倦。
我們先聊了一些關於媽媽的回憶，接著談到這場車禍，原來刑警也去找舅舅了，舅舅說，當刑警問他是否覺得有誰想置他妹妹於死地時，他大聲地說絕對不可能。
「我告訴刑警，如果我妹妹是被人蓄意撞死的，只有一個可能，那就是兇手的腦袋有問題，對他來說殺誰都一樣，他只是剛好看見了志保才會拿她當犧牲者。」
舅舅說兇手的腦袋有問題這句話，我舉雙手贊成。
我和舅舅說媽媽過世的前一晚有個男人來找她，那個人好像是媽媽從前在大學當研究助理時的同事，舅舅聽了之後點了點頭說：
「難怪刑警問我志保的過去經歷，原來是這麼回事。話說回來，那已經是好久以前的事了，當時雙葉妳都還沒出生呢。我想那個訪客和車禍應該沒關係吧，志保現在和那所大學的人都沒往來了。」
「那所大學叫什麼名字？」
「北斗醫科大學呀，妳不知道嗎？」
「念中學的時候好像聽過，不過那時我對大學名稱根本沒感覺，何況媽媽也不喜歡談往事。

原來是北斗醫科大學呀，那間學校不是還滿有名的？在札幌對嗎？」

「不，在旭川。當年她說想從事醫學方面的工作，我還覺得沒什麼，等到她說想去旭川的大學我才驚覺不妙，那時妳外公外婆都還在，我們三人說服她打消念頭，但妳也知道她的個性，自己擅自辦好手續就離家了。志保離開之後，妳外公外婆相繼病逝，她好像很內疚，回來奔喪的時候哭得跟什麼一樣。」

「那媽媽後來爲什麼離開大學回來東京？」

我這麼一問，舅舅鬆弛的眼袋微微顫了一下，「這個嘛……」舅舅歪著頭呑呑吐吐的，他這個人不擅長說謊，這時我腦中突然一個直覺閃過。

「舅舅。」我坐正姿勢迎面看著他，「我已經二十歲了，多少挺得住衝擊。媽媽過世了，我又想知道自己的身世，所以我希望您能和我說實話。舅舅，媽媽回東京來是不是和我的出生有關？」

看來我猜對了，舅舅的視線從我身上移開，凝視著打磨光滑的油膠地板，過了一會兒，他走去祭壇前合掌膜拜之後又走了回來。

「我去徵求志保同意，問她我能不能把眞相告訴妳。」

「媽媽怎麼說？」

「我覺得她好像在說『眞拿這孩子沒辦法。』所以我想應該是能說吧。」舅舅瞇起了眼，視線又移到地板上，「不過，其實我知道不多。」

「沒關係，您就全部告訴我吧。」

「好吧。」舅舅點點頭。

「我不記得那是幾月幾號了，應該是年尾吧，原本應該待在旭川的志保突然跑回家來，問我能不能借她一些錢。借錢這件事我並不訝異，讓我傻眼的是她當時竟然有孕在身，於是我代替過世的外公外婆不斷追問她對象是誰、到底發生了什麼事，但她說什麼也不肯透露孩子父親的名字，只說她接下來會借住朋友家直到孩子出生，還叫我絕對不能把這件事告訴別人，我問她爲什麼，她堅持不肯說，後來就一如她的規畫，隔天她便消失了。」

「那個朋友是誰？」

「她從前念女子高中時的朋友，好像叫做長……長江吧。」

「我知道這個人。」我想起每年都會收到她寄來的賀年卡。

「我很想知道眞相，打了幾次電話給志保，但她總是叫我別問那麼多。我當然擔心她，又只能照她的話做。後來有一天，一位北斗醫科大學的教授跑來找我。」

「教授……？叫什麼名字？」

「抱歉，名字我不記得了。」舅舅的兩道眉毛垂成八點二十分的角度，「因爲我和他只見過那麼一次，印象中不是太常見的姓氏，只記得他年紀滿大的，體型很瘦。」

「也難怪舅舅沒印象，畢竟只有一面之緣吧，不過那個教授來找您做什麼？」

「他說想見志保，我猜他是想帶志保回去吧，我一想到志保很可能就是在躲這些人，當然打死不肯說出她的去向，我從頭到尾一句話也沒說，那個教授知道勸不動我也就走了。後來過一陣子志保回家來，我還記得她當時的表情非常開朗，一副卸下心中重擔的模樣，我問她事情是不是解決了，她說沒錯，之後才聽她說那個教授其實找到她的落腳處，但被她趕走了，後來志保就在家裡住了下來，五月的時候平安產下一個女嬰。」

那個女嬰就是我。

「接下來的事妳都知道了，志保有護士執照，所以就當護士賺生活費把妳養大成人。我和她說我也能幫忙照顧小孩，但她說什麼也不答應，堅持要一個人把妳帶大。我當初借她的錢，過不久她也如數還清了。」

關於這部分我很清楚，媽媽如何辛苦拉拔我長大，我比誰都明白。

「所以我的父親到底是誰……」

舅舅搖了搖頭，「唯獨這一點，她到最後還是沒和我說。我猜應該是大學裡的人，偏偏志保又說不是。」

「會不會是那位北斗醫科大學的教授？」

「這我也想過，可是志保聽了之後哈哈大笑，直說我猜錯了，我聽她那笑聲應該不是裝出來的。」

「喔……」

「所以我猜想妳的父親可能在那個時候就已經過世了。」

「您是說媽媽待在旭川的時候？」

「嗯。」舅舅點了點頭，「志保可能和那個人私訂了終身，但那個人突然過世無法完婚，志保的肚子裡又有了孩子，所以男方的雙親想帶走小孩，志保不肯，於是志保就連夜逃回東京。我想大概是這麼回事吧，那個北斗醫科大學的教授搞不好是他們倆的媒人。」

「好厲害。」我愣愣地看著舅舅，不禁佩服他的想像力，「簡直像在拍連續劇。」

「不然要怎麼解釋這個狀況？如果妳的父親還活著，一定會來見妳的。就算他不想見到志保也一定想見妳，父母心都是一樣的。」

「或許吧。」這番話從舅舅口中說出來特別有說服力，即使三個兒子都滿臉青春痘，看起來髒得要命，舅舅還是疼得不得了。

「我知道的只有這些了。」舅舅難掩一臉寂寞，「事實眞相如何，只有志保自己知道了。不過我想這樣也好，雖然我能理解妳想知道父親是誰的心情，但知道眞相不見得是好事。」

「我也沒期待有好事呀。」我淡淡笑著說：「不過有件事我一直很在意，和我上星期上了電視有關。」

我把媽媽反對我上電視的事告訴了舅舅。

舅舅滿臉狐疑，「爲什麼呢？她沒道理反對呀？上電視又不是什麼離經叛道的事。」

「很奇怪吧？」

「嗯，父母眼中的孩子都是可愛的，就算不是像雙葉這種美人胚子，通常孩子能上電視的話做父母的都很開心吧。」舅舅的口氣非常認眞，接著他走向祭壇對著媽媽的照片說：「喂，志保，妳人都死了，怎麼還給我們出這種難題啊？眞是受不了妳。」

「罵得好。」我輕聲說道。

出棺、火葬、撿骨等儀式陸續舉行，最後親友們一同聚餐過後喪禮便告一段落，我不清楚前來弔唁的客人有多少人，雖然大部分是媽媽醫院認識的人及舅舅的朋友，我的朋友也不少，這倒是出乎我意料，後來才知道是樂團同伴幫我通知了大家。

喪禮結束後，我和舅舅及舅媽回到住處公寓，把葬儀社給的小型佛壇組裝起來放上牌位與骨灰，就在這時門鈴響起，石神井警察署那個尖下巴的刑警又來了。

「我們找到那輛白色LITE ACE了。」站在門口的刑警劈頭便說：「距離事故現場往東一公里左右有座購物中心，車子被丟在購物中心停車場，左邊大燈有撞傷的痕跡，研判是最近才撞到的。」

舅舅聽到急忙衝過來玄關，「抓到兇手了嗎？」

「問題就在這裡。」刑警沉著臉說：「那是贓車。」

「贓車……」我思考著其中的含意，一股莫名的不快湧上心頭。

「我們昨天早上接獲失竊通知，車主在荻窪開粉刷公司，就是他，你們認識嗎？」刑警拿出一張駕照影本，上頭的名字和面孔我都毫無印象。

「不認識。」我說。舅舅及舅媽也是相同的回答。

「是嗎？」刑警似乎不意外，將影本收了起來。

「請問……」舅舅搔著臉頰說：「贓車的意思是，當時開車的不是這個人？」

「至少不是車主本人。」刑警立即答道：「小林志保小姐發生車禍當時，這個人正出席同業的聚會。他估計聚會應該會喝酒，所以出門時並沒開車。」

看來刑警的意思是他有不在場證明。

「不見得一定要本人開車吧？說不定是他的家人呢？不，既然他是開公司的，說不定兇手是他的員工。」

「您說的沒錯。」刑警同意舅舅的論點，「事實上的確有這種案例，兇手爲了掩飾肇事逃逸的罪行，故意將車子丟到某個地方然後向警方通報失竊，尤其像這種通報失竊的時間點晚於事故發生時刻的案子特別可疑，只不過，這間公司沒有僱用員工，家族成員裡會開車的也只有二十五歲的長男。」

舅舅睜大了眼，一副「所以兇手就是這傢伙」的表情。

「我們已將這名長男帶回訊問，他表示事發當時他正在家裡看電視，但證人只有他的母親。」

「家人的證詞應該不具效力吧？」舅舅張大了鼻孔。

「他是什麼樣的人？」聽我這麼問，刑警愣了一下。

「什麼樣的人……，妳的意思是……？」

「看起來像是開車會橫衝直撞的人嗎？」

「喔，妳是問這個……」

「雙葉啊，其實呢，就算是平常看起來很乖巧的人，一開起車來人格也會改變呢，不是常有人這麼說嗎？」舅媽以她獨特的口吻插嘴說道。舅舅似乎聽得有些不耐煩，不過還是頻頻點頭說：「沒錯、沒錯。」

「這名長男乍看也是個認眞負責的好青年。」刑警說：「但依據長年的經驗，我們很清楚所謂的第一印象有多不可靠。」

「沒錯，我也這麼認爲。」

「關於車子被偷的經過，車主是怎麼說的？」我換了個問法。

「他說他把車子停在自家後面的馬路上，事故發生當天早上還看到車子，下午就忽然不見了。他以爲這種商用車應該沒人偷，所以鑰匙常常插著沒拔。」

「這說詞還眞老套。」舅舅顯然完全不相信。

「不過……」刑警接著說：「我們找到車子的時候，駕駛座上殘留了些許的美髮劑香味，可是這間粉刷公司裡沒人使用這樣的東西，父親是禿頭，兒子也理了個五分頭。」

「美髮劑……，是整形慕絲之類的東西嗎？」我問。

「不，應該是養髮液或髮雕露之類的，而且有很強烈的柑橘香味。」

「柑橘香味啊……」

接下來刑警問我這兩天有沒有遇到什麼奇怪的事，我說喪禮和守夜儀式搞得我暈頭轉向，就算有我也察覺不到。刑警聽了之後頻頻點頭，似乎很能體會。

「關於事故前一天來找我母親的那名大學老師，你們調查過了嗎？」我見刑警似乎打算離開，趕緊問道。

「喔，那個人我們盤問過了，不過沒什麼可疑之處。」

「怎麼說……？」

「他任職於北斗醫科大學，名叫藤村。上星期五他來東京出差，離開的前一天順道來拜訪小林志保小姐，隔天早上搭最早的班機回去旭川，下午他就出現在課堂上了。」

看來這人也有不在場證明，刑警接著說：「我告訴他小林小姐的死訊，他顯得很難過，他說他們有二十年沒見了，沒想到見面不久小林小姐就發生這種事，他覺得自己簡直像是厄運之神。啊，對了，他託我向妳問好。」

被不認識的人以這樣的方式問候，我不知道該做出什麼樣的回應，只好含糊地答了聲：「喔。」

喪禮之後轉眼過了三、四天，今天已經是星期三了。

由於頭七儀式在喪禮當天都提前做完了，暫時不必煩心喪葬的事，但領保險金的手續等等麻煩事還是不少，不過畢竟媽媽買保險是爲了我著想，我應該心懷感激才是，何況一想到接下來的日子，這筆保險金恐怕將是我維繫生活的命脈。

提到錢，賠償金也是一大重點，但這部分應該不必期待了，撞死媽媽的那輛LITE ACE的車主依然堅持車子是被偷的，而警方也找不到證據推翻這個說詞；至於遭到懷疑的長子，警方好像也打算採納他的不在場證明。

光看石神井警察署那幾個刑警的臉色就知道搜查工作毫無進展，我甚至懷疑他們這陣子還有沒有繼續認眞查案，這兩天他們做的最大的動作恐怕只是在事故現場豎起徵求目擊者的告示牌，可是如果有目擊者，早就出面了，現在做這種事不過是自我安慰罷了。

警方似乎已逐漸認定這是一起單純的肇事逃逸案件，但我不這麼認爲。媽媽當初說的話一語成讖，我上電視之後眞的發生了不好的事，我不認爲這只是巧合，背後一定有陰謀，換句話說，媽媽是被謀殺的。

我一邊想著這些事一邊開始整理媽媽的遺物，我想把媽媽的衣服和身邊雜物都先收進紙箱。這有兩個意義，第一，既然我暫時沒有搬家的打算，就該把生活空間整理成適合獨居的狀態；第二，我想藉著觸摸媽媽平常使用的東西讓自己最後一次沉浸在回憶中。也就是說，整理遺物同時具有理性層面與感性層面的好處，我想這樣對保持精神狀態安定應該有很大的幫助，而事實上也是如此，當我整理衣櫥的時候，一方面含著淚水心想「這是媽媽最喜歡的連身洋裝」，而另一方面又偷偷開心短時間內不愁沒衣服穿了。

最棘手的是書。媽媽的房間裡有兩座郵購買來的書架，看起來是便宜貨，收納能力卻超強，兩座書架都塞了滿滿的書，其中很多是醫療相關書籍，這倒不難理解，畢竟媽媽的工作是護士，但除此之外還有不少文學類書籍，看到這些書我不禁汗顏，媽媽比我還常接觸文學，教我這個國文系的學生面子往哪裡擺？

把書丟掉覺得可惜，但不看的書放在家裡也只是占空間，相當傷腦筋，如果書況良好還能賣給舊書攤或送給圖書館，偏偏每本書都宛如象徵著媽媽的勤勉好學，全被讀得破破爛爛的。

正當我站在書架前一個頭兩個大的時候，門鈴響了，開門一看是樂團伙伴阿豐，他拎著一個便利商店塑膠袋。

「來看看妳過得好不好。」阿豐一面說一面頻頻撥著劉海。

「嗯，好好地活著呢。」

我招手要他進屋來，他有禮地說了聲「打擾了」一邊脫下運動鞋。這傢伙這種地方還滿可愛的。

「妳在打掃？」他看了一眼宛如颱風過境的屋內。

「是啊，這種事不早點做會愈拖愈久。要不要喝茶？」

「嗯……我買了巧克力泡芙。」阿豐將便利商店塑膠袋遞了過來。

「哇，謝啦，看來泡咖啡比較合適。」

我家的咖啡一直都是即溶式的懶人咖啡，媽媽總是說早上時間那麼趕，哪有空沖那種麻煩的正統咖啡。我忽然有個念頭，等這罐即溶咖啡喝完，我要去買咖啡豆磨成的眞正的咖啡粉。

「寛太很擔心樂團接下來怎麼辦。」阿豐喝了一口即溶咖啡，「短時間內妳應該會很忙吧？」

「是啊，暫時是沒辦法玩樂團了。」老實說，現在的我也沒那個心情。

「不過，妳可別說要退出喲。」阿豐認眞地望著我，「不管多久，我們都會等妳。」

「我不會退出的，等我安定下來再一起練習吧。」

「嗯，聽妳這麼說我就放心了。」阿豐露出潔白的牙齒笑了。他咬了一口巧克力泡芙，又喝了一口咖啡，然後欲言又止地看著我，「妳接下來得一個人過日子了，一定很辛苦吧。」他的口氣顯得異常嚴肅。

「這也是沒辦法的事，我已經有心理準備了。」

「嗯，雙葉很堅強，我相信妳一定沒問題的。」阿豐微微一笑，但總覺得他表情有點僵硬，我正覺得奇怪，他開口了：「我跟妳說……，不管遇到什麼事，一定要找我商量，我很想爲妳盡一份力，妳盡量依賴我沒關係喔。爲了妳，我願意做任何事，眞的。」

突如其來的一番話讓我愣住了，我看著滿臉通紅的阿豐，心裡登時明白，這是愛的告白。原來如此，這就是他今天來我家的目的。

「雙葉，我從以前就對妳……」眼看他即將說出關鍵性的一句話。

「暫停！」我猛地伸出右手比了手勢堵住他的話，「阿豐，別這樣，這不公平。」

阿豐一臉錯愕，「爲什麼不公平？」

「你看看我，老實說我現在處於傷痕累累的狀態，我不但疲累，對未來滿懷不安，整個人都快站不住了，你卻這時候跑來賣我椅子，以商業行爲來說當然很聰明，但對我不公平，我現在只想一屁股坐下，根本沒力氣去檢查這張椅子到底好不好。」

「可是……這張椅子的品質……我能掛保證……」阿豐結結巴巴地說道。

我搖了搖頭說：「既然你這麼有自信，應該在我恢復精神的時候再來賣我椅子。」

他低著頭宛如被老師責罵的幼稚園小朋友，過了一會兒，他抬起頭羞澀地笑了，「我明白了，我會等到那時候的。抱歉。」

「你不必道歉。」接著我向他說了聲謝謝，這就是我現在的心情。

他問我有沒有幫得上忙的地方，於是我帶他到媽媽的書架前，他看見那麼多書也嚇了一跳。

「我認識的大人當中沒有像伯母這麼用功的呢。」

我也同意。

阿豐說專業書籍我們學校圖書館應該願意接收，於是我們兩人開始動手把這些書裝箱，之後只要聯絡寬太，借他的車搬運就行了。

阿豐背對著我默默地把書塞進箱子，他的背影似乎比平常小了一圈，看來我剛剛那番話還是刺傷他了。阿豐人很好，但聽到我把愛的告白比喻成賣椅子應該還是開心不起來吧，早知道就想個好一點的比喻了。

其實我之前就隱約察覺他的心意，所以聽到他的告白並不意外，但我對他就是沒有心動的感覺，只能和他說抱歉了。而且就算告白的是寬太或友廣也一樣吧，不知爲什麼，這幾個樂團伙伴在我眼裡都像弟弟，總覺得自己和他們活在不同的時代。

不過話說回來，看來以後還是得多注意一點才行，畢竟我們是正値戀愛年齡的男女。

我停下手頭的工作發著愣，「咦？」阿豐突然喃喃說道：「這什麼啊？」

「找到什麼怪東西了嗎？」

「嗯，妳看這個。」他轉頭遞給我一本黑色封面的剪貼本，我從沒見過這東西。

翻開一看，裡頭全是報紙及週刊的新聞剪報，我還以爲是媽媽工作相關的醫學報導，沒想到內容完全出乎意料。

「這什麼啊？」我不禁重複了阿豐的話，「爲什麼要蒐集這種剪報？」

「很怪吧？」阿豐也一臉不解。

剪貼本上貼的全是關於伊原駿策的報導。伊原駿策是保守黨的領袖人物，幾年前當過首相，現在雖然已退出政壇，但全國人民都知道整個政界的實權還是掌握在他手中。

「雙葉，妳媽媽對政治有興趣？」

「也不是完全沒興趣，但應該不到蒐集剪報那麼狂熱。而且你看，這些新聞都怪怪的，講的都是伊原駿策的私生活呢。」

「嗯，對耶。」

剪貼本前幾頁貼的主要是伊原駿策之子出生的新聞，內容簡單來說就是伊原駿策五十三歲時終於喜獲麟兒，而且是個男孩。報紙刊載此事的篇幅很小，但雜誌卻以相當大的篇幅做了詳盡報導，還包括一張伊原駿策抱著嬰兒的照片，當時的他尚未登上領袖位置，老鷹般銳利的眼神及面容也洋溢著年輕的氣息。看看日期，是距今十七年前的事了。

此外還有關於孩子母親的新聞。她是伊原駿策的第三任妻子，當時三十歲，報導中提到她爲了讓自己受孕費盡苦心的過程。

繼續翻下去，報導主題轉到逐漸長大的孩子身上。孩子取名仁志，一則月刊的專欄文章爲了報導伊原駿策的人格特質，特別描述了伊原駿策與兒子的相處互動。

「長得好像啊，一看就知道是父子。」阿豐喃喃說道：「像到這種程度反而滿好笑的。」

正如阿豐所言，照片中的父子實在太像了，看來這個孩子絕對不是第三任妻子偷腥生下來的。

話說回來，爲什麼媽媽要蒐集這些新聞？站在護士的立場，這些新聞或許多少有些參考價值，但再怎麼說也不至於剪下來收藏，剪報中甚至包括描述伊原駿策參加兒子入學典禮時的神情之類的週刊八卦。

剪貼本後半段的新聞更是讓我瞠目結舌，因爲內容有了一百八十度的轉變，完全不見先前的溫馨氣氛。

開頭的新聞報導了伊原駿策的兒子住院，這個時候大家都還不知道病名，接下來的內容愈來愈灰暗，報導中出現了「先天性免疫不全」的字眼。

「我想起來了。」阿豐輕敲掌心，「伊原駿策的兒子後來死掉了，我想想……，大概是七、八年前的事吧。」

「我倒是沒印象。」

我繼續翻閱剪貼本，出現了一張伊原仁志躺在無菌室病床上的照片，根據報導，仁志上小學之後身體開始出現免疫機能障礙，發病原因不明，目前找不到治療方法，醫生也不樂觀，父親伊原駿策則是信誓旦旦地說，他一定會網羅全世界最先進的醫療治好兒子的病。

「免疫不全……是不是類似愛滋病的症狀？」我問阿豐。

「大概差不多吧。」

媽媽的剪貼本最後一篇報導就是伊原仁志的死訊，阿豐的記憶沒錯，那是距今七年又五個月前的新聞，上頭還有一張喪禮現場的照片，場面壯觀而盛大，完全不像九歲小孩的喪禮。和兒子剛出生時相比，喪子的伊原駿策看上去簡直老了三十歲。

「伊原家是政治世家。」阿豐說：「主要勢力範圍在仙台，沒記錯的話，伊原駿策是第三代當家，當地人甚至相信只要伊原家香火不斷，他們的生活就能長治久安，所以當伊原仁志死掉的時候，以仙台爲中心的整個東北地方掀起不小的騷動呢。」

「喔。」我不知道該做出什麼反應，只能半敷衍地應了一聲，「你覺得我媽媽爲什麼要蒐集這些剪報？」

「這我就不清楚了。」阿豐歪著頭說：「會不會是特別關心這種病？或許她上班的醫院裡也有小孩得了相同的病呢？」

「這說不通吧？我媽媽蒐集剪報是從伊原駿策的小孩得病之前就開始了耶。」

「說的也是。」阿豐交抱雙臂沉吟了一會兒，但馬上放棄思考，「不行，搞不懂，完全想不出個所以然。」

「我也沒聽說媽媽待過仙台啊……」我一直凝視著剪貼本的黑色封面，終於受不了把它丟到一旁，「搞不懂的事再怎麼想也沒用，下次找機會問問看我舅舅吧。」

「搞不好伯母只是崇拜伊原駿策。」

「怎麼可能，我媽只喜歡帥哥。」

都怪阿豐找到這本怪東西，害得裝箱作業停頓許久，之後我又沒什麼心情繼續整理了。由於不想把阿豐留到太晚，我決定今天先收拾到這裡。

「我還能來找妳嗎？」阿豐在玄關穿上鞋子之後轉頭望著我說道。他的眼神和剛才告白時一模一樣，我不禁猶豫了一下。

「嗯，好啊，下次把寬太和友廣也一起叫來吧。」

他應該聽得出我這句話的牽制意味，他說「知道了」的時候顯得有些落寞。

由於沒時間出門買菜，我開了個蘆筍罐頭做成沙拉，再拿出冰箱裡硬得像石頭的白飯放進微波爐加熱，最後淋上眞空調理包的咖哩便完成了今天的晚餐。媽媽和我都不討厭眞空調理食品與速食，因此每次輪到自己煮飯的時候，我們都喜歡用這些東西來混水摸魚，有時兩人甚至鬥了起來，連續一個星期都互相讓對方吃這一類玩意兒。媽媽自己身爲護士，對於營養均衡卻毫不在乎。

我吃著調理包咖哩，想起媽媽去世的那天晚上我也是這麼吃著咖哩，就在這時，彷彿當晚的情境重現，電話突然響了起來，我嚇得差點沒把嘴裡的蘆筍噴出來。

「喂，請問是小林家嗎？」電話那頭傳來穩重的男人聲音，和石神井警察署的警察急躁的語氣不同。我回答「是的」，對方也一時沒接話，兩人維持了幾秒奇妙的沉默。

「請問妳是小林小姐的千金嗎？」對方鄭重其事地問道。

「對，請問你是哪位？」

「啊，妳好，敝姓藤村。」

這姓氏相當耳熟，我登時想了起來。

「啊！您是北斗醫科大學的……」

「沒錯、沒錯。」藤村一下子提高了音調，但旋即恢復沉穩的語氣，「令堂的事，警方已經告訴我了，請節哀順變，我要是早點得到消息一定會去參加喪禮的。」

警方是聽了我的建議才去找他，想確定他的不在場證明，但光聽他這番話我無法判斷他知不知道這一點。

「我們只辦了簡單的喪禮，沒有通知太多人。」我盡量保持平常的語氣。

「我想警方應該和妳提過，事發前一天我曾到府上拜訪，那時我是趁工作空檔順道過去看看，小林志保小姐曾在我們大學任職，當年我和她有些交情。」

「是，我聽說了。」

「我和她已經二十年沒見了，但她一點都沒變，真的好令人懷念。我本來還打算以後有機會到東京要多多去府上拜訪，沒想到卻發生這種事，我眞是太震驚了，簡直像是我給小林小姐帶來不幸似的。」

「不，請別這麼說。」我嘴裡雖然這麼說，心裡卻對這個人有戒心，畢竟這個人來訪之後媽媽就變得不大對勁。

「如果有我幫得上忙的地方請儘管開口。」

「不用這麼客氣，您的好意我心領了。」

「這樣啊。唉，老朋友相見本來是件値得高興的事，沒想到卻是這樣的結果，我眞的不知道該說什麼才好。」自怨自艾的情緒透過電話傳了過來，這似乎是他獨特的說話語氣。

我很想問他媽媽的過去，他一定知道些什麼，但我不知道該怎麼開口。

藤村彷彿看穿了我的心思說道：

「對了，令堂是否和妳提過她當年在我們這裡工作的事？」

「沒有，媽媽幾乎絕口不提往事，我也不知道她爲什麼要離開大學回東京……」

「原來如此。」藤村似乎陷入了沉思。

「呃，藤村先生？」我鼓起勇氣說：「關於我媽媽的過去，能不能請您撥個時間詳細告訴我？不然我心裡老是有個疙瘩。」

藤村沉吟了半晌，喃喃自語道：「這麼說也是。」接著他對我說：「妳的心情我明白，不然這樣吧，妳方便過來一趟嗎？」

「去旭川嗎？」

「對。我也正想找機會和妳見個面，不過我這陣子排不出時間去東京，如果妳願意過來一趟，我倒是能抽空告訴妳當年的往事，而且我這邊還留有妳母親當年擔任研究助理的紀錄與報告，雖然這些東西對妳來說可能沒什麼用，但多少能當成我話當年的輔助資料。當然，機票和飯店我都會幫妳準備好。」

「可是……這太麻煩您了，沒關係，我自己另想辦法吧。」總得先推辭一下。

「請不要客氣，我很高興能幫得上忙，而且老實說這些開銷都能從研究經費裡扣，我自己花不到半毛錢。」

「這樣嗎……，好吧，那我就恭敬不如從命了。」

正是求之不得的好機會，反正我遲早得跑一趟旭川。

「那麼，什麼時間妳比較方便呢？妳還在念大學吧？」

「是，不過快放暑假了，學校沒什麼課。」就算有課也沒差，我本來就很少去學校，「我的時間很彈性。」

「我這邊的話，只有這星期和下星期比較有空，接下來就開始忙了……，可是要妳在這兩個星期之內過來旭川會不會太趕了？」

「不，我沒問題，我也希望愈快愈好。」

「那就暫定這個星期日吧。」

「好的。」

「安排好之後我會和妳聯絡，如果妳臨時想改時間請打電話給我，我的電話號碼是——」他把研究室的電話號碼留給我，還說他晚上應該也會待在研究室，看來藤村是個相當認眞的教授。

「不好意思，我忘了問一件最重要的事。」他說：「令堂沒和我提過妳的名字，方便向妳請教嗎？」

「我叫雙葉。雙胞胎的雙，葉子的葉。」媽媽每次介紹我的名字總是說「雙葉山(*1)的雙葉」，但我恨死了這個介紹方式。

「小林雙葉嗎？眞是好名字。那麼雙葉小姐，我再打電話給妳。」藤村說完便掛斷了電話。

我放下無線電話機，大大吐了一口氣，這下子多少能解開一些媽媽的祕密了，只不過事情進展得太順利，我反而有些不安，這個藤村在媽媽過世那晚雖然有不在場證明，但畢竟不代表能完全信任這個人。

但我對於這趟旭川之行卻沒有絲毫猶豫，因爲繼續待在東京什麼都不做並無法解決任何問題，若不趁起風時揚帆，船是不會前進的。

*1 雙葉山定次（1912-1968），日本相撲界第三十五屆橫綱，曾締造六十九連勝的紀錄，並曾擔任日本相撲協會理事長。

鞠子之章

四

星期三下課後我離開學校，就在走進家門的同時電話鈴聲響起，不過鈴聲很快就停了，應該是舅媽在廚房接了電話。我走進客廳，舅媽一看見我便對著話筒說：「啊，請稍等一下，她回來了。」舅媽將無線電話機的話筒遞了過來。

「一位下条小姐從東京打來的電話。」

「啊……」我把背包往沙發一丟便接下話筒，舅媽似乎有點被我嚇到。

「喂？我是氏家。」我不禁有些激動。

「我是下条。上次的東京之行辛苦妳了。」話筒傳來熟悉的聲音，明明是不久前才聽到的聲音，卻讓我覺得好懷念。

「不，是我給妳添了不少麻煩，眞的很謝謝妳。」

只見舅媽面露微笑走進廚房，於是我在沙發坐了下來。

「關於上次那個健行社團的事……」下条小姐說。

「是。」我全身僵硬。

「我在圖書館找到了笠原老師所說的那份帝都大學體育會活動紀錄，那種東西好像從來沒人看，上面滿是灰塵呢。」

「那我父親曾加入的社團……」

「找到了。」下条小姐直截了當地說：「類似健行同好會的組織有好幾個，令尊參加的是一個名叫山步會的社團。上山散步的山步，山步會。那本活動紀錄裡頭夾著當年山步會製作的小冊子。」

「山步會……」

梅津教授的記憶果然沒錯，父親爲什麼要謊稱不曾加入社團？

「那本小冊子是通訊錄嗎？」

「不是通訊錄，雖然上頭記載了各屆社員的名字，但留下聯絡地址的只有社長及副社長，除此之外還簡單記錄了當年舉辦過的活動，影本就在我手邊，我舉個例子念給妳聽：『九月十九日，高尾山當天往返，天氣晴、短暫雨，參加者六名。進行植物攝影及野鳥觀察。』差不多像這樣。這是不折不扣的健行，和笠原老師描述的不大一樣。」

「所以那份社員名單裡也有我父親的名字？」

「對，妳父親是第十一屆的副社長，只不過當時的社員人數各年級加起來只有九人。」

「請問……這些社員當中有女性嗎？」

「女性社員？沒有，全是男性。」

「我父親的上一屆或下一屆社員當中也沒有嗎？」

「妳等我一下。」傳來翻動紙張的聲音，我有些過意不去，畢竟是長途電話，但這個問題非釐清不可。

「嗯，也沒有。」下条小姐說。

「這樣啊……」

「社員當中沒有女性，有什麼問題嗎？」

「不，沒什麼。」

我嘴上這麼說，心裡卻很失望，那張照片裡臉部被塗掉的女子如果不是社團成員，那是哪裡冒出來的人呢？

「看來結果似乎不如妳的預期。」

「不，沒這回事……」

「聽得出來妳很沮喪。」

「對不起，還讓妳花那麼多時間幫我調查。」

「妳不必掛在心上，沒花我太多時間，而且調查總有撲空的時候，只不過，接下來妳有什麼打算？這份影本應該不需要了吧？」

「不，我還是想看一看，只要和父親有關的事我都不想放過。」

「那我傳給妳，呃，妳那邊有傳眞機嗎？」

「有的，我舅舅工作上偶爾會用到，號碼是——」

記下號碼後，下条小姐問：「妳還有沒有想要我調查的事情？」

我急忙說道：「不不，我不能再給妳添麻煩了。」

「別跟我客氣，反正都已經蹚了渾水，我想參與到最後，而且我對於妳爲什麼要調查親生父親的事也很感興趣，算是一種湊熱鬧心態吧。」電話那頭傳來了呵呵笑聲。

我聽到這番話，心裡有了覺悟，看來遲早得把來龍去脈告訴她才行，總不能讓她幫那麼多忙又什麼都瞞著她。

「說吧，有什麼需要我幫忙的？有些事應該只有住東京的人才有辦法調查吧？」下条小姐溫柔地說。

這時我想到了一件事，於是我厚著臉皮說：

「下条小姐，請問妳知道東和大學嗎？」

「東和？知道呀。」下条小姐一副理所當然的語氣說：「東和大學怎麼了嗎？」

「妳有沒有認識的人在那所大學裡？」

「認識的人呀……，嗯，是有幾個。」

「有文學院的嗎？」

「我記得有一個法文系的。」

「沒有念國文系的嗎？」

「沒有國文系的，不過朋友的朋友當中應該找得到一、兩個吧，妳找東和國文系的人有事嗎？」

「我是想……下次我去東京的時候，能不能請妳幫我和他們牽個線？」

「只是這樣？小意思呀，不過爲什麼妳會突然對東和感興趣，還指定要國文系？」

「嗯……目前狀況還不明朗，也可能是我想太多……」

「好吧，不逼問妳了，我會幫妳找個適當人選的。」

「麻煩妳了，眞的非常感謝妳。」

「別那麼客氣，那我現在把影本傳過去。」

掛斷電話，我和舅媽說要借用傳眞機便走上二樓。傳眞機擺在二樓樓梯旁的走廊上，名義上是舅舅工作需要，其實最常用的人是阿香，尤其考試前這臺機器特別忙碌。

我一邊等著傳眞，腦中想起前幾天在函館發生的事，父親對著電話說的那些話一直盤旋腦海揮之不去。

「殺掉了？」

父親確實對著電話這麼說。那一天在回程的電車上，我反覆推敲這句話，我試著假設是我聽錯，父親說的並不是「殺」而是別的，例如「灑」或「撒」，但與父親接下來說的話搭配起來，似乎只有「殺」才說得通，因爲父親接下來是這麼說的：「怎麼可能剛好在這個節骨眼發生意外。」

由此看來，應該是某個人殺了某個人並且僞裝成一場意外，而電話另一頭的人就是兇手。這件事聽起來很荒謬，但當時父親的陰沉語氣似乎間接證實了這個可怕的推論。

父親到底在做些什麼？他究竟捲入什麼事件了？

東和大學、小林、久能老師、以及「那孩子」……，這幾個關鍵字彷彿被丟進洗衣機的手帕在我腦中不停旋轉。

傳眞機「嗶」地響了一聲，我回過神來。

傳眞機緩緩吐出傳眞紙，我拿到手上一字一句仔細閱讀，由於已經知道名單上沒有女性社員，我其實不抱期待。

然而看了幾項活動紀錄之後，我不禁緊緊捏住傳眞紙，因爲上頭偶爾會出現這樣的敘述：

「五月六日，多摩湖單車之旅，天氣晴，兩名帝都女子大學學生參與。」

看來雖然社員全是男性，但偶爾會有女性參加活動，可惜的是上頭並沒有列出那兩位帝都女子大學學生的名字。

接著我看到父親當副社長時的活動紀錄，讀得更是聚精會神，果然這段時期也有來自女子大學的參加者，但同樣沒列出姓名。

再來我看到社員簡介，關於父親的介紹，只有「醫學院四年級第九研究室」這一行字，不過或許因爲父親是副社長，後頭還記載了他當時在澀谷租屋的地址及故鄉苫小牧的地址。

我也順便瀏覽其他社員的介紹，看到一行字，我不禁瞪大了眼。

我的視線停留在社長的簡介上，社長名叫清水宏久，介紹文上寫著「工學院冶金工學科四年級」，而後頭的住址欄寫著——

世田谷區祖師谷一丁目

隔天是星期四，我比平常晚了一些吃早餐，卻在這時接到父親的電話問我中午有沒有空，他想在札幌車站附近和我見個面。父親說他現在在旭川，正要搭電車回函館，途中會經過札幌。

「我只能待到兩點。」我說。

「沒問題，那一起吃個午餐吧，那附近有沒有比較安靜的餐廳？」

「車站旁邊有世紀皇家飯店。」

「好，就那裡吧，我們在飯店大廳碰面。幾點比較好？」

「十二點半。」

「十二點半，好。」父親掛斷了電話。

放下電話，我不禁納悶父親找我有什麼事，我們前幾天才見過面，他應該沒必要爲了關切我的近況而特地在中途下車。

不過剛好我也有話想問父親，就是關於那位清水宏久先生的事。母親的東京區域地圖上劃了記號的「世田谷區祖師谷一丁目」是他家的地址，雖然清水先生不見得還住在那裡，但我猜母親前往東京正是去找他。

但問題是我該怎麼問出口？先不管這位清水宏久和父親是什麼關係，父親要是聽到我突然說出昔日熟人的名字一定會起疑心，更別提父親連過去曾經加入社團都不願告訴我。

我左思右想想不出什麼好點子，只好出門去學校心不在焉地上了課，然後到了中午，我走出學校前往車站。

走進飯店，父親已經到了，一看見我便輕輕舉起手，他似乎比前幾天瘦了些，不知道是不是我的錯覺。

我們在飯店內的餐廳吃午餐，因爲下午還有課，我只點了簡單的義大利麵。

「關於留學的事……」一邊等著料理，父親開口了，「妳考慮得如何？」

我拿起杯子喝了口水，搖頭說：「我還沒考慮那件事耶。」

「爲什麼？」父親顯得有些不悅。

「這兩天比較忙……，我一時之間也沒個頭緒。」

「我知道鞠子妳沒出過國，一定會感到不安。好吧，下次我帶妳去見一位很熟悉國外寄宿與留學細節的朋友，妳和他多聊聊應該就會放心了。喔，等等，說不定這週就能和他約個時間。」父親一邊說一邊伸手進西裝內側口袋取出小筆記本翻開通訊錄，似乎想立刻打電話給對方。

「爸爸，你想趕我出國？」我忍不住說出口。

父親一聽，臉頰微微顫了顫。

「妳在說什麼傻話？」父親擠出生硬的笑容，卻是一副手足無措的模樣，「我勸妳出國是爲妳好，怎麼會想趕妳走。」

「但在我聽起來就是那種感覺，你好像很想把我丟去很遠的地方。」

「我沒那個意思。」父親慢慢將筆記本收進了口袋。

「你今天來找我就是爲了說這些？」

「不，不是的，我只是想見見妳，眞的。」父親喝了口水，「只不過爸爸的朋友說留學這種事要趁早，所以爸爸才心急了點。好吧，這件事我們過一陣子再說吧。」

此時服務生送上料理，父親看著極爲普通的海鮮義大利麵誇張地稱讚道：「喔喔，看起來很好吃呢！」

接下來好一段時間我們只是默默吃著義大利麵，父親剛才雖然把話扯開了，但我知道他特地把我叫出來就是爲了談留學的事。我試著推測爲什麼父親想把我送去遠方，但絞盡腦汁還是想不出合理的推論，我很清楚自己是多麼地微不足道，因此不管多我一個少我一個應該沒有太大的差別才是。

「爸爸，」吃完義大利麵後，我開口了，「前一陣子你是不是去了東京？」

父親滿臉驚訝，「誰和妳說的？」

「舅舅。他說他看到返程的機票票根。」

「喔……」父親的臉色微微沉了下來，「我去出差。」

「去了東京的哪裡？」

「沒去什麼有名的景點，說了妳也沒聽過吧。」

「有沒有去世田谷？」

「世田谷？」父親瞪大了眼，「爲什麼要去世田谷？」

「沒什麼，我只是隨口說個我知道的地名，世田谷還滿有名的。」

「我沒去那裡。」父親搖了搖頭。他的舉止很自然，應該不是說謊。

「有沒有去帝都大學？」我接著問：「那裡不是爸爸的母校嗎？」

「喔，我好一陣子沒去了。」

「也沒和老同學見面嗎？」

「沒什麼機會見面呢。」

此時服務生送上咖啡，我加了牛奶，一邊以湯匙攪拌一邊看著父親說：

「其實我很久以前就想問了，爸爸，你當初爲什麼會去念東京的大學？」

父親的眉毛顫了顫，「妳怎麼會問這個問題？」

「因爲你不是反對我去東京嗎？」我說。

「原來如此。」父親似乎接受了我的說詞，語氣平穩地說：「因爲我一直很嚮往帝都大學的師資和設備，而帝都大學剛好在東京，只是這麼回事。」

「爸爸的大學生活過得如何？快樂嗎？」

「該怎麼說呢……，有苦也有樂吧，都過這麼久，我不大記得了。」父親似乎刻意迴避帝都大學的話題。

我很想問他東和大學的事，卻找不到合適的切入點，要是輕易說出這所大學的名稱一定會慘遭質問的。

「時間差不多了吧。」父親看著手表說道。我點了點頭，將剩下的咖啡一飲而盡。

心中種種思緒無法釋懷，我回學校上完第四堂課便回家了。早上出門時我跟舅媽說過今天會和父親見面，所以舅媽一看見我劈頭就問：「今天吃了什麼？」我回答吃義大利麵。

「哎呀呀，難得和爸爸吃飯，怎麼不趁機吃些高級料理？像是頂級全餐之類的呀。」舅媽很替我惋惜。

我想上樓去，樓梯才走到一半電話便響了，樓下隨即傳來舅媽的聲音：

「鞠子，妳的電話，一位姓下条的小姐。」

「好的，我在二樓接。」

希望下条小姐有新的斬獲，我抱著期待接起傳真機旁的電話，「喂，我是氏家。」

「是我。」傳來下条小姐的聲音。

「上次謝謝妳的調查，幫了大忙。」我說。

「喔，那就好。」下条小姐說。不知道是不是我多心，總覺得她今天聲音聽起來有些無精打采。

「請問……發生什麼事了嗎？」

「嗯……」下条小姐沉默了片刻，似乎猶豫著什麼，「是關於東和的事情。」

「妳在東和大學遇到什麼事嗎？」我的心跳莫名地加快。

「沒有遇到什麼事，只是看見了一樣東西。」

「看見一樣東西？」

「妳不是託我想辦法幫妳牽上東和大學國文系這條線嗎？所以我今天去了一趟東和，在文學院裡繞了幾圈……」下条小姐說到這裡又是欲言又止，我第一次聽她這樣說話不乾脆。

「怎麼了嗎？」

「嗯，那裡的公布欄貼著大學新聞，就是校內的一些消息，那上頭……」下条小姐話又說一半。

「那上頭有什麼嗎？」我問道。

「妳記得嗎？上次妳來我們學校圖書館的時候，服務人員不是對妳說了奇怪的話？」

「咦？喔，他說覺得我長得很像某個人？」

「對，他說妳長得很像某個前陣子上電視的業餘樂團主唱。」

「那又怎麼樣？」

「公布欄上貼著那個樂團的照片，原來那個女主唱是東和大學的學生。」

「所以？」

「我看了照片……」下条小姐陷入沉默，只聽得見她沉重的呼吸聲，我有種可怕的預感，握著話筒的手心滿是汗水。

「那個主唱……」她似乎終於下定決心告訴我，「和妳長得非常像。照片不止一張，但每張上頭的主唱看起來都和妳一模一樣……，不，那根本就是妳。」

雙葉之章

四

星期五下午我收到了藤村寄來的快遞信件，裡面是東京飛札幌的來回機票、札幌到旭川的接駁電車車票、以及兩枚信紙。藤村在信中首先向我道歉，他說因爲東京直飛旭川的飛機班次很少，他只訂到東京飛往札幌的機票，此外他還說明抵達旭川之後我該採取的行動。事實上，我需要做的事一點也不複雜，只要前往藤村訂好房間的飯店辦理入住手續然後待在房間裡等著，藤村說當天晚上會打電話給我。

按照這個行程，我在後天下午一點就會抵達旭川車站了，此時我才發現自己一直覺得這次要去很遠的地方，其實不過是趟國內的小旅行。

大致收拾了一些行李，我出門去池袋添購旅行用品，百貨公司的賣場裡擠滿年輕人，我偷聽對話發現他們大部分是去海外旅行，這讓我想起前陣子好友栗子也興奮地說要去加州玩。

我買了袖珍時刻表、北海道旅遊手冊和幾樣雜物之後，打公共電話到阿豐家裡，運氣很好，他在家。我問他現在有沒有空出來見個面，他說他立刻就到，於是我和他約在百貨公司前的咖啡店。

我先到了店裡，一邊吃著咖啡果凍一邊翻開旅遊手冊開始安排行程。這是我第一次去北海道，心情莫名興奮。

三十分鐘後，阿豐氣喘吁吁地趕來。

「抱歉，這個時間只有每站都停的慢車。」他喘著氣坐了下來，一看到桌上的時刻表與旅遊手冊隨即問我：「妳要去北海道？」

「嗯，不過可不是去觀光。」

我簡單說明了原因，他一邊苦著臉聽我說話一邊向女服務生點了冰咖啡，我說完了，他還是那副模樣。

「雙葉，我完全沒想到原來妳媽媽這麼神祕。」他拿吸管攪拌著冰咖啡，嘴裡喃喃地說：「我一直以爲妳爸爸是在妳小時候因爲意外還是生病過世了，所以我都盡量避開這個話題。」

「嗯，我知道，我的朋友都是這樣。」

「可是話說回來，我實在放心不下。既然那個肇事逃逸的駕駛有可能是蓄意謀殺妳媽媽，妳確定那個北斗醫科大學的教授眞的沒問題嗎？」

「我會小心的。」我說。阿豐聽了臉色還是一樣難看，直盯著冰咖啡，看來他眞的很替我擔心。

「我有件事想拜託你。」我從背包取出一把鑰匙，那是我家的備鑰，「我不在家的這段期間，能不能請你不時去我家看看？當然這件事也可以拜託鄰居伯母，只是目前狀況不是很明朗，我也不確定接下來會發生什麼事，所以我想還是託給知道內情的人比較放心。」

「看家當然沒問題，不過……」阿豐小心翼翼地看著我，「妳放心把妳家交代給我？」

我苦笑著說：「如果交給寬太或友廣，我家可能會變成垃圾場吧。」如果是栗子，則會把我家當作免費賓館。

「OK，收到！」阿豐緊握鑰匙，「我會盡可能待在妳家裡的。」

「那就麻煩了。」

「明天我想去送行，可以吧？」

「當然。」我回答。

和阿豐道別後，我一回到公寓樓下，發現一名男子正坐在樓梯上看書，他穿著牛仔褲及骯髒的T恤，手臂的肌肉頗粗大，簡直像個小號的阿諾．史瓦辛格(*1)，五官也有點洋人味。他的肩上背著大型肩包，上頭還披了一件黃色風衣。

我很想當作沒看見直接繞過他走上樓梯，偏偏被他的身體整個擋住了，我只好站到他面前說：「石神井公園裡有很多長椅可坐。」

「啊，對不起。」小號阿諾連忙想站起身，但他屁股才剛離開樓梯，一看見我便整個人僵住，嘴巴呈現「啊」的嘴形靜止不動。

「幹嘛那樣看著我？」我瞪著他。

「妳是……小林雙葉小姐？」

我退了一步，「是啊。」

男子仍目不轉睛地打量我，但表情逐漸緩和了下來，我本來打算只要他再持續三秒這個無禮的舉動我就要破口大罵了，他卻突然開口：

「太好了，我已經等妳一個小時了。」

我心想，你等再久也不關我的事。「你是誰？」我問。

「這是我的名片。」他遞出一張被汗水沾溼的名片，我接過來一看，上頭寫著「*The Day After* 編輯部　脇坂講介」，我記得《The Day After》是由一家叫聰明社的出版社所發行的商業月刊。

「雜誌記者？找我什麼事？」

「我不是記者，是編輯，不過無所謂啦。其實我想問妳一些妳母親的事，主要是關於那起車禍。」他的眼神裡有一股「我只要這麼說，妳一定無法拒絕」的自信，「妳現在有空嗎？」

「我很忙，不想接受採訪。」

「這不是採訪。」男子一臉嚴肅地說：「我來找妳是基於私人原因，妳母親生前對我有恩。」

「喔？」我從沒聽媽媽提過脇坂講介這個名字，「好吧，那邊有間咖啡店叫『安妮』，你先去裡面等，我回家放了東西就來。」

「好，『安妮』是吧？」脇坂講介正要下樓梯，突然又回過頭來問：「對了，妳要去旅行嗎？」

「咦？」我吃了一驚差點沒從樓梯摔下去，「為什麼這麼問？」

「因為那裡面有一臺即可拍。」他指著我手上的紙袋，即可拍的綠色盒子露了出來，我連忙將即可拍塞回紙袋。

「那我在咖啡店等妳。」脇坂舉起粗壯的手臂輕輕一揮便轉頭離開了。我看著他的背影心

*1 阿諾．史瓦辛格（Arnold Alois Schwarzenegger 1947-），出生於奧地利的美國健美選手、動作片演員與政治家，電影代表作包含《魔鬼終結者》（*The Terminator*）等。

想，這傢伙不是省油的燈，得小心點。

在咖啡店和他面對面坐下，我才發現他其實只有二十五、六歲，難怪他和我說話的用字遣詞頗沒禮貌，可能是因爲和我差不多年紀吧，不過他不用敬語我也落得輕鬆，通常只要對方不用敬語我也絕對不用。

「妳看了我的名片一定會有所戒心，這我能理解，不過我今天來找妳不是因爲工作。」他拿開吸管，直接把冰咖啡杯子抓起來灌了一大口，這一口就喝掉半杯以上的咖啡，我腦中浮現阿豐斯文地以吸管喝著咖啡的模樣。

「你說我媽媽從前對你有恩？」

「是啊，大約一年前我在採訪中受了傷住進谷原醫院，當時負責照顧我的就是小林小姐。那次我在醫院住了十天，小林小姐眞的非常關心我，像她那麼溫柔、親切又可靠的護士相當少見，我從學生時代就常因爲骨折什麼的住進醫院，所以我感觸特別深。」

「喔？」除了可靠這一點，其他的讚美詞都讓我有些意外，「那次你是哪裡受傷？」

「這裡。」他指了指額頭，上面有道三公分左右的淡淡傷痕，「我在颱風天外出採訪，突然一塊瓦片飛過來砸到我頭頂，我當場昏倒在地，周圍的人看我流了很多血都以爲我死了。」他把剩下的咖啡一口喝乾。

「幸好沒什麼大礙。」

「是啊。」他點點頭，「那樣死掉太不值得了吧。總之，我最感謝小林小姐的一點就是，我出院之後她還是常打電話來關心我，問我會不會頭痛或身體不舒服，擔心我是否留下了後遺症。

過去從沒有護士這麼設身處地爲我著想，我問她爲什麼對我這麼好，她說她也不知道，只是有時候會遇到特別放心不下的病患。對了，她在家裡有沒有和妳提到我？說有一個額頭受傷的男生？」

我搖了搖頭，「完全沒有。」

「喔……」脇坂講介似乎有些失望地低下了頭。

「你想問我媽媽的什麼事？」我催促他趕快進入主題。

脇坂張望一圈確定周圍沒有其他客人之後，微微壓低聲音說：「小林小姐對我有恩，所以我在報紙上看到她去世的消息眞的很震驚，根本無法相信。」

認識媽媽的人應該都有這種感覺吧，我點了點頭。

「我本來想出席喪禮，時間和地點也都問過醫院了，但那一天我突然有急事，等我辦完事趕去靈堂的時候，喪禮已經結束了。」

「那天五點就結束了，像那種靈堂可是有很多人在排隊的。」

「就和結婚典禮會場一樣。」

「是啊。」

「所以我打算直接到妳家拜訪，但我想了想，不如先調查一些肇事逃逸的相關情報再來找妳，若能因此揪出嫌犯就再好不過了。」

「喔，原來如此。」我知道自己看他的眼神變了，「那麼你今天來找我，表示你已經查到一些東西了？」

聽我這麼一說，他的表情卻變得有些凝重，「嗯，勉強算是有點收穫。」

「怎麼說？」我問。

脇坂講介又左右張望一番之後把上半身湊過來，「在說明之前，我想先問妳一件事。警察是怎麼和妳說明案情的？」

「很敷衍。」我搖了搖頭，比出舉手投降的動作，「他們只說肇事車輛是贓車，原車主也不像是說謊，就這樣。」

「嗯，果然。」他的雙臂交抱在厚實的胸肌前。

「什麼意思？」

「其實，我拜託了一位在警視廳很吃得開的人士幫我打探消息，結果聽到一件奇怪的情報，他說這個案子的偵察似乎快告一段落了。」

「因爲沒有線索？」

「不，應該不是。負責偵辦的員警認爲這不像是單純的肇事逃逸，正打算朝謀殺的方向進行調查，卻在這時候突然中止偵察，根本還不到缺乏線索而放棄的階段。」

「那是什麼原因？」

「像這種情況可能的原因只有一個，就是來自高層的壓力。」

「什麼嘛！」

「我也不清楚，總之背後有強大的勢力在施壓。」

「這件案子死掉的人是我媽媽耶，這麼一個平凡、低調的老百姓，雖然對我來說是非常重要的人，但她和強大勢力應該扯不上關係吧。」

「搞不好只有妳這麼認爲。」

「我不相信。」我使勁搖著頭，胸口的鬱氣愈來愈沉重，媽媽的死彷彿在我不知道的地方被一群我不知道的人像捏黏土似地蹂躪。

「這只是我的想像，信不信隨妳。」脇坂講介喝了一口杯裡的水，順便拿了一顆冰塊丟進嘴裡嚼得喀喀有聲，「不過我對這個推論相當有自信，所以我才想問妳，妳聽了我的說明之後有沒有想到什麼線索？妳母親的生活周遭應該有那個強大勢力所留下的蛛絲馬跡才對。」

「沒有。」我斬釘截鐵地說。

「眞的沒有嗎？妳再仔細想想，有沒有印象哪個組織或政府人士曾出沒在妳的生活裡？」

「就沒有啊，你很煩耶。」我毫不客氣地罵道，但這時我腦中浮現了一樣東西——那本剪貼本。伊原駿策確實稱得上是「強大的勢力」，我遲疑著該不該把這件事告訴脇坂講介，最後還是沉默了，畢竟才第一次見面，沒道理全盤信任他。

他嘆了一口氣，「那也沒辦法了，不過之後如果妳又想起了什麼，我希望妳能聯絡我，只要打剛剛那張名片上的電話就行了。」

「查出那個強大勢力之後，你打算怎麼做？」

「這個嘛，還不知道，不過應該會採取一些行動吧。」

「喔。」我說：「話都說完了？」

「差不多了，謝謝妳的配合，如果我查到了什麼也會通知妳的。」

女服務生走過來想幫我們加水，脇坂講介謝絕了。

「對了，妳要去哪裡旅行？」他一邊站起身拿起帳單一邊問道。

「北海道。」

他突然沉下臉來望著我，「北海道的哪裡？」

「旭川。」

「旭川……。去那裡做什麼？」他繼續問。

我扠腰瞪著他，「我爲什麼要告訴你？」

「沒事……，我只是單純好奇而已。」他背起肩包到櫃檯結帳，我聽見他向店家索取收據。

我又沒義務等他，便朝店門走去，這時背後傳來他的聲音：「妳什麼時候出發？」

我擺出一臉不耐煩的表情轉頭說：「後天啦。」

「後天？」他瞪大了眼。

他好像還想追問什麼，我頭也不回快步走出店門，不久身後傳來用力打開店門的聲響，我擔心他再追上來我可能會被他煩死，沒想到背後卻沒動靜，我好奇回頭一看，發現他看了看手表便朝反方向疾奔而去。

鞠子之章 五

星期六下午我抵達了羽田機場，取了行李走出機場大廳便看見下条小姐。前兩天我在電話裡告訴她我會去東京，她就說要來接機。

下条小姐一見到我便微笑著揮手，但她的表情顯得五味雜陳。

「午安。很累吧？我幫妳拿行李。」下条小姐說著伸出了右手。

「沒關係，我自己拿就好，謝謝妳特地來接我。」我微微點頭致謝。

「好吧，那麼接下來……」下条小姐扠著腰，「要不要先來我家？我們好好聊一聊。」

「真的不會打擾到妳嗎？」

下条小姐在電話中說過這次到東京可以住她家。

「不用客氣，不過我家很小喲。」她笑著對我眨了一隻眼。

我們在羽田搭上單軌電車。兩星期前我搭上單軌電車的時候，完全沒想到自己會在這麼短的時間內再度來到東京，舅媽似乎也覺得很奇怪，問我：「東京有什麼好東西嗎？」

「沒什麼。」我說：「只是上次行程太匆忙了，這次我想多點時間好好逛一逛。」

這個藉口似乎不大有說服力，舅媽仍是一臉狐疑。沒辦法，我也不想這樣。

在單軌電車上，好一段時間下条小姐都沒開口，但當我望向窗外，又感覺得到她頻頻偷瞄我的視線，被瞄了幾次之後，我鼓起勇氣轉頭看她，兩人視線剛好對上。

「真的那麼像嗎？」我問。

下条小姐臉色凝重地點頭，「怎麼看都是同一個人。」

「但那個人不是我。」

「我知道。」

「妳有那個人的照片嗎?」

「有,我拿了一份大學新聞,上頭有照片,不過沒帶出來,我忘在家裡了。」

「這樣啊。」我低著頭說。

我隱約能體會下条小姐爲什麼沒把照片帶出來,她怕我看了照片之後在公眾場所當場情緒失控,換句話說,那張照片擁有那麼大的衝擊性。

過去我也曾聽一些人說我長得很像某個人,但一般人在說兩個人「長得很像」的時候多半帶有主觀意識,所以如果是平日的我聽到下条小姐激動地說「那個人和妳長得一模一樣」,心裡應該只是半信半疑吧。

但是當我得知這個人是東和大學國文系二年級的學生,我再也無法保持冷靜,何況這個人叫做小林雙葉,上次偷聽父親講電話時,對話中便出現過小林這個姓氏。

父親前一陣子來東京一定和這位叫小林雙葉的女生有關,這一點無庸置疑,而父親執意勸我出國留學也肯定和這件事脫不了干係。

這個女生和父親之間到底是什麼關係?不,我更想知道她和我之間是什麼關係。

於是我再也按捺不住,當下便決定再次前來東京。

下条小姐所住的公寓位於帝都大學站的前一站,距離車站只有幾分鐘路程,是一棟頗新的五層樓乳白色建築。我忽然有個念頭,如果有機會來東京的大學念書,我也想住在這樣的公寓裡。

下条小姐住四樓,室內隔成附小廚房的客廳與一間和室房,和室似乎被她當成書房,裡頭有桌子和書架，書架上塞滿了書。

下条小姐讓我在小巧可愛的矮沙發坐下，從冰箱取出烏龍茶倒入兩個杯子，然後把杯子放在托盤上端了過來，我道謝之後喝了一口。

「東京很熱吧？」下条小姐在我身旁坐下。

「是啊，我下飛機的時候嚇了一跳呢，上次還沒這麼熱。」

「那時候還是梅雨季，所以比較涼吧。」

下条小姐伸手到後方的音響櫃上頭拿了一張摺起來的報紙，接著表情複雜地將報紙遞給我。

「就是這個。」

「好。」我吞了一口口水接過來，壓抑住激動的情緒緩慢地打開報紙。

上頭寫著東和大學新聞，報導標題寫著「業餘樂團登上電視舞臺」，旁邊有三張照片，一張是樂團全員合照，其他兩張拍的是女主唱，當中一張是臉部特寫。

我頓時啞口無言。

照片上的人根本就是我，這已經無法以「長得像」來形容了，不管臉孔或體型都和我如出一轍。

「我說的沒錯吧？」下条小姐說：「一般會認爲兩個人長得像多半是因爲髮型相同，只要髮型相同，給人的印象就很相似；反過來說，只要髮型不同看起來就完全不同。」

「但這個人的髮型和我不一樣……」

「對，但妳們還是很像。不……」下条小姐搖搖頭，「即使髮型不同，怎麼看都覺得這個人就是妳。」

「她不是我！」

我扔開報紙雙手掩住了臉，我的頭開始隱隱作痛，腦筋一片混亂。這個女的到底是誰？

「我想問妳一件事。」下条小姐溫柔地說：「妳爲什麼想調查東和大學？妳應該本來不曉得這號人物吧？」

「我完全不曉得。」我抬起頭來，「我只是在調查的過程中查到了一些與東和大學有關的線索。」

「妳在調查什麼？」

「我母親的事，我想知道母親的眞正死因。」

我將整件事的來龍去脈一五一十地說了出來，包括我小時候覺得母親討厭自己、母親的離奇過世以及最近查到的一些線索，包括母親死前曾來過東京，還有那張女子臉部被塗掉的照片等等。

下条小姐聽完之後，大半晌沒說話，只見她交抱雙臂咬著唇陷入了沉思。

「原來是這樣。」兩、三分鐘後她終於開口了，「難怪妳想調查妳父親的過去……，我明白了。」

「但是我沒想到會查出這樣的事……」我放在膝上的兩手緊緊握著拳。

下条小姐搭著我的肩說：

「關於這個女主唱，我有一個推測。」她看著我的眼睛，「我想她和妳應該是雙胞胎吧。」

「我和這個女生？」

下条小姐點點頭，「這是最合理的答案不是嗎？妳們是雙胞胎，因某種緣故而在不同的環境中長大。」

「但是……」我說：「我小時候曾經申請戶籍謄本，上頭完全沒提到我有一個雙胞胎姊妹啊。」

「在戶籍上動手腳並不難，只要有醫生願意幫忙就行了。」

「可是……可是……聽說我母親生產的時候親戚們都在醫院，這又怎麼解釋？難道他們串通隱瞞眞相？」

「這我就不清楚了。」下条小姐對自己的推論似乎也不大有信心。

我再度望向那張大學新聞，看著介紹女主唱小林雙葉的文章。

「這個人是國文系二年級，大我一歲。」

「如果生產過程和戶籍是捏造的，兩人差個一歲並不奇怪。」下条小姐馬上回答我，果然她也考慮過兩人年齡差距的問題。

我再次看向照片，看著那位和我一模一樣卻不是我的女生，這個人是我的雙胞胎姊妹嗎？父親前往東和大學就是爲了見另一個女兒？

「我想和她見面。」我說：「或許見到她就能揭開一切謎底了。」

「我就知道妳會這麼說，所以我正在調查這位小林雙葉的地址和電話。」下条小姐說：「可惜東和大學現在也在放暑假，一時之間聯絡不上我朋友，我想明天應該就有消息了。」

「謝謝妳。」

「如果眞的見到她，妳打算怎麼做？」

「我還沒想那麼多，總之我應該會先詢問她的身世。」

「也對，或許她也正在懷疑自己的出身呢。」下条小姐將兩手手肘撐在桌上問我：「那現在呢？先待在我家直到我查出小林雙葉的聯絡方式？」

「不，我還想調查另一件事，所以我明天想去一趟祖師谷一丁目。」

「祖師谷？啊，也對，妳母親在地圖上圈起來的那個地名？」

「嗯，我想我母親當年來東京應該是爲了見這個人。」我取出下条小姐前兩天傳眞給我的山步會名冊，指著上頭「清水宏久」的名字。

「看來朝健行社團這個方向調查並沒有白費工夫呢。」下条小姐似乎很滿足，「所以妳明天會去見這個清水宏久？」

「如果順利的話。」我說。

「已經和他約好了嗎？」

「沒有……」

「我就知道。」下条小姐說著拿起音響旁的無線電話機，撥了NTT電信公司的查號臺，幸好電話簿上還查得到清水宏久家的電話號碼，下条小姐拿起原子筆，在一旁的便條紙寫下了號碼。

「來，撥這個號碼。」下条小姐將便條紙和無線電話機放到我面前，「至於爲什麼想見對方，就用妳當初對我說的那個理由就行了。爲了寫父親的半生記，想見面談一談。」

「啊……好。」下条小姐做事之俐落令我咋舌，不過要不是這麼積極的確很難找出眞相。

我滿懷不安撥了便條紙上的電話號碼，鈴聲響到第三次，有人接起電話。

「喂，這裡是清水家。」聽起來是位穩重的中年婦女。

「啊……喂？敝姓氏家，請問清水先生在嗎？」由於太過緊張，我的聲音顯得異常尖銳。

「您要找外子嗎？」這位應該是清水宏久的妻子，她有些錯愕頓了頓之後說：「他三年前過世了，請問您是？」

隔天，我中午前便離開了下条小姐家，外頭好像快下雨了，天氣非常悶熱，夏天待在這種地方一定會整個人瘦一大圈吧。

我想像中的世田谷是非常高級的住宅區，然而清水家一帶的房子看起來都很普通，這麼說雖然失禮，清水家也不是什麼豪宅，只是一棟古樸的兩層樓木造建築。

清水宏久過世的消息讓我非常震驚，連繫過去與現在的絲線宛如老舊的小提琴弦一根接著一根繃斷，我應該更早著手調查的，現在後悔已經太遲了。

我摁了門柱上的門鈴，大門開了，前來應門的是一位看起來不到五十歲的瘦弱婦人，她應該就是清水宏久的妻子。「我是昨天打電話來的氏家。」我說。

「喔。」清水夫人帶著微笑點了點頭，「請進。」

「打擾了。」走進門內，我鞠躬說道：「突然來訪，眞是非常抱歉，這是一點小小的心意。」我遞給她一包糕點，是我在下条小姐家附近買的。

清水夫人似乎有些不知所措，「不用這麼客氣，反正我一點也不忙。」

清水夫人請我先進門再談，於是我脫了鞋進屋，她帶我到緊鄰庭院的會客室，裡頭有一張玻璃桌及幾張籐椅，腳下是鋪木地板而非榻榻米，通往隔壁房間的門卻是傳統的紙拉門，牆邊還擺著純日式櫥櫃，整個空間充滿著舊時代的風格。室內沒有冷氣機，通往庭院的門是打開的，或許因爲通風良好，感覺非常涼爽，不知從何處飄來淡淡的檀木香。

我坐在籐椅上等了一會兒，清水夫人端來冰麥茶。

「您一個人住嗎？」我問。

夫人輕輕一笑，「我和兒子一起住，他和朋友打高爾夫去了。」

這麼說來，這個家應該是靠兒子的收入維持，夫人看起來沒有工作。

「令尊一切都好嗎？」夫人問。

「嗯，他很好。」我回答，「請問……您見過家父嗎？」

「令尊出席了外子的喪禮，在那之前我和令尊大概二十多年沒見了吧，喪禮那天也沒能說上幾句話。」

「清水先生是三年前過世的？」

「是啊，直腸癌。」夫人很坦然地說：「外子原本在機械製造廠上班，或許工作太勞心也是間接病因吧，這是醫生後來才告訴我的。」夫人說話的語氣彷彿只是提起一件令人懷念的往事，她能夠那麼平靜肯定是經過了漫長的時間才得以撫平傷痛。

「家父怎麼會得知清水先生病逝的消息？」

「當初帝都大學的同學拿著外子的通訊錄聯絡了所有帝都大學相關的友人，氏家先生才會特地從北海道趕來參加喪禮。」

「原來如此。」我拿起了麥茶。三年前父親曾出席老朋友的喪禮，這件事我完全不知情。

「昨天妳在電話中說妳想寫令尊的半生記，所以要問我令尊學生時代的往事？」夫人問。

「是的。」我說。

「眞是了不起，不過我也不知道能告訴妳什麼呢。」夫人不安地說道。

我直起上半身看著夫人說：

「請問清水先生是否曾和您提過『山步會』這個健行同好會？聽說家父和清水先生都是那個社團的社員。」

清水夫人一聽立刻開朗地說道：

「當然。對外子而言，那段時期似乎是他最快樂的時光，他常常和我提起呢。」

「那請問您知不知道他們社團是否有女性成員？」

「女性？」清水夫人一臉錯愕地望著我。我明明是來請教父親的往事，卻突然問出這個問題，也難怪她會詫異，我急忙想找個藉口搪塞，沒想到夫人用力點著頭說：「啊，我明白了，妳想問的是那件事吧？沒錯沒錯，既然要寫半生記，當然連那種事都得寫進去。」

夫人似乎恍然大悟，反而是我一頭霧水。

「呃……請問您說的那件事是……？」

「氏家先生喜歡的人也曾參加山步會的活動，妳想問的就是這件事吧？外子的確和我提過。」

彷彿有個小小的東西在我耳中炸開。

「請問清水先生有沒有提過對方是一位什麼樣的女性？」

「詳情我也不清楚，不過一定是位很棒的女性喔。」夫人眯起眼，「外子和我說過，氏家先生一直愛著那位女子，甚至打算大學一畢業就向她求婚呢。」

「愛得那麼深呀……」我很意外父親有過這樣的戀愛經驗，「那麼那位女子對家父的感覺呢？」

「這我就不清楚了，這些細節外子應該也不大了解吧，不過我倒是知道氏家先生在山步會裡好像有敵手。」

「敵手？」

「就是所謂的情敵呀。」清水夫人對這些八卦話題顯得興致勃勃，「換句話說，還有一個人也愛著那位女子，至於是誰我就不清楚了。」

「而那位女子最後選擇和那個人在一起？」

「外子沒和我明說，不過從他的口氣聽來應該是如此吧。」

「這樣啊……」

原本一團渾沌的東西在我腦中逐漸浮現形體，那名臉部被塗掉的女子一定就是父親單戀的對象，但爲什麼她的臉會被塗掉呢？還有，爲什麼那張照片會落入母親手中？

「對了，我拿那個出來給妳看，請稍等我一下。」清水夫人似乎想起什麼，走進裡面房間。我一口喝乾麥茶，調勻略顯紊亂的呼吸。

過了兩、三分鐘，清水夫人回來了，手上拿著一本類似剪貼本的茶色本子，那茶色似乎不是封面原本的顏色而是歲月的痕跡。

「我差點忘了還有這個東西。」夫人彷彿捧著貴重的寶物，小心翼翼地將陳舊的剪貼本放在桌上，剪貼本封面上有幾個模糊得幾乎無法辨識的字：「山步會紀錄」。

「這是那時候的……」

「是啊。」夫人點頭，「這是當時的相簿，外子生前常常拿出來看呢。」

「能讓我看一下嗎？」

「當然可以，我就是爲了讓妳看才拿出來的。」

我的手放上相簿封面，但在翻開之前，我轉頭望著夫人說：

「這裡面的照片，請問您是否看過？」

夫人兩手放在膝上搖了搖頭，「老實說我也沒認眞看，因爲裡面的人我幾乎不認識。」

「那麼家父單戀的那位女子的長相……」

「嗯，我不知道是哪位，眞是抱歉。」夫人笑著說：「不過既然女性人數不多，說不定從照片就看得出端倪呢，至於能不能查到名字我就不敢肯定了。」

「這樣啊……」

第一頁貼著三張黑白照片，仔細一看，三張裡頭都有年輕時期的父親身影，背著登山背包走在山路上的父親，或是與朋友勾肩搭背的父親，照片下方寫著一行字：「富士山山腰，清水、氏家、畑村、高城合影。」

「這個就是外子，還有這個也是。哇，當時好年輕呀。」清水夫人指著一個身高比父親矮得多、一臉稚氣的年輕人，年輕人戴的毛帽非常適合他。

我感覺心跳愈來愈快，一頁頁翻下去，但所有照片上都只有年輕男子，正當我開始有些焦慮的時候，忽然出現了奇怪的一頁。

「咦？」夫人說：「怎麼回事？這一頁的照片呢？」

那一頁上頭沒有照片，但固定照片四角的貼紙仍在，可見本來是有照片的，只見頁面下方寫著一排字：「帝都女子大學阿部晶子同學、田村廣江同學參與活動，相談甚歡。」

所以這一頁原本貼著一張拍到兩名女子的照片，阿部晶子與田村廣江。那名臉部被塗掉的女子是哪一個？

繼續翻下去，缺照片的頁面愈來愈多，我仔細閱讀這些頁面下方的文字發現一個共通點，那就是字裡行間都出現了阿部晶子這個名字。

我將整本相簿翻來翻去，確定裡頭完全沒有阿部晶子的照片，只要拍到她的照片都被拿掉了。

至於田村廣江的照片則出現了幾張，例如有一張照片是四名男生圍繞著一名女子，下方的文字寫著：「圍繞著廣江同學的四騎士。」四人之中並沒有父親，倒是有神情僵硬的清水先生，照片中央的田村廣江有著圓臉及洋娃娃般的水汪汪大眼睛，身材嬌瘦，體型和那個臉部被塗掉的女子明顯不同。

接著我又找到了決定性的證據。有一頁的照片同樣被拿掉，但下方寫著這樣的文字：

「奧秩父，阿部晶子同學與氏家。長年的夢想終於實現？」

長年的夢想……

我抬起頭說道：

「看來家父喜歡的是這位阿部晶子小姐。」

「好像是喔。」坐我對面看著相簿的夫人也同意，「不過好怪，爲什麼少了那麼多張照片？難道是外子把照片送人了？」

「還有誰看過這本相簿嗎？」

「這我也不清楚，不過山步會的那群朋友後來一直與外子有聯絡的只有氏家先生。」

「家父看過這本相簿嗎？」

「可能看過吧，不過我剛剛也說過，外子過世前，我們和氏家先生已經二十年以上沒見面了……。還是因爲照片上頭有氏家先生曾經喜歡的女生，所以外子早早就把那些照片送給氏家先生了？」夫人邊說邊托著腮，忽然她輕敲桌子說：「啊，我想起來了。」

「怎麼了？」我問。

「有一次外子帶著這本相簿出門去，我記得是這幾年的事情。」

「爲什麼清水先生要把相簿帶出去？」

「當時外子說有稀客來東京想問他山步會的事，所以他要帶相簿赴約。」

有稀客來到東京……，我的胸口不禁湧上一陣熱流。

「清水先生有沒有告訴您那位稀客是誰？」

「沒有。後來我問外子，他只說是某個朋友，我還記得外子出門的時候看起來滿開心的，回來之後卻苦著一張臉。我想既然那位稀客想問外子關於山步會的事，應該不是山步會的成員。」

「請問那是什麼時候的事情？」

「我想想，那是外子過世前不久……」夫人將手指放在唇邊思索了片刻，接著點了點頭，「應該是六年前，說得更精確一點，是五年半前的冬天。」

「冬天……，是十二月左右嗎？」

「嗯，是啊，好像是師走(*1)吧，我記得那陣子挺忙的。」

那位稀客一定是母親，母親果然來見了清水宏久。

這麼一來，阿部晶子的照片全部消失的原因也解開了，一定是母親在得到清水宏久同意之後將照片全數拿走。母親如果對清水宏久說想借走這些照片，他當然沒有理由拒絕。

問題是母親爲什麼會突然開始調查父親從前愛過的女子？還有，爲什麼要把照片上的臉塗掉？

*1 「師走」是日本對十二月的古稱。其名稱由來有一種說法是：十二月是一個忙碌的季節，就連老師也必須東奔西走，所以稱爲「師走」。

只要見到這位女子應該能得知一些事情。

「請問您是否知悉任何一位山步會成員的聯絡方式？」

清水夫人思索了好一會兒說道：

「我剛剛也說過，後來仍保持聯絡的只有氏家先生，至於其他人，外子畢業之後就很少和他們往來了，何況外地生畢業後大多回老家去，外子的喪禮上與山步會有關的人也只有氏家先生出席。」

「那麼清水先生是否留下了社員名冊之類的東西？」

「這個我也不確定，我去找找看。」夫人說著站了起來。

「不好意思，麻煩您了。」

我再次翻閱桌上的相簿，每張照片裡的父親都充滿活力，和現在截然不同，彷彿父親所有的青春都遺留在那段歲月之中。

爸爸……

你到底在隱藏什麼？媽媽爲什麼要調查你的過去？

不久清水夫人回來了。

「我只找到這個。」

清水夫人將一本薄薄的小冊子放到桌上，小冊子的封面寫著「山步會」，我翻開一看卻大失所望，這就是前幾天下条小姐傳眞給我的那份資料，上頭只記載了社長及副社長，也就是清水宏久與父親的聯絡方式。我告訴夫人這件事，夫人也沮喪地垂下了眉。

「這樣子呀……，除了這個，只剩這本筆記本上頭有外子朋友的聯絡方式了。」她說著拿出一本巴掌大的深褐色筆記本，翻開後面的通訊錄平放在桌上，「本子太舊了，字跡有些模糊，不過應該勉強能辨識吧。」

眞的是一本非常舊的筆記本，鉛筆字幾乎完全看不見，鋼筆字也已暈染變色。

我小心翼翼翻動著脆弱的內頁，沒多久我看見了一個名字。

高城康之。我把這個名字和相簿內的文字對照，相簿裡有一行字是「富士山山腰，清水、氏家、畑村、高城合影」，此外好幾張照片上都出現了高城這號人物，他的臉部輪廓很深，有點像西方人。

「這個『高城』應該是念作TAKASHIRO吧？清水先生曾經提過這個名字嗎？」我指著通訊錄問道。

「高城先生……，我應該聽過。」夫人眉頭緊蹙，微偏著頭輕按太陽穴，忽然雙眉一展，「我想起來了，是那個人。」

「請問他是……？」

「該怎麼說呢，他和外子一樣啊。」

「和清水先生一樣……？」我有股不好的預感。

「已經過世了，大概十年前吧。」

「這樣啊……」我覺得自己像是洩了氣的皮球，「是因爲生病嗎？」

「嗯，沒記錯的話，好像是因病過世。」

我一時之間不知該說什麼。

「對了，外子當年聽到高城先生過世的消息還說了句奇怪的話。」

「奇怪的話？」

「我記得他說……『果然還是死了』。」

「『果然』？這麼說來，高城先生病了很久？」

「這個嘛，好像不是那意思。」清水夫人偏著頭說：「外子的意思好像是劫數難逃。」

「劫數？是指死劫嗎？」

「或許吧，外子沒說太多。」

「這樣啊……」

我無從得知那位高城先生曾背負了什麼樣的劫數，我只知道，小提琴的弦又斷了一根。

雙葉之章

五

東京烏雲密布，北海道卻是萬里無雲，溼度也低，不會曬得全身汗流浹背，我任性地想這個季節要是能住在這裡就好了。

我抵達新千歲機場，接下來必須轉搭電車前往旭川。我坐上「丁香號」特快列車（*1），看著氣質不同於東京人的乘客陸續從沿途停靠的車站走進車廂，我終於感受到自己來到了北方的城市。我的意思並不是這些人的模樣很遜或很老土，我仔細觀察北海道的人們，試圖找出與東京人的不同點，我發現關鍵在於表情的微妙差異。今早我前往羽田機場的一路上看見的行人都宛若經歷風霜的疲倦旅客，而這裡的人們在這個時間卻彷彿仍細細品味著早晨的清新朝氣，或許是因為這塊土地還處於成長階段，也或許只是因為這裡的七月很涼爽吧。

我胡亂想著這些事，不知不覺列車抵達了札幌，我猶豫了一下，決定先下車逛逛再去旭川。一想到媽媽一定曾在札幌遊玩，我不禁也想看看這裡的景物。

我參觀了舊本廳舍，又去看了札幌市著名的鐘塔，鐘塔的寒酸簡陋讓我大失所望。接著我坐在大通公園的長椅上吃著冰淇淋，或許因為是星期日，路上行人大多攜家帶眷，每個父親都滿臉倦意，這點倒是和東京沒兩樣。

我看著熙熙攘攘的人群，想起脇坂講介說的那些話，難道媽媽真如他所說是被巨大的勢力謀殺？那股勢力和伊原駿策有關係嗎？如果這些都是真的，動機又是什麼？

無奈我一點頭緒也沒有，我和媽媽生活了那麼長的時間，對媽媽的事卻一無所知，我不知道媽媽到底是什麼人，甚至不知道媽媽為什麼是我的媽媽，我什麼都不知道居然還活了這麼久。

我決定從頭到尾把所有事情整理一遍。一切的起點從我上電視開始，媽媽反對我上電視，但我瞞著她上臺了，於是怪事接踵而來。

名叫藤村的北斗醫科大學教授從旭川來我家拜訪，媽媽曾任職於那所大學，而這號人物的來訪似乎讓媽媽感到很憂心。

一名中年男人出現在我就讀的大學到處調查我，中年男人曾向我的三個朋友探聽情報，不久媽媽便被車撞死，兇手肇事逃逸，車子是贓車。

我在媽媽的遺物中找到一本關於伊原駿策與他兒子的新聞剪貼本，而就在同一天，藤村教授問我要不要來一趟旭川。

緊接著前天出現一名奇怪男子和我說了一些奇怪的話，男子自稱脇坂。

我的頭愈來愈疼，現在的心情就好像面對著兩千塊拼圖片，而且手上並沒有完成圖，每一塊拼圖片都各自存在，彼此之間不管橫向或縱向都拼不起來，怎麼排都不對勁，怎麼繞都是死胡同。

忽然我的視野一暗，眼前出現一道人影，我抬起頭，一名年輕男子衝著我滿臉堆笑，他穿著像是不二家(*2)包裝紙的襯衫。

---

*1 即一九八〇年～二〇〇七年九月三十日行駛於札幌與旭川之間的特快列車「ライラック」（Lilac，紫丁香之意），一九九二年新千歲機場啓用後，部分班次往來新千歲機場與札幌之間。

*2 「不二家」是日本著名的零食製造商。

「嗨，我們見過面對吧？」年輕男子揮舞著手臂，看上去像隻大猩猩。
我的冰淇淋還沒吃完，索性瞪了他一眼回道：「你是誰啊？」
年輕人有點被我嚇到，但仍不死心，「妳不記得了嗎？今年四月妳們入學典禮結束後，我不是跑去問妳們要不要加入我們學校的社團？我們還在咖啡店裡聊了一下呀。」
「你在講什麼鬼話？我入學是去年的事了。」
「咦？妳不是念前面那所女子大學嗎？」眼前的傻小子舉起長長的手臂指向西方。
「我剛剛才從東京來到這裡，你在發什麼神經啊？想泡我也得想個好一點的藉口吧。」
「不是啦，我沒有那個意思……，妳真的不認得我？」
「很煩耶，你哪位呀。」
「怪了……」年輕人嘟囔著搔了搔頭便離開了，一邊走還頻頻回頭滿臉狐疑。
什麼我們見過面啊，真是老套，這句話在湘南海灘待一個小時大概會聽到五次吧，看來只要大一點的都市，居民都會失去自己的風格。
吃完冰淇淋，我拿著行李離開札幌。
抵達旭川車站的時候是下午三點。札幌的確是個大城市，但旭川也相當有規模，一出車站，林立的高樓大廈映入眼簾，棋盤格線般整齊的道路上塞滿了汽車，這幅景象和東京其實沒兩樣，不過穿越馬路的時候如果站在道路中央眺望遠方，會看見美麗的山丘稜線，這就不是在東京見得到的風景了。
車站前朝東北方延伸而出的道路當中有一條步行者專用道，兩側並排著綜合商城及高級咖啡廳與餐廳，我拿起旅遊手冊一看，這裡叫做平和通購物公園，是日本所有行人徒步區的濫觴，道路中央設有花壇、噴水池以及供行人休憩的長椅。這裡和大通公園一樣人潮眾多，坐在長椅上休息的男士看起來都像是爲人父親的，每個都是滿面倦容，這點也和大通公園一樣。

從車站步行到飯店約五分鐘，道路對面的大樓也是飯店，但我住的這棟看起來比較新，應該是最近剛蓋好。我從車站走到這裡的路上看見許多蓋到一半的大樓，看來這座城市若以人的一生來比喻應該正處於發育期吧。

飯店房間以我的名字預約了兩個晚上，而且我不必付半毛錢。

服務生交給我七〇三號房的鑰匙並和我說明了房間位置，接著遞給我一個信封說是有人轉交的留言，我伸手接過道了謝之後走向電梯。

七〇三號房是單人房，當然不怎麼寬敞，但設備很新，看起來很清爽，光是沒有菸味這一點就讓我謝天謝地了。

放下行李上過廁所之後，我拆開信來看，藤村信上叫我先別用餐，要我在房裡等著，他預定六點過來和我碰頭，看來今晚的飯錢也省了，我暗自竊喜。

我沖完澡正在換衣服，窗邊的電話響了。現在才剛過五點，我一邊暗忖會不會太早了點，一邊接起電話。

話筒傳來總機小姐的聲音：「請問是小林小姐嗎？一位鈴木先生來電找您，我幫您轉接。」

「鈴木？」哪個鈴木啊？

電話接通聲響起，接著傳來模糊的男人說話聲：「喂喂，小林嗎？」

「我是。」

對方聽到我的聲音似乎愣了一下，「咦？請問小林一郎先生在嗎？」

小林一郎？這傢伙在說什麼夢話？

「你打錯了，這房間只有我一個人，沒有什麼小林一郎。」

「咦？」電話那一頭的男人說道：「啊，這樣子嗎？大概是總機搞錯了，眞是對不起。」說著逕自掛斷電話。

我一頭霧水，呆呆地握著話筒。

搞什麼呀？

我瞪了話筒一眼掛回話機，住飯店居然還會接到打錯的電話，看來打電話的男人和那個總機小姐兩人之中一定有一個是冒失鬼。

不過……總覺得不大對勁，不，應該說是我的耳朵覺得不大對勁。剛剛那個男人的聲音我好像在哪裡聽過，不，不是聲音，是說話的語氣，聲音本身倒是很模糊。

我想了一會兒想不出個所以然，決定不管了，我可沒閒工夫想這些，在藤村抵達飯店之前，我得化好妝才行。

妝化到一半電話又響了，接起來一聽，又是剛剛那個總機小姐說有轉接，我本來想和她抱怨剛剛的事，嫌麻煩又算了。

電話是藤村打來的，他先說了聲：「遠道而來，辛苦妳了。」

「還好，不怎麼辛苦，沒想到東京和北海道這麼近。」

「妳有這種感覺表示妳還年輕呀。啊，我現在正要過去，妳都安頓好了嗎？」

「好了。」

「那麼我們在飯店大廳碰面吧，我應該會準六點抵達。」

「好的，恭候大駕。」

掛上電話，我加快了化妝的速度。

來到一樓大廳，我在櫃檯前的整排沙發中挑了一張坐下等藤村，就在時針即將指向六點二分的時候，飯店大廳的自動門開啓，一名身穿灰色西裝的瘦小紳士走了進來，我記得這個身影，媽媽出車禍的前一天來我家公寓的人就是他。

他在櫃檯前停下腳步轉頭望向我，大廳裡坐在沙發上的只有我和另一位中年伯母。

他露出溫和的笑容緩緩朝我走來，於是我站了起來。

「妳是小林雙葉小姐吧？」他的聲音和電話裡一模一樣，「我是藤村。」

我雙手交疊身前恭謹地鞠了個躬，「眞是非常謝謝您的幫忙，還麻煩您幫我安排機票和飯店……」

藤村輕輕揮了揮手，「別和我說這些硬邦邦的客套話，免得影響了食慾。不過話說回來……」他眨著眼睛一邊打量我的長相和全身，喃喃地說：「眞是太完美了、太完美了，沒想到竟然這麼……」

對方強烈的視線讓我不禁縮起身子。

「啊，對不起。」他連忙致歉，「妳的母親小林志保小姐把妳養育得太完美了，我只是忍不住讚歎這一點，如果造成妳的不舒服還請見諒。」

「不，請別這麼說。」我笑著搖了搖頭，但我確實有些不舒服。

藤村說他知道一間好餐廳，於是我上了他的車，十分鐘後我們抵達一間日式料理屋，餐廳附近是住宅區，與購物公園附近的熱鬧氣氛相較之下靜謐多了。

藤村報上姓名，身穿深藍和服的女侍便帶我們來到一間精緻小巧的包廂，牆邊有著小小的壁龕，包廂不大卻氣氛十足，很像政治家私下收賄的場所。

來這裡的車上，我對藤村說自己並不挑食，他便隨意點了幾樣料理，接著他問我想喝什麼，我說喝茶就好。

「那我也喝茶吧，回去還得開車。」藤村說。

女侍出去後，藤村轉過身端正了坐姿說道：

「今天妳遠道而來，想必很累了，請多吃些美味佳餚補充體力。」

「謝謝。」我鞠躬說道。

「話說回來，令堂的事眞是令人深感痛惜啊，只要我幫得上忙的地方妳儘管開口，請讓我盡一點棉薄之力。」

「是……，多謝關心。」我又鞠了個躬。

就這樣，藤村每說一句話我就得鞠一次躬，重複了大約三次，到第四次的時候，紙拉門拉開了，女侍送上料理。

每一道料理的分量都很少，裝在小小的碟子上，這一餐以海鮮爲主，烹調得很用心，但每當我將料理一口塞進嘴裡，才剛品嚐出「原來這是鮑魚」或「這好像是蟹膏」，小碟子已經空空如也，我不禁開始擔心這些東西眞的塡得飽肚子嗎？

「請問……當初我母親在北斗醫科大學做的是什麼工作？」我逮住後續料理尚未送來的空檔切入正題。

「簡單來說就是研究助理。」藤村放下了筷子，「醫科大學並不只是將現有的醫療技術傳授給學生而已，同時必須進行許多放眼未來的研究，所以需要研究助理。」

「我母親做的是什麼樣的研究？」明知人家講了我也聽不懂，還是問了出口。

藤村思索了一下說：「以體外受精爲主的不孕症治療研究。」

「喔……」幸好他的回答並不難懂，「試管嬰兒(*1)的研究嗎？」

「是的，不過當然不止試管嬰兒的範疇……」

此時女侍進來送上新的料理。

「我一直覺得很不可思議，爲什麼在東京出生長大的母親會跑到這麼遠的地方來工作，關於這一點，藤村先生您是否知道些什麼？」我試著換個方向問。

「這我倒是聽小林小姐提過。」藤村等女侍離開才開口，「小林小姐從高中時期便對這個領

*1 「體外受精」是讓卵子和精子在身體之外的環境下受精，然後植入女性子宮內使產生著床及懷孕，即一般俗稱的「試管嬰兒」技術；而「人工授精」則是以人工方式將精液注入女性體內以取代性交途徑使其妊娠，屬於「體內受精」。

域的研究相當感興趣，她評估過各校的論文發表數量等等之後，最後選擇了北斗醫科大學。」

「喔……」以媽媽平日的勤奮好學來看，的確很有可能，媽媽挑選大學的動機和我完全不一樣。我接著問道：「可是，她爲什麼會對體外受精的研究這麼感興趣？」

「這就要談到她當時的價值觀了，那時候小林小姐對於女性的社會地位與生物職責相當不滿。」

「社會地位與……什麼？」對話突然轉進艱深的內容。

「簡單來說，女性無法隨心所欲地參與社會活動是因爲肩負著育子的職責。假設有一對夫妻，兩人同樣在工作，分擔著相同分量的家事，擁有相同的收入，但女方若懷孕就必須辭去工作或至少離開工作崗位好一陣子，這時候就會變成男主外、女主內，一旦陷入這種狀態便很難恢復原狀，而且包含企業在內的整個社會都有先入爲主的觀念，認爲女人結婚懷孕之後就會離職，所以打從一開始就不敢把重要職務交給女性，如此一來，女人根本不可能獲得與男人平等的社會地位……。以上大概就是小林小姐的想法，我也覺得很有道理。」

「我也有同感。」我吃了一口墨魚切片，「不過現在的女性社會地位比以前好多了。」

「但相對地懷孕的女性減少了，這一點從出生率下降就看得出來，小林小姐的論點在這裡也能得到印證。」

「我也有一些朋友爲了不讓小孩影響工作，已經打定主意不生小孩了。」

「嗯，這很正常，現代的女性已經捨棄生物職責選擇了社會地位，但這並不能怪女性，應該怪這個男性社會沒有努力創造出一個能讓女性兼顧兩方的環境。」

「沒錯。」我握起拳頭在膝上敲了一下。

「話說回來，現在雖然我也認同這樣的想法，但在二、三十年前，很多年輕女性本身都認爲女人只要負責生小孩、養小孩、把老公照顧好就行了，可以想見小林小姐當年所承受的壓力有多大。」

「那我母親到底打算做什麼？」

「我不清楚她是否有具體的計畫，但我相信她很想徹底改變女性的生育機制。剛剛妳說過，妳朋友認爲小孩會妨礙工作所以不想生小孩，但這樣的觀點嚴格說來並不正確。現在很多職業婦女其實是認爲，只要丈夫願意主動照顧孩子，那麼生小孩也無妨，換言之，會妨礙工作的並不是小孩本身，而是懷孕和養育小孩的任務，小林小姐也是這麼認爲的。進一步看，養育小孩的任務可由丈夫或其他人代勞，懷孕卻不行，如果一位女性在公司接下了重要工作，正準備大展長才卻懷孕了，不只會造成公司困擾，本人也很懊惱吧，所以小林小姐認爲應該開發出一種技術，讓職業婦女不必使用自己的身體便能獲得自己的小孩。」

「簡單來說，就是找代理孕母吧？」我說出曾在報章雜誌上看到的名詞。

「代理孕母也是手段之一。」藤村點頭，「體外受精原本的目的是治療不孕症，但小林小姐卻認爲其優點不止於此。事實上我今天來找妳之前查閱了一些從前的研究報告，其中一篇就是小林小姐所寫的，標題是『關於代用母體的必要性』，她在報告中提及了無法懷孕或不想被懷孕拖累的女性可將自己夫妻的受精卵植入其他女性體內的構想，這正是不折不扣的代理孕母概念。但小林小姐的理想更高遠，報告中提到她的最終目標是開發出一套能讓所有女性不再受懷孕之苦的生育機制，也就是透過人工子宮生下孩子的方法。」

「人工子宮……」藤村說得口沫橫飛，我卻只能愣愣看著他的嘴角。他所說的這些內容和我熟悉的媽媽根本無法聯想在一起，我甚至懷疑他說的是另一個同名同姓的小林志保。

「請原諒我嘮嘮叨叨地說了這麼多，總而言之，小林小姐認爲體外受精這方面的研究有助於提升女性社會地位，所以才會大老遠跑來這裡研習。如果妳對這份研究報告有興趣請隨時和我說，報告都保存在微縮膠捲(*1)裡，很容易複製的。」藤村說完這番話，露出一副終於大功告成的神情，津津有味地喝起茶來。

「藤村先生也是從事這方面的研究嗎？」

「當時是的，現在則是在研究一些不切實際的東西。」他自嘲著說。

「我母親後來爲什麼放棄研究？」

聽到這個問題，藤村臉上的笑容消失了。

「我想應該是因爲有了孩子吧。」

「那個孩子就是我？」

「是的。」

「我母親離開大學的時候是怎麼和大家說的？」

「這個嘛……，她其實是先斬後奏。有一天她突然回東京去，就這麼離職不做了。她本人沒和我們提起她懷孕，但我們早就隱約看出來了，所以我們才會猜想她離職的原因是懷孕。她向來主張不該讓懷孕奪走女性的工作權，沒想到自己也陷入了這樣的窘境，想來眞是諷刺啊。」

「這麼說您也不知道是誰讓她懷孕的？」

「可以這麼說……」藤村含糊帶過，接著他一臉嚴肅地望著我，「其實我這次請妳過來的目的之一也是爲了求證這件事。小林小姐是否曾和妳提起她的對象，也就是妳的父親？」

「她只告訴我他們還沒結婚就分手了，沒告訴我父親是誰，也沒說他活著還是死了。」

「這樣啊，果然……」

「請問……您是不是知道些什麼？」

我正想湊向前問個清楚，紙拉門又拉開了，我只好端正坐姿在坐墊上坐好，一邊偷瞄藤村的表情，只見他一臉茫然地望著女侍端上桌的料理。

「眞相我並不清楚。」女侍離開之後他說：「不過我做了一番猜測。」

「什麼樣的猜測？」

「這個嘛，」藤村舔了舔嘴唇，「我猜妳的父親應該就是那個人吧……」

「是誰？」我顧不得料理了，放下筷子追問藤村。

藤村別開臉望著空無一物的空間好一會兒，似乎下定了決心才轉頭看著我，只見他喉頭一動吞了口唾液。

*1　即microfilm，一種透過微縮攝影技術得以長久並大量儲存資料的介質，具有國際標準化、對原文獻眞跡重現、並有利資料永久儲存的特點。亦稱「微捲」。

「我在猜應該是久能教授吧。」
「久能教授？」
「永久的久，能力的能，他當年是我和小林小姐的頂頭上司。」
「爲什麼您會認爲是他？」
「因爲第一，我們每天在一起工作，這是我的直覺。小林小姐非常尊敬、信賴而且仰慕教授，能夠讓小林小姐願意投懷送抱的人，除了教授我想不出第二人。再者是現實的因素，當時的她整天忙於研究，根本不可能有時間和校外人士交往，而且久能教授一直是單身，就算談戀愛也很正常。」
「研究室裡沒有其他人嗎？」
「當時久能研究室的人員除了我和小林小姐，還有一位姓氏家的助理教授，雖然我們與其他研究室不是完全沒往來，但大部分的研究都只由我們四人執行。」
「這些人現在在哪裡呢？」
「我就如妳所見一直留在北斗，氏家助理教授現在則任教於函館理科大學。」
「久能教授呢？」
「教授他……」藤村張著嘴，眨了幾次眼之後才說：「久能教授十五年前去世了。」
我深深吸了一口氣，然後一邊放鬆肩膀一邊緩緩吐出氣。
「是病逝嗎？」
「不，是意外，一場發生在風雪之夜的車禍，教授的車撞上了路邊護欄。」

又是車禍……，和媽媽一樣。我心頭湧起一股莫名的厭惡。

「可是光憑以上這些理由並不能斷定讓我母親受孕的人就是久能教授吧？」

「妳說的沒錯。」藤村點了點頭，「我會認爲小林小姐的對象就是久能教授，其實還有另一項根據——久能老師曾親口說出一段很接近這個臆測的話。」

「他承認是他的種？」

「不不，沒那麼直接。他只是說，他雖然沒結婚，卻有一個好幾年沒見的女兒，事到如今已不奢望能以父親的身分與女兒相見，但爲了女兒的將來著想，他很希望至少能夠讓這個女兒認祖歸宗。教授大概說了這些話，當時我馬上就猜到他指的正是小林小姐的小孩，但我無法理解的是教授爲什麼事隔多年才突然提起這件事。」藤村看著我靜靜地說道：「幾天之後，老師便過世了。」

我震驚不已，背上彷彿被人重重敲了一記，好一陣子說不出話，藤村也低頭默然不語。

「他是自殺的？」我終於開口了。

「我不知道。至少在警方的紀錄上那是一場意外。」藤村交抱雙臂，「不過他說了那樣的話之後便發生意外，教人很難不做聯想，而且我們後來才知道老師當時得了癌症，他一直沒告訴我們。」

「癌症……」

「是啊。老師是個意志力很強的人，不過畢竟無法戰勝對死亡的恐懼吧。」面對滿桌菜餚，藤村終於又拿起筷子，卻又旋即擱下說道：「老師的那番話讓我很在意，所以後來我曾問過小林小姐，老師有沒有寄信給她，因為我覺得如果老師眞是自殺而死，一定會寫下遺書寄給小林小姐，而在遺言中承認子女是具有法律效力的。」

「我母親怎麼回答？」雖然我心裡大概有數，還是開口問了。

藤村一臉苦澀地搖了搖頭，「她說沒收到任何信件，於是我明知失禮，還是鼓起勇氣問她小孩是不是她和久能老師的，她大發雷霆矢口否認，還叫我以後別再打電話給她。」

我暗忖，想也知道媽媽會有這種反應。

「後來您怎麼處理？」

「我也束手無策呀。」藤村嘆了口氣，「既然小林小姐否認，我也沒辦法說什麼，但我又想不出其他有可能和久能老師交往的女性，我還是認為久能老師口中的女兒就是小林小姐的孩子。我抱著這樣的想法活了十幾年，直到前幾天才終於再見到小林小姐。」

「所以那時候您和我母親又聊起久能老師？」

「聊到了，不，應該說是我主動提起的，我拜託她說出眞相。我和她說如果這個孩子眞的是久能老師的骨肉，我們這些老同事及校方一定很願意提供妳們母女日後各方面的協助，這樣對孩子的將來也比較好。」

「但我母親還是不承認？」

藤村點了點頭，「她叫我別再提起這件事。」

我回想藤村當初在公寓門口與我母親的對話——「如果妳改變心意了，請和我聯絡。」「我不會改變心意的……」原來那兩句話是這個意思。

「諷刺的是，那次碰面竟成了我見到她的最後一面。我聽到小林小姐去世的消息就一直在想，我還是應該讓小孩知道父親是誰，我認爲我有這個責任。」藤村正眼凝視著我，「這就是我請妳來旭川最大的目的。」

「可是，」我說：「這一切都只是臆測吧？既然我母親和久能老師都過世了，事到如今應該無法求證了不是嗎？」

藤村停頓了片刻，緩緩說道：

「如果有辦法求證，妳願意試試看嗎？」

「有辦法求證？」

「有。」藤村斬釘截鐵地說：「做血液檢查就知道了。」

「原來如此。可是久能老師的血液……」

「還保存著。以前我們做實驗的樣本只能從自己身上取得，所以我那邊還冷凍保存了一些老師的血液。」

「這樣啊……」我不明白爲什麼體外受精的研究要用到血液，但我決定睜一隻眼閉一隻眼，「可是就算測出的血型符合親子關係，也不見得是親生骨肉吧？」

「我們使用的是ＤＮＡ鑑定法，這是一種精確度極高的鑑定方法，又叫做ＤＮＡ指紋比對，據說誤判機率只有一百億分之一。」

「一百億……」

「如何？」藤村看著我說：「我不會勉強妳，但如果妳不介意，我希望妳能讓我做這個鑑定，我認爲這麼做對妳比較好。」

我沒回答他，兀自思考著。我不知道接受鑑定是不是眞的對我比較好，不管那個久能是不是我父親，我想應該不會對我接下來的人生帶來任何改變。既然這件事過去從未出現在我的人生裡，未來想必也不會太重要吧。

問題在於媽媽。若想解開包覆著媽媽的龐大謎團，其中一個重要的關鍵應該是確認我的父親，或許我還能因此查出媽媽爲什麼遇害。

「請問做這個鑑定大概需要多久時間？」我問。

「這個嘛，應該一、兩天就足夠了……。妳決定接受鑑定了嗎？」

「是的，麻煩您了。」

藤村吐出長長的一口氣，「妳這個決定是正確的，我會安排讓妳盡快接受鑑定。請問妳明天有行程嗎？」

「目前沒有計劃。」

「那麼就由我來聯絡飯店吧。說眞的，現在我有種如釋重負的感覺，不過當然在鑑定結果出來之前，一切都是未知數。」藤村似乎終於恢復了食慾，又開始動筷了。

「請問那位久能老師是什麼樣的人？」

「只能用一句話來形容，他是天才。」藤村用力點頭，似乎爲了讓自己的話更具說服力，「他的思想比一般學者先進太多了，他一方面腳踏實地、鍥而不捨地做研究，又能夠提出任何人都想不到的大膽假設，我們光是跟上老師的步調就追得焦頭爛額了。」

「看來是個很了不起的人物，我實在無法想像自己身上會流著這樣的人的血液。」

「不，說不定妳體內也沉睡著了不起的才能，只是妳沒察覺。而且久能老師不只是一位傑出的學者，他的爲人處世也很了不起，好比……」

「請等一下。」我伸出右手比了手勢打斷他的話，「請別再說下去了，又還沒確定久能老師就是我的父親。」

藤村先是一愣，連忙改口說道：「沒錯，嗯，這麼說也是。」他頻頻點頭，「不過有一點我必須補充，當年小林小姐辭掉大學工作回東京的時候，追到東京試圖帶她回來的人不是別人，正是久能老師。」

「帶她回來？追到東京？」

「是啊，老師拚命調查小林小姐的住處，還向小林小姐的哥哥，也就是妳的舅舅詢問，但妳舅舅不肯吐露她的行蹤。」

我想起舅舅和我說過媽媽因懷孕而回到東京，不久便有個教授找上門。

「總之就如妳所說，一切都看鑑定結果了。」但藤村的態度似乎對鑑定結果胸有成竹。

用完餐走出店門的時候，女侍交給藤村一個小餐盒，我正在想那裡面是什麼，一坐上車，藤村便把小餐盒遞了過來，「這給妳帶回去。妳剛剛一定沒吃飽吧？這裡面是散壽司，可以當消夜。」

「啊，眞是非常感謝。」雖然覺得很不好意思，我還是老實不客氣地收下了，說眞的我覺得今晚好像完全沒吃到東西。

藤村送我到飯店門口。

「那就明天見了。」我說完正要下車，藤村又叫住我說：「明天上午我會打電話給妳。」

「恭候來電。」我一面回答一面走下車子。

目送藤村的豐田CELSIOR完全消失在街角之後，我沒走進飯店，而是沿著來時路信步而行。剛過九點，又難得來到這個地方，一直待在房間裡太可惜了，何況我有點想喝酒。

我拿著藤村給我的消夜漫步了十分鐘左右，看見一棟仿小木屋造型的兩層樓建築，二樓出入口剛好有兩名年輕女子走出來，室內傳出抒情樂，只見兩名女子沿著外側樓梯走下，樓梯扶手也是原木質材。店名叫「巴姆」，聽起來有點遜，但剛才那兩名年輕女子的打扮還頗時髦，我決定進去看看。

店內有許多像是巨大原木切片的大桌子，每張桌子旁邊都聚集了一堆年輕人，宛如被砂糖吸引的蟻群。

我在吧檯喝著波本威士忌蘇打，過來搭訕的年輕男子一個又一個，最常問的問題是「妳在等人嗎？」不然就是「妳住這附近嗎？」看來男人只要看見女人獨自喝酒就會忍不住問這些問題。我本來是爲了排遣無聊和他們聊上兩句，但果然愈聊愈覺無聊，最後他們一定會說出這句話：「要不要去別的地方玩？」這時我就會拿出小餐盒說道：「抱歉，我得把這個送去給爸爸。」每個男人聽見這句話，都會各自在心裡對「爸爸」下一個定義，然後乖乖離去。

沒有男人過來搭訕的空檔我便獨自思考著關於我父親的事，久能教授眞的是我父親嗎？藤村的推理相當具有說服力，我也想不出其他可能性，但總覺得無法釋懷。如果藤村說的都是眞的，那麼媽媽爲什麼沒和那個人結婚？爲什麼要回東京？

此外還有一個疑點，藤村說追到東京來想把媽媽帶回去的人就是久能教授，但根據舅舅的說法，他當時曾問媽媽那個教授是不是我的父親，媽媽哈哈大笑直說不是，舅舅說媽媽那個笑容應該不是裝出來的，我也覺得舅舅的直覺錯不了。

我反反覆覆地想著，在店裡耗了將近兩個小時之後才離開。

回飯店的路上，我故意繞遠路到購物公園逛了一圈，路上的行人明顯變少了，我坐在長椅上稍事休息。

如果那個久能眞的是我父親，那麼這和媽媽的遇害是否有關？根據藤村的說法，他來拜訪媽媽與媽媽被撞死是完全不相干的兩回事，眞的嗎？

「我都糊塗了，眞相到底是什麼呢……」我不禁咕噥著。

這時數道影子落在我腳邊，眼前出現三名男子。

「小姐，妳好像很寂寞呀？」一名金髮雞冠頭的男子在我身旁坐下，混雜了酒臭與菸味的氣息噴在我臉上，我當場想站起身。

「別逃嘛。」另一名光頭男按住我的肩膀在另一側坐下，剩下那個長得像蜥蜴的男子則蹲在我前方。

我環顧四下，運氣眞背，周圍完全不見行人，或許是看見這三個傢伙之後都躲得老遠了。

「抱歉，我和人有約。」我邊說邊迅速站起來，這次我沒被按住，但金髮男和光頭男跟著站起身將我包夾在中間。

「那我們送妳去赴約吧。」光頭男說。他說話的時候，濃稠的唾液附著在齒縫間，我曾在新宿歌舞伎町被這樣的男人纏上。

「妳想去哪裡我們都能送妳一程，儘管吩咐不用客氣。」蜥蜴男嘻嘻笑著一邊將臉湊了上來。我暗忖，要是我大聲呼救不曉得這些人會做出什麼事，我決定閉嘴等待逃走的機會，只要能逃開，我有自信不會被追上。

「好了，我們走吧。」蜥蜴男靠得更近了，我全身雞皮疙瘩直冒，不知道是光頭男還是金髮男在我屁股上摸了一把。

忽然間，蜥蜴男消失了。

取而代之的是另一個男人出現眼前，只見蜥蜴男一頭撞上一旁的花壇不停呻吟。

光頭男朝那個男人衝了過去，男人似乎什麼也沒做，但光頭男卻當場翻了一圈，背部狠狠撞上後方店鋪的鐵捲門發出轟然巨響。

我趁機拔腿就逃，路上行人卻變多了，這些人剛剛不出現，現在才跑出來礙手礙腳的。我速度一變慢，便聽見後頭有腳步聲追上來，我正想加速逃逸，身後的人喊道：

「喂，等一下！雙葉！」

我停下腳步回頭一看，一名身穿無袖汗衫搭牛仔褲、一身汗水的男人正朝我走來。

「啊！」我當場愣住指著對方。

「別到處晃來晃去啦，怎麼不趕快回飯店去？」男人說話的時候，肩上的肌肉不住地跳動，他就是那個小號阿諾——脇坂講介。

脇坂講介送我回飯店的路上什麼都沒說，不管我問什麼，他都只回答「啊」或「喔」敷衍過去，直到送我到電梯前他才開口：「趕快睡覺，別看什麼影片了。」

我瞪了他一眼，電梯門剛好打開，他按住電梯門比手勢要我進去。

「你打算什麼都不解釋就這麼消失？」我問。

「有機會再解釋，今天已經很晚了。」他說這句話的時候完全沒看我。

我走進電梯，沒按樓層按鈕而是按著「開」，此時我瞥見電梯內側貼著一張飯店餐廳與酒吧的介紹圖片。

「十樓有酒吧呢。」我抬頭看他，對他嫣然一笑，「營業到凌晨一點喲？」

他將防水連帽外套披在肩上想了片刻，一邊瞪著我走進了電梯。我按下十樓的按鈕。

我們坐吧檯，他點了一杯健怡可樂。

「你不喝酒？」

「我母親告訴我，縱容酒精傷害身體很愚蠢。」

「你沒聽過酒是百藥之長嗎？」我點了一杯馬丁尼。

「妳喝太多了。」他還是老樣子，拿開吸管直接抓起杯子將可樂灌進嘴裡，「妳已經在『巴姆』喝了兩個小時，之前和北斗醫科大學的藤村吃飯時應該也喝了酒吧？」

我一聽差點沒被酒嗆到，「你跟蹤我？」

「跟好幾個小時了。」他不耐煩地說：「藤村送妳回來之後，妳怎麼不乖乖回飯店？」

「等等，我們一件一件說好嗎？我開始有點火大了。」我將馬丁尼一飲而盡，「首先，你為什麼會在這裡？」

「當然是因為妳在這裡。」

「別跟我耍嘴皮子，我們前天才第一次見面，當時我雖然說了要來北海道，我可沒告訴你詳細地點。」

「不，妳說了要來旭川。」

「旭川這麼大，你怎麼知道我在哪裡？」

「就是啊，所以花了我不少苦心呢，還害我用掉一堆電話卡。」

「電話卡？」

「妳那天說要去北海道，我立刻猜到這趟旅程一定和小林志保小姐的過世有關，否則天底下有哪個女兒會在母親剛過世不久便出門旅行？所以啦，我決定盯住妳。」

「這麼說來，從我出了家門你就一直跟著我？」

「我很想這麼做，但我知道不可能，這個時期飛北海道的班機肯定班班客滿，我勢必只能眼睜睜看著妳搭飛機離開羽田機場，雖然也可以等補位，但那樣太不保險了。」

說的也是。我暗自點頭。

「那你是怎麼來北海道的？搭電車？」

「這我也考慮過，但是沒訂位就跳上開往北海道的電車，光想都覺得可怕，而且電車的機動性太低無法隨機應變，所以方法只剩一個。」

「該不會是……開車？」

「答對了。」

我嚇得倒抽一口氣，「從東京？」

「是啊，昨天出發的。」

「你開了多久？」

「久到我不敢去想。在青森搭上渡輪的時候已經是今天早上了，開了一整天的車，我在船上睡得跟死人一樣。」

聽到他令人難以置信的舉動，我甚至不知該作何感想。

「那你怎麼找到我的？」

「沒開車的時候我就拚命打電話到旭川每間飯店，詢問有沒有一位叫小林雙葉的房客。找到妳住的飯店時我正在道央高速公路(*1)的休息區裡，當時我感動得都快哭了，正想掛電話，總機小姐居然已經幫我把電話轉接到妳房間，我還眞有點慌了手腳呢。」

「啊！」我不禁喊了出聲，「原來那個人是你！今天傍晚的時候那個自稱鈴木……說什麼打錯電話的傢伙。」

*1 道央高速公路（HOKKAIDO EXPRESSWAY）爲北海道最重要的一條高速公路，目前全長約六百八十一公里。

「我當時連忙拿手帕摀住話筒，看來那聲音眞的瞞過妳了。」脇坂講介搔著鼻頭。

「爲什麼要瞞我？」

「那還用說，因爲我想暗中跟蹤妳呀。打完電話後我再度開車狂飆，抵達飯店門口大概六點左右吧，正想確認妳在不在房間，就看見妳和那個藤村走了出來，所以啦，我就一路跟在你們後面。」

「聽起來眞不舒服。」我點了一杯琴萊姆，「你就這樣一直監視我？」

「是啊。尤其和妳見面的人是北斗醫科大學的教授，我更不能跟丢。我早就查清楚小林志保小姐的經歷了，北斗醫科大學正是她的母校。」

「所以你一開始就知道藤村的身分？」

「不，是後來查出來的。」

「怎麼查？」

「那間料理屋的女侍告訴我的，只要肯花時間和金錢，絕大部分的事情都查得到。」脇坂講介若無其事地說。

「接下來你還是像跟屁蟲一樣緊跟著我不放？」我喝了一口琴萊姆，故意語帶輕蔑地說。

「多虧我的跟蹤，妳才沒被剛剛那些傢伙怎麼樣。」他挺著胸膛說：「當女生有難，無論在什麼情況下都必須伸出援手，這也是我母親告訴我的，我學習格鬥技也是爲了這個目的。對了，妳還沒跟我道謝呢。」

「你沒出手相救，我也不會有事的。」

了。」

「是嗎？我如果沒把那個雞冠頭小子摔出去，妳現在大概已經成了狼嘴上的可憐小羔羊了。」

「我會逃得像豹一樣快，而且你摔出去的那個傢伙不是雞冠頭，是光頭。虧你身爲雜誌記者，觀察力這麼差。」

「咦？眞的嗎？我記得是雞冠頭呀……」他粗壯的雙臂交抱胸前歪著腦袋，這模樣還滿可愛的。

「不過，你救了我是事實，我就和你道聲謝吧。」我朝他高舉杯子，「謝謝你。」

「這種感覺挺不錯的。」他笑著說：「不用送我什麼謝禮了。」

我正想回他一句「那還用說」，忽然想起一件事，我大喊一聲「糟糕」，手往吧檯一拍，「我把小餐盒忘在長椅上了，那是人家送我的消夜呢。」

「眞是遺憾啊，話說回來那個藤村竟然連消夜都替妳準備了，還眞是貼心，他和小林志保小姐到底是什麼關係？」

「二十年前他們好像待過同一個研究室。啊啊，我本來好期待那個消夜呢。」

「眞是放不下的傢伙。這麼說，妳認爲這次的肇事逃逸事件，揭開謎底的關鍵就在於二十年前發生的事情？」他興致勃勃地問道。

「我沒想那麼多，只是想見見這個知道媽媽過去的人而已。」

「可是他是二十年前的同事耶。」

「這個人在媽媽過世的前一天曾去過我家。」

「咦？眞的嗎？」
「這種事情我騙你幹什麼？」我簡單說了藤村來我家時的狀況。
「眞可疑，這個人絕對不單純。」他沉吟著，「這次會面是妳提議的？」
「是藤村提議的，他問我要不要來旭川一趟，不過就算他沒這麼問我也遲早會來。」
「原來如此，是他把妳叫來的，這麼看來這傢伙更可疑了。」脇坂講介左掌包住右拳，把指關節捏得劈啪作響，「那他和妳說了些什麼？」
「聊了很多，例如媽媽從前的工作內容之類的。」
「聽起來挺有意思的。」他的眼神亮了起來，「能不能說給我聽聽？」
「也沒多有意思，簡單說就是以體外受精爲主的不孕症治療研究……，大概是這類工作吧。」我以朗讀課文的語氣，把從藤村那邊聽來的名詞現學現賣複誦了一遍。
「喔，體外受精啊……」他似乎不特別意外，點了幾次頭，「北斗醫科大學的確在體外受精研究這方面相當有名，藤村有沒有和妳提到體外受精的實際執行技術？」
「沒有，我也不想聽。」
「是嗎？」他似乎有些失望，「還有呢？」
「還有？」
「藤村還和妳聊了什麼？」
「很多呀。」
「那就說來聽聽啊，他把妳大老遠叫來應該有什麼重要的話想對妳說吧？」他問得開門見山，我卻不想把關於我父親是誰的那段對話一五一十地告訴他。

於是我將杯子擱在吧檯上說道：

「我們的確談了些要事，但那和媽媽的死因不見得有關，而且是私事，我還沒大嘴巴到把所有事都告訴一個才見過兩次面的男人。」

他身子微微一縮，視線游移了一會兒，再次凝視著我說：

「不是我自誇，我這個人多少有點本事，而且爲了調查妳母親的死因，我也已經有覺悟可能需要冒一些險，再加上我在各方面都有人脈，利用出版社的資料庫蒐集情報也會事半功倍。妳想想，肇事逃逸的案子另有隱情不就是我告訴妳的嗎？像我這麼有用的人，妳應該好好利用才對吧。」

「我會好好利用的，可是這不代表我必須把所有事情都對你坦白呀？」

「但妳瞞東瞞西的，我要怎麼幫妳？」

「我需要你幫助的時候自然會跟你說。在那之前……」我面朝他在胸前比了個「×」的手勢說：「別纏著我。」

脇坂講介搖搖頭，「妳一個人是查不出眞相的。」

「我一個人查不出，多了你的幫助大概也查不出。」我丟了這句話便把手肘撐到吧檯上，這時他抓住我的肩膀說：

「相信我，我一定幫得上妳。」

「別亂碰我。」我瞪了他一眼。

「啊，抱歉。」他慌忙縮回手。

「我知道你在打什麼如意算盤。」我說：「你想把我媽媽過世的眞相寫成報導。」

「寫報導對我來說不重要，我上次已經說過了。」

「誰相信你呀。」

「眞是拿妳沒辦法。」他抓了抓自己的平頭說：「好吧，那至少告訴我一件事，妳還會不會和藤村碰面？」

我心下一驚，「你問這幹什麼？」

他的眼神瞬間變得銳利，「果然還約了下次。」

「你還沒回答我的問題，你問這幹什麼？」

「我這麼問是推測你們交談內容的重要程度，妳還會和他碰面，表示你們剛剛的會面談了相當重要的事。」

我的眉毛向上揚起。

「你又要像跟屁蟲一樣跟蹤我？」

「誰教妳什麼都不跟我說，我只能這麼做了。」

「你跟著我又能知道什麼？」

「至少，」脇坂講介將手肘撐在吧檯上，「能夠知道妳是否平安。」

我一聽不禁愣住，完全沒想到他會這麼回答。

「少扯了，我會遇到什麼危險？」

「我也不知道，不過根據目前的情報來看，那個叫藤村的學者千萬輕忽不得。」他一臉認真地看著我，「妳最好別再和他見面，我有不好的預感。」

「神經病，懶得跟你說了。」我站了起來。

「等一下。」他抓住我的右手。

「別碰我！」我登時甩開他的手，可能我喊得太大聲，店裡幾名客人轉頭看向我們。我急著想離開，他卻突然開口：

「不讓我碰，卻願意讓那傢伙碰？」

店內的客人聽到這句話，視線全投了過來，我大步走回脇坂講介面前，朝他的臉頰用力揮出右掌。

啪！清脆聲響之中，我的右掌傳來一陣衝擊，周圍響起一片「喔喔」的驚呼。脇坂講介一隻手肘仍撐在吧檯上，整個人卻像蠟像似的動也不動，其他客人也彷彿瞬間停格一片靜默。

我轉頭朝店門快步走去，進電梯之後手掌才漸漸麻了起來。

隔天，電話鈴聲將我從睡夢中喚醒，我游泳似地在床鋪上划行，拿起話筒無精打采地說了聲「喂？」

「一位藤村先生的來電。」電話另一頭傳來總機小姐爽朗的聲音。

我心想怎麼這麼早就打來了，轉頭朝床邊電子鐘看了一眼，上頭顯示著「10：25」，我揉揉眼睛再看一次，這次變成「10：26」，我抓著話筒從床上一躍而起。

「喂？」話筒傳來藤村的聲音。

「啊，早安。昨晚謝謝您的招待。」

「別客氣，昨天的晚餐分量不多，有沒有害妳半夜肚子餓？」

「沒……沒有，沒那回事。」其實昨晚睡覺前，我把冰箱裡的零食全吃光了。

「對了，小餐盒吃了嗎？」

「吃了，非常好吃。」總不能告訴他我把小餐盒忘在購物公園裡。

「是嗎……，那就好。」電話裡的藤村輕輕咳了一聲，「那麼……方便請妳過來接受檢查嗎？」

「好的，請問我應該幾點過去呢？」

「我想想……，那就一點吧。」

「好的，我一點到。」

「妳知道怎麼過來嗎？」

「知道，我有地圖。」我不打算坐計程車，我想搭公車到站之後步行前往，感受一下這個媽媽住過的城市。

「請記得不要走到醫院那一棟，直接過來大學這邊，正門左手邊有警衛室，妳和警衛說一聲他就會和我聯絡，我再派助理去接妳。」

「那就麻煩您了。」我掛上電話的同時也脫掉了睡衣，爲什麼這麼重要的日子我還是照樣睡過頭？

簡單梳妝打扮之後，我來到飯店一樓咖啡廳點了熱三明治與咖啡，咖啡廳裡只有兩名身穿西裝的男人與一對年輕情侶，年輕情侶一看見我便低頭竊笑，看來他們昨晚也在酒吧裡。都怪脇坂講介那傢伙，害我在這種地方也如坐針氈。

不過他那句惹得我賞他一巴掌的話「不讓我碰，卻願意讓那傢伙碰？」確實讓我有些在意，當時只覺得是侮辱，但後來想想，眞是如此嗎？若單純以字面意義來看，這也可以是一句普通的問句，因爲今天我去藤村那裡接受鑑定，某種意義上的確算是「讓那傢伙碰」。

話說回來，脇坂又不知道我和藤村的談話內容，不可能提到鑑定的事。

昨晚到現在我腦袋裡一直想著這個問題。

吃完早餐回到房間，我撥了電話回石神井公園的自家公寓，電話轉到答錄，答錄機裡也沒有新的留言，接著我撥到阿豐家，他立刻接起電話。

「這邊一切正常，妳那邊呢？見到那個藤村教授了嗎？」

「昨天見到了。」

「喔，有沒有問出什麼？」

「嗯，有啊，回去再告訴你。」

「喔，好……」我沒有馬上把取得的情報告訴阿豐似乎讓他有些寂寞，他沉默了片刻接著說：「妳打算在那邊待幾天？」

「我也不知道。」雖然阿豐看不見這邊，我還是邊說邊搖頭，「說不定今晚就想回去了。」

「希望妳早點回來。」

「好，我再打電話給你。」

「我正要過去妳家，不過昨天是星期天，我想應該沒有郵件。」

「嗯，麻煩你了。」

掛上電話，我不禁深深覺得阿豐人眞好，看來他眞的很擔心我。

中午過後，我走出飯店到旭川車站前搭上公車，公車朝著東方筆直前進，開了數公里後，我下車步行朝北方走去，一開始周圍都是平凡的獨棟住宅，不久便出現了集體住宅區，雖然不像東京練馬區的光之丘集體住宅區那麼大，這裡的公寓數量也不少，可見即使在北海道也不是家家戶戶都是獨棟住宅。

我望著右手邊的集體住宅區朝北方前進，眼前出現一棟七層樓高的淡褐色建築，這裡就是北斗醫科大學附屬醫院。我在醫院大門前左轉沿著水泥牆走了一陣子，看見醫院的西側有另一道門，牆上嵌了一塊牌子寫著「北斗醫科大學」，裡頭空無一人，寬廣的停車場上停了無數汽車。

一如藤村所說，大門左側有警衛室，戴著眼鏡的警衛老伯看上去百無聊賴。我上前說我想找藤村教授，老伯問了我的姓名之後把電話機拉向身邊。

等待的時候，我四處看了看，校園非常寬敞，建築物之間彷彿高爾夫球場種了草坪，道路也很美觀，地上完全看不見垃圾，簡直像迪士尼樂園一樣。

來接我的助理是一名瘦得像骷髏的男子，氣色非常差，頭髮留得很長，醫院裡如果有個醫生長這副德行恐怕會影響醫院聲譽吧，他胸前掛的名牌寫著「尾崎」。

我們沒交談幾句便一同往校內走去。骷髏男走在筆直的道路上，背景是綠油油的草坪，他微髒的白袍迎風搖曳，看著他的背影，我忽然覺得自己來到一個很不得了的地方。

我跟著他走進一棟低矮的白色建築，在瀰漫著淡淡藥味的走廊上走了一陣子來到一扇門前，門牌上寫著「藤村」，助理敲了敲門。

門內馬上有回應，門往內側開啓，應門的正是藤村。

「客人來了。」助理的聲調毫無抑揚頓挫。

「辛苦了，你去準備一下吧。」

助理聽到藤村這麼吩咐，轉身沿著剛才的走廊離去，腳步飄飄搖搖像個幽靈似的。

「妳眞準時。」藤村露出潔白的牙齒笑著請我進去。

這間休息室空間狹長，像是合併兩間三坪大的房間，內側窗邊有張大桌子，桌旁的牆上有一扇門，似乎是通往隔壁房間。

房間中央擺著看起來等級普通的接待沙發及矮桌，藤村請我坐下，於是我在人造皮革製的沙發坐了下來。

「這還是我第一次走進醫學院的教授休息室呢。」

「我想也是。妳念的是什麼科系？」

「國文系。」我不想讓他繼續追問課業上的問題，所以四處張望了一番說道：「沒想到這房間看起來挺普通的，我還以為會像醫生的診療室。」

藤村苦笑著說：「因爲我不是醫生，是研究人員。」

我點點頭，接著我看見牆上貼著一張照片，照片上是一隻長相奇特的動物，乍看有點像綿羊，仔細一看卻發現披毛很短，而且毛色比較接近山羊。

「那是我們實驗室培育出來的嵌合體(*1)動物。」藤村察覺了我的視線。

「嵌合體動物？」

「就是合體而成的動物，照片裡那隻是山羊與綿羊的細胞混合而成的。」

「是雜種的意思嗎？」

「不，不是雜種。所謂雜種指的是身上每一個細胞裡面都同時擁有山羊和綿羊的染色體，換句話說細胞本身便是混血狀態了；但所謂的嵌合體動物身上的每個細胞不是來自山羊就是來自綿羊，嵌合體便是由這兩邊的細胞組合而成的一個個體。」

「就像拼布一樣？」

「沒錯、沒錯。」藤村頻頻點頭，「把紅布和白布縫在一起的拼布就是嵌合體，而粉紅色的布就是雜種。」

「眞是奇妙的動物。」我再次望向照片，嵌合體似乎並不知道自己的獨特，神情顯得相當悠哉，「藤村先生，您現在不做體外受精的研究了嗎？」

「人類的體外受精這部分我已經不碰了，後續的研究由其他研究室接手，現在我主要研究的是發生學。」

「發聲？」

「簡單來說，我的研究就是盡情地嘗試創造出這一類動物，常有人覺得這種研究不切實際，但我相信只要繼續努力下去，應該會找出大量培育優良家畜的方法，或是拯救即將滅絕的物種。

不過我們學校是醫科大學，我能做這樣的研究全拜這裡是北海道之賜。」

我點了點頭。搭電車來這裡的路上，我隔著車窗看到好幾座牧場，提升產業優勢及保護這塊土地的珍貴自然環境應該都是科學家的重要職責。

「那麼接下來……」藤村看了手表一眼，我以爲馬上要開始DNA鑑定了，沒想到他只是喃喃地說：「怎麼這麼慢呀……」

我望著他問：「有誰要來嗎？」

「是啊，我想讓妳見一個人。」

「誰？」

「一位氏家先生，我昨天稍微和妳提過。」藤村從沙發站了起來，「不管了，我們先去醫院吧，助理應該準備好了。」

於是我也站了起來，就在這時桌上電話響起，藤村迅速拿起話筒。

「喂，是我。氏家先生呢？……在東京？爲什麼這個節骨眼跑去東京……」說到這裡，藤村似乎察覺我在看他，「等一下，我換支電話。」說著他在話機上按了個按鈕，轉頭對我說：「不好意思，請等我一下。」

---

*1 「嵌合體」原文爲「Chimera」，典出希臘神話中獅頭、羊身、蛇尾的怪物。「嵌合體」動物指的是部分組織細胞基因中混入其他生物體基因（外源基因）的動物。

「好的。」我回答。藤村打開桌旁的門走進隔壁房間。

他應該是在隔壁繼續講電話，我卻聽不到任何對話。

我記得氏家這個名字，昨晚藤村說過這個人當初也是研究室成員之一。本來他今天也會出現在這裡嗎？

我不解地看著山羊與綿羊混種而成的嵌合體動物照片，突然聽到「喀、喀」的聲響，我朝著聲音的方向望去，**脇坂**講介的臉從玻璃窗下方探了出來，原來是他手指輕敲窗戶玻璃發出的聲響。

我一面留意隔壁房間的動靜，一面悄悄打開窗戶。

「你在搞什麼鬼，爲什麼跑來這裡？」

「我才要問妳咧！」**脇坂**講介壓低了聲音說：「這裡不能待，快逃吧！」

「逃？爲什麼要逃？」

「沒時間和妳解釋了，總之快照我的話去做。」

「連個道理都說不出來，我爲什麼要聽你的話。」

「眞拿妳沒辦法。好吧，耳朵靠過來。」他把窗戶整個推開，對著我招手。

我把頭髮撥到耳後，身子探出窗外，忽然他巨大的手掌朝著我的嘴巴摀來，力量之強，我想呻吟都發不出聲音，就這麼被他拖出了窗外。

他一手按住我的頭和嘴巴，另一手關上窗戶，接著把我整個人抱起來，我拚命掙扎卻完全掙脫不出他的粗壯手臂。

一直到彎過建築物轉角之後他才把我放了下來，卻依然摀著我的嘴。

「妳答應我不出聲我就放開手。」他凝視著我說道。

我連忙點了兩次頭，於是他放開手。

「救……」我剛要大喊，馬上嘴巴又被按住，脇坂講介在我面前伸出食指左右擺動，「今天說謊，明天就做賊了。」

我以眼神對他笑了笑，視線裡帶著歉意。

「昨晚糾纏妳的那個雞冠頭……不，光頭男，那群人今天早上被抬進醫院了，據說是食物中毒，看來他們吃了妳留下的那個小餐盒。」

我一聽登時瞪大了眼，他明白我不會吵鬧便放開手。

「眞的嗎？」

「千眞萬確。我爲了蒐集這所大學的情報到附屬醫院去了一趟，結果剛好聽到護士在聊。妳聽好了，本來應該食物中毒的人是妳，如果妳認爲這只是偶然我也不勉強妳；不過如果妳認爲這不是偶然，就跟我來吧。」脇坂講介的眼神流露出熱切的期盼。

仔細想想，今天早上藤村在電話裡似乎特別在意小餐盒的事，看來我沒有食物中毒讓他相當驚訝……

我吞了口口水，問道：「你開車來的？」

「車子在醫院停車場。」他說。

於是我站了起來。

我們像游擊兵一樣壓低身子移動，醫院停車場七成左右的停車格都停了車子。

一輛又圓又肥的深藍色汽車停在一棵巨大的七灶樹下，眼看脇坂講介朝著那輛車走去，我不禁有些失望，本來還期待他開的是本田ＮＳＸ之類的跑車。

「你從東京開到北海道就開這種車？」

「ＭＰＶ(*1)是適合長距離駕駛的車款，要抱怨等坐過之後再說吧。」

他的大言不慚還算有點道理，ＭＰＶ的內部非常寬敞，坐起來滿舒適的，後座是可調式座椅，唯一的敗筆是上頭凌亂丟著發出汗臭的毛毯及換洗衣物。

「走嘍。」

「好。」話聲剛落，我又急忙大喊：「啊，等一下！」

「怎麼？」脇坂講介踩下煞車問道。

「你看那個。」我指著七灶樹的根部，那裡插了一塊小牌子寫著「伊原駿策敬贈」，「爲什麼這裡會出現伊原駿策的名字？」

「爲什麼這裡不能出現伊原駿策的名字？」

我一時說不出話，他放開了煞車說道：「看來背後有些故事，等一下再來好好盤問妳，我們先趕快離開吧。」

車子出了停車場，我看到剛剛那個骷髏男在校門口東張西望，一定是藤村叫他出來找我。

「慘了，是藤村的助理。」

「妳到後面去躲好，用毛毯蓋住頭。」
雖然很不想聽他指使，我還是照做了。不久車子停了下來。
「幹嘛？」脇坂講介的口氣很粗暴。
「請問你是來探病的嗎？」聲音一聽就是那個骷髏男。
「我朋友好像食物中毒被抬了進來，那個笨蛋，一定是亂撿地上的東西吃。」
「喔，你是那幾個人的……。請問你有沒有看到一名二十歲左右的女子？穿著牛仔褲，頭髮滿長的。」
「是美女嗎？」
「我也說不上來……」
我在心裡暗罵：「說不上來是什麼意思？」
「美女我沒看見，醜女我沒興趣。」脇坂講介丟下這句話便踩下油門。
車子開了好一陣子，他都沒開口，我也默不作聲。
終於車子停了下來，引擎也熄了火。
「安全了。」脇坂講介說。
我掀開毛毯，「你偶爾也洗一下毛毯吧，你母親沒告訴你男人應該保持清潔嗎？」

*1 「MPV」是「Multi Purpose Vehicle」的簡稱，意思是多用途的廂型車。

「只要妳和我說眞話，要我準備高級喀什米爾羊毛毯都沒問題。」他隔著椅背慢慢轉過頭來，「好了，快說吧，首先告訴我昨晚妳和藤村聊了些什麼，妳可是差點就食物中毒的，別再死鴨子嘴硬了。還有，關於伊原駿策的事也請妳交代清楚。」

我嘆了口氣望向窗外，車子停在某個堤防邊，川面非常遼闊，水流平緩。

我不禁心想，我到底在這種地方做什麼？

鞠子之章 六

「考慮得如何了？」吃早餐時下条小姐問：「要不要再想個一天？」

我正伸手拿茶杯，聽她這麼一問又縮回了手。我低頭想了一會兒，抬頭看著她，「不必了。」我說：「我去，今天就去。拖到明天事情也不會有任何改變。」

「我也贊成妳這麼做。」她點了點頭，「那吃完早餐就準備出門吧。」

「好的。」我說。

又是新的一週，今天是星期一。

昨天我回到公寓，下条小姐已經到家了，她一見到我便大剌剌地說：「我查到小林雙葉的地址了。」害我一時不知該作何回應。

小林雙葉。一位和我擁有相同面孔的女子。

「我沒查到電話，所以想見她的話只能直接去這個地址找她。」下条小姐將便條紙放在桌上，「要去的話，我明天有空。」

便條紙上寫著「練馬區石神井町」，這個住址位在哪裡我一點概念也沒有。

「請讓我……考慮一下。」我說。

「也好，妳決定了再和我說吧。」下条小姐摺起便條紙。

雖然我嘴上這麼說，其實我根本沒有考慮的餘地，如今的我手上毫無線索，要查出眞相，一定得和這位小林雙葉小姐見上一面，我遲遲無法說出口只是因爲害怕見到這個長相和自己一模一樣的人。

昨晚就寢時我下定決心了，我是這麼告訴自己的——

明天，我要去見另一個我。

但一想到見面的那一瞬間我便輾轉難眠。

我們不到中午就出門了，下条小姐說先去澀谷搭山手線，到了池袋再轉西武線。在山手線電車裡，我把昨天與清水夫人見面的情形告訴了下条小姐。聽到山步會的相簿裡只有阿部晶子的照片被取走，下条小姐也相當在意，她也覺得如果取走照片的眞的是我母親，那麼臉部被塗掉的女子應該就是這位阿部晶子了。

「最好能找出山步會其他成員。」下条小姐換一隻手抓住車廂拉環，「那本小冊子上也記載了其他社員的名字，對照畢業生名冊或許能找出聯絡方式。」

「但這麼一來又會給妳添麻煩……」

「別介意，我也覺得愈來愈有意思了。」下条小姐笑著說。

此時電車抵達池袋，我們轉乘西武線。

愈接近目的地，我的心情愈難保持平靜。那位小林雙葉小姐看見我不知會有什麼反應？而我看見她又會有什麼反應？我不斷提醒自己屆時絕對不能驚慌失措，但一想到見面的那一剎那，我又感到不寒而慄。爲什麼我會如此恐懼呢？據說詩人雪萊（*1）在湖邊看到自己的分身，隔天便死

*1 英國浪漫派詩人柏西·比希·雪萊（Percy Bysshe Shelley, 1792-1822），關於他看見自己分身的傳聞有不同版本，有一說雪萊在看見分身之後，不久便在自己三十歲生日前夕遇船難溺斃。

去，但現實生活中根本不可能有那種事呀。
「放輕鬆點。」下条小姐也發現了，「不過我說再多也沒用吧。」
「我沒事的。」但我的聲音卻明顯顫抖著。
在石神井公園站下車之後，我一直走在下条小姐身後，狹窄的道路兩旁全是商店，我忽然想到小林雙葉小姐平常應該會來這裡買東西吧。
穿過商店街來到寧靜的住宅區，路上行人變少了，下条小姐看著地圖往前走，不久便在一棟兩層樓公寓前停下腳步。
「好像就是這裡了。」她說。
我屏住呼吸抬頭望去，這棟建築一看就是爲了讓平凡的人過平凡生活的普通公寓，我實在很難想像這個地方住著一位與我的命運息息相關的人。
「上去吧。」下条小姐說。
「好……」我口乾舌燥，聲音異常沙啞。
小林雙葉小姐的家在二樓，門牌上寫著「小林」。見到她第一句話該說什麼呢？該笑著說聲「午安」嗎？可是我僵硬的臉頰恐怕擠不出笑容。
下条小姐摁下門鈴，門內鈴聲響起，我閉上眼做了一次深呼吸，心臟正劇烈跳動。
但門沒開，門內也毫無動靜，下条小姐又摁了一次門鈴，還是沒反應。
「看來沒人在家。」她微笑看著我。
我也對下条小姐笑了笑，但她眼中映出我的表情恐怕是五味雜陳吧。見不到自己的分身確實讓我鬆了一口氣，但一方面又難掩失望。

下条小姐看了看手表。

「說不定她待會兒就回來了，我們要不要找個地方喝茶，一小時之後再來？」

「好啊。」我接受了這個提議。我內心其實相當矛盾，很想趕快離開這裡，又覺得既然遲早要見面不如早點解決。

離開公寓走了一會兒，我們看見一間叫「安妮」的咖啡店，店名讓我想起《紅髮安妮》，但從外觀來看兩者應該沒什麼關聯。

我和下条小姐正要走進店裡，自動門打開，一名年輕男子走了出來，他大約二十歲，體型修長，穿著牛仔褲搭T恤，兩手提著便利商店的白色塑膠袋。男子一看見我霎時嚇得目瞪口呆，嘴巴張得大大的；我也一頭霧水，一逕愣愣地望著他，兩個人就這麼隔著自動門對看。

「雙葉……？」男子凝視著我慢慢走近，「是雙葉？妳回來了？」

我往後退了兩、三步。

「怎麼了？」他一臉詫異，「對了，妳怎麼這麼快就……，妳剛剛人不是還在北海道嗎？」

聽到這句話我終於明白了，他是小林雙葉小姐的朋友。

於是我用力搖頭，「我不是小林雙葉小姐。」

「咦？」他愣了一下，「妳在說什麼？妳是雙葉啊？」

「我不是。」我又搖頭。

他聽我語氣這麼堅定，不禁向後一退從頭到腳仔細打量我。

「妳在鬧我嗎？」

「不是的。」

「不好意思。」下条小姐插嘴了：「請問你是小林小姐的朋友嗎？」

「我幫她看家。」男子說。

「所以小林小姐去旅行了？」

「嗯，可以這麼說。」他又再盯著我看，「妳真的不是雙葉？」

我輕輕點頭。

「我們來找小林小姐就是想弄清楚為什麼她們兩人長得那麼像。」下条小姐說。

年輕人頻頻眨眼，舔了舔嘴唇說：

「嚇死我了……，不過的確感覺不大一樣，雙葉比較結實，膚色也比較黑，而且她比妳成熟，還有妳們的髮型也不同……。對喔，我今天早上才和雙葉說過話的。」男子彷彿要說服自己似地喃喃自語，「不過……也太像了吧……」他張大雙眼，「真的很難相信妳不是雙葉。」

「真的那麼像？」下条小姐問。

「像到難以形容。這到底是怎麼回事？妳叫什麼名字？」

「我是氏家。氏家鞠子。」

「氏家小姐？我沒聽雙葉提過。」

「請問小林小姐去哪裡了？」下条小姐問。

「北海道。」男子說：「不過她並不是去旅行。」

「什麼意思？」

「說來話長，因爲她母親……發生了一些事情，所以雙葉得去旭川的某大學找一位老師。」

「旭川……」我心下一驚，「那所大學該不會是……」

「是北斗醫科大學。」他說。

小林雙葉小姐與她母親住的地方是兩房一廳，比我父親在函館的住處還小。雙葉小姐的房間裡擺了床、立體音響及塞滿大量ＣＤ與錄音帶的置物櫃，床邊貼著一張外國歌手的海報，但我不知道那是誰。

負責看家的年輕男子說他叫望月豐，他先招呼我和下条小姐在餐桌旁坐下，然後手腳俐落地泡起茶來，我想我能體會爲什麼雙葉小姐會把家交給這個人照顧。

我無意間看到冰箱上頭有兩顆檸檬，不禁心想，不知道雙葉小姐都怎麼吃檸檬的？

豐先生把雙葉小姐前往北斗醫科大學的來龍去脈告訴了我們，聽到那起肇事逃逸的車禍，我心裡有股莫名的不祥預感，父親在電話中說的那句「殺掉了？」再次浮現腦海，這兩者應該有某種關聯。

接著我也說明我這次來東京的前因後果，默默聽我述說的豐先生滿臉驚訝。

「聽妳這麼說我想到一件事。」豐先生開口了：「妳說妳和母親長得完全不像，這點雙葉的狀況也一樣，她和她媽媽也是一點都不像。」

「雙葉小姐也是？」

「嗯，我以前還曾取笑她是撿來的孩子，但雙葉一點也不在乎，她說她媽媽長得那麼醜，長得不像反而是好事。」

「她不曾懷疑自己不是母親的親生女兒嗎？」下条小姐問。

「她好像確實是她媽媽親生的，因爲聽說當年她媽媽挺著大肚子從北海道回來，之後就生下了雙葉。」

「只是不知道父親是誰？」

「沒錯，所以她這次才會跑去北海道。」

「這樣啊……」下条小姐交抱雙臂轉頭看我，我很清楚她在想什麼。

「應該是我父親吧……」我戰戰兢兢地開口：「雙葉小姐的父親……就是我父親吧。」

「可是妳也長得不像妳父親不是嗎？」

「是……」

「既然這樣就說不通了，妳和妳的雙親不像，而雙葉小姐和兩邊的爸媽也都不像啊。」下条小姐說。

「但除此之外還有什麼可能？」

下条小姐沒回答這個問題，轉頭問豐先生：

「雙葉小姐什麼時候會再聯絡你？」

他歪著頭說：「我也不確定。我們今天早上才通過電話，下一通最快可能也要明天了。」

「你這邊沒辦法主動聯絡她嗎？」

「我只知道她下榻的飯店。」

「那能不能麻煩你撥個電話給她？我想盡快讓雙葉小姐知道這個狀況，而且最好盡早讓她們兩人見面吧。」下条小姐轉頭望著我。

「見了面之後呢……？」

「找出眞相最快的方法就是妳們兩人一起去問妳父親，只要妳們一起出現，相信氏家先生也無法繼續隱瞞了。」

「我也贊成，這應該是最快的方法。」豐先生從牛仔褲口袋拿出錢包，從錢包裡抽出一張寫著電話號碼的小紙片，那應該是飯店的電話吧，他拿起無線電話機，我的心臟又開始怦怦跳。

但豐先生對著話筒只說了兩三句便掛斷了，「她出去了。」

「大老遠跑去北海道，的確沒道理待在飯店裡。」下条小姐苦笑著說：「如果你聯絡上她，能不能通知我們一聲？」

「好的，雙葉那傢伙一定會嚇一大跳吧。」豐先生呵呵笑著看了我一眼，又緊閉雙唇搖了搖頭，「說眞的我還是很難相信，簡直像在做夢啊，妳竟然和雙葉長得一模一樣……」

回到下条小姐住處的時候已經四點多了，我沒換衣服只是坐著發呆，我覺得好累，而且腦中一片混亂。

下条小姐就坐在我身旁，我很擔心她的狀況，回程的電車上她一直沉默不語，不管我說什麼她都只是說：「我們回去再慢慢聊。」

「下条小姐，」我鼓起勇氣問道：「關於我和小林雙葉小姐的關係，妳是不是發現了什麼？」

她瞄了我一眼又馬上望向地板，但她沒有否定。

「請妳說出來吧，不用擔心我，不管聽到什麼我都不會驚訝的。」我伸出手按著下条小姐的左手。

她凝視著我的手好一會兒，終於開口了：

「氏家先生的專門研究領域是發生學對吧？」

「我父親的研究領域？嗯，好像是。」

「妳知道什麼是發生學嗎？」

「唔……這方面的事情我完全沒概念……」我不知道下条小姐爲什麼突然提到這個話題，但是現在這個節骨眼她不可能說出完全不相干的事。

「這要說明有些複雜……」她皺著眉搔了搔頭，「生物是由細胞組成，這個妳知道吧？」

「知道。」這算是基本常識。

「那麼，假設這邊有一個細胞，青蛙的細胞。」下条小姐伸出右拳擺在我眼前，「如果我培養這個細胞讓它進行分裂，會產生什麼結果？」

「會變成蝌蚪？」我回想著從前學過的知識。

「是嗎？分裂出來的細胞應該會和原本的細胞一模一樣吧？繼續分裂下去，也是一樣的東西，換句話說，不管再怎麼分裂都只是增加細胞的數量。」

「呃……」我有點糊塗了，一逕盯著下条小姐的右拳。

她輕輕一笑放下了拳頭，「但這是成體細胞的狀況。如果這個細胞是卵細胞，也就是卵子，開始分裂之後，分裂出來的細胞會出現各自的特徵，最後分裂成一隻完整的蝌蚪。明明是從同一個卵細胞分裂出來的，有些細胞會變成眼睛，有些細胞會變成尾巴，爲什麼會這樣呢？發生學就是在研究這當中的道理，簡單說就是這麼回事，懂了嗎？」

「大概懂了。」我回答。

「當我聽到氏家先生進入北斗醫科大學的研究所，我便猜想他的研究應該和體外受精有關，因爲發生學與體外受精關係密切，而且北斗醫科大學目前在這方面的研究頗有成果。」

「體外受精……」這個字眼讓我有種不祥的預感，本能地對這個詞產生抗拒，我吞了口口水，「然後呢？」

下条小姐將視線從我身上移開，「母親生下了孩子，孩子卻和母親長得完全不像，只有一種可能性。」

「因爲是體外受精？」

「妳知道什麼是代理孕母嗎？把一對夫妻的受精卵放入妻子以外的女性的子宮內，如此生下來的孩子當然會和生下孩子的孕母完全不像。」她淡淡地說。

「妳的意思是……我的母親是代理孕母……，而我是體外受精生下的孩子……」我全身彷彿血液逆流，耳膜隨著脈搏撲通、撲通跳動，身子不停冒汗卻又感到一股寒意。

「如果是這樣，一切疑點就說得通了。」

「那……那個人呢？那位小林雙葉小姐，爲什麼她長得和我一模一樣？」我忍不住催促她說下去。

「簡單講，妳們應該是雙胞胎。」

「雙胞胎？可是我們是各自被生下來的啊？」

「在體外受精的技術上，這是辦得到的。所謂的同卵雙生是由同一個受精卵分裂成兩個細胞，然後各自獨立長成兩個不同的個體，所以只要讓受精卵分裂成兩個之後，分別放入不同女性的子宮內……」

「就會各自被不同女性生下來？」

「沒錯。」下條小姐直到這時才看著我，「不過在妳們的狀況，恐怕這項作業並不是同時進行，其中一方可能經過一段時間的冷凍保存，所以妳們兩人有年齡差距。」

「妳的意思是……我曾經被冷凍保存？」我低著頭說。我完全無法控制全身劇烈的顫抖。

「這只是我的臆測。」下条小姐平靜地說：「而且這個臆測還是有不合理之處。」

「怎麼說？」

「如果眞如我所說，妳們是不同時點殖入的同卵雙生，在體外受精的領域中這應該是全世界的第一起成功案例，那當初爲什麼沒有對外發表？」

成功案例……，這個字眼讓我深切感覺自己是一場科學實驗的產物。

「如果我是經由體外受精生出來的孩子，而且雙葉小姐和我是雙胞胎，那麼我們眞正的父母是誰？不是我的父母也不是雙葉小姐的母親，那會是誰？」

下条小姐只是低頭不語，她似乎和我想的是同一件事。
「那位名叫阿部晶子的女子，就是我的母親？」我問。
「或許吧。」下条小姐說。

雙葉之章

六

我壓低身子待在副駕駛座，一邊留意周圍動靜一邊盯著飯店入口。這裡是我下榻的飯店，脇坂講介已進去十分鐘了。

脇坂得知我媽媽有一本關於伊原駿策的剪貼本之後顯得異常興奮，問我那本剪貼本現在在哪裡，我回答在飯店，他一聽立刻發動車子來這裡。他說後有追兵，我們得盡快行動，幸好我沒把飯店房間鑰匙寄放櫃檯而是帶在身上，於是他拿著房間鑰匙走進了飯店。

過一會兒脇坂講介拿著我的包包走出飯店。

「運氣眞好，我還擔心房門口有人監視呢。」脇坂講介打開車門把包包扔進後座，一坐進車內立刻發動引擎。

「所以他們還沒追來飯店？」

「難說，說不定他們正躲在大廳監視。」他說得很快。

我搖了搖頭，「到底是怎麼回事？爲什麼他們要抓我？」

「這就是我們接下來要調查的。」

「喂，會不會是你想太多了？」

「想太多？」

「那幾個小混混會食物中毒可能只是小餐盒裡的散壽司剛好壞掉啊。」

「哪有那麼湊巧，而且如果照妳所說，被抬進醫院的受害者應該更多，總不會昨晚只有那幾個小混混吃了那間店的散壽司吧？」

「話是這麼說啦……」我無法反駁，只好默不作聲。

「不過的確有必要確認一下。」

車子不知何時駛進了高級住宅區，周圍都是小巧精緻的建築，脇坂講介把車子開進路邊一處停車場。

「這裡是哪裡？」我問。

「妳忘了嗎？那就是妳昨天和藤村來過的店。」他指著左斜前方。

那兒是一棟純日式建築的料理屋，昨天來的時候四下太暗了，我完全不記得料理屋的外觀。

他把車子停入停車格關掉引擎，「好，我們去吃午飯吧。」

「在這裡吃？」

「不願意的話就在車上等，我一個人去查。」脇坂講介邊說邊打開車門。

「查？」我瞪了他一眼打開車門，「你明說嘛。」

我們選擇了靠近店門的桌椅席而不是店內深處的榻榻米席。

「如果看見那個把小餐盒交給藤村的女侍就告訴我。」脇坂講介點了一些便宜的料理之後壓低聲音對我說。

我環顧店內只看到兩名女侍，但兩個我都沒見過，如果她們是採排班制，白天和晚上的工作人員可能是不同批人，我把這個可能性告訴脇坂講介，他也點點頭。

「的確很有可能，反正碰碰運氣吧。」

「喂，真的有辦法害別人食物中毒嗎？」我聲音壓得更低了，脇坂交抱雙臂點頭說：

「方法多得是。妳說小餐盒裡裝的是散壽司對吧？這麼說來食材應該包含一些生的海鮮，這類食物上頭繁殖的細菌以腸炎弧菌最常見，只要備好這種細菌偷偷加進妳那盒散壽司，輕輕鬆鬆就能讓妳食物中毒。」

「原來如此……」藤村是醫生，這種事對他來說易如反掌。

我恍然大悟，這時女侍送上料理，我一看見女侍的臉忍不住「啊」了一聲，昨天就是她把小餐盒交給藤村，但她似乎不記得我，只見她一臉錯愕。

坐對面的脇坂講介以眼神問我：「就是她？」我也以眼神回答：「沒錯。」

「方便請教幾個問題嗎？」脇坂滿臉堆笑問女侍：「她昨晚也來過你們店裡，妳還記得嗎？」女侍一邊將料理端上桌一邊打量我，但她似乎完全沒印象。

「離開的時候我們還帶走散壽司的小餐盒。」我試著補充。

「啊啊。」女侍張大嘴點了點頭，「剛剛沒認出來眞是非常抱歉，昨晚的料理您還滿意嗎？」

「非常好吃。」我說：「散壽司也很好吃。」

「如果要買你們的散壽司需要事先預訂嗎？」脇坂講介問。

「不需要，您只要現場和我們說一聲，我們會立刻製作。」

「這樣子呀……，不過好奇怪，」脇坂裝出一副百思不得其解的表情，「她說她沒看到昨晚一起來的那名男士點了這道料理呀。」

「喔……？」中年女侍微一思索，馬上用力點了點頭，「我想起來了，那是另一間包廂的客人點的。」

「另一間包廂？」我皺著眉問。

「是啊，在另一間包廂用餐的男士點了兩份外帶散壽司，於是我們把散壽司送進包廂，但他臨走前和我們說『菖蒲房』的客人是他朋友，要我們把其中一個小餐盒在『菖蒲房』的客人離去時轉交。」

我心裡一驚望向脇坂講介，昨晚我和藤村用餐的包廂就是「菖蒲房」。

「所以妳就把那個小餐盒交給了和她一道來的那位男士？」脇坂講介慎重地再次確認。

「是啊，點外帶的那位客人還在包裝紙上夾了名片，叫我們絕對不能弄錯。」

「原來是這麼回事啊。」他表現得若無其事，笑嘻嘻地說：「對了，另一間包廂的那位客人是不是有點胖的中年男人？」

「不是。」女侍搖頭，「是一位非常瘦的男士，而且頭髮很長。」

「啊，沒錯沒錯。」脇坂講介伸手一拍，「那傢伙最近變瘦了，我都忘了。眞是不好意思，在妳這麼忙的時候打擾這麼久，謝謝妳喔。」

女侍說了聲「不用客氣」便離開了。

我湊近脇坂講介說：「那個很瘦的男子就是藤村的助理，他在另一間包廂裡往小餐盒下毒，然後把小餐盒交給女侍就離開了。」

「人贓俱獲。」脇坂講介擺出殺手13（*1）的招牌表情，眉頭一皺掰開了免洗筷。

*1 《殺手13》（ゴルゴ13）是一部日本漫畫作品，主角是一名從事各種恐怖活動的國際級殺手，天生一副皺起眉頭的撲克面孔。作者爲齋藤隆夫（さいとうたかを）。

「我眞的不懂。」解決午餐回到車上，我開口了，「他們爲什麼想害我食物中毒？」

「有兩種可能。」脇坂講介將車鑰匙插進鑰匙孔，卻沒發動引擎，「第一，爲了殺死妳。食物中毒也是會致命的。」他冷靜地說出可怕的推論。

我不禁吞了口口水，「爲什麼要殺我？」

「不知道，不過應該和妳母親被殺的原因一樣吧。」

「和媽媽一樣……」我全身冒汗，手腳卻冷得像冰塊，「媽媽眞的是被藤村他們殺掉的？」

「目前還無法下定論，但小林志保小姐的死和他們絕對脫不了關係，既然連伊原駿策也牽扯在內，肯定錯不了的，憑伊原的權勢對警方施壓並不是難事。」

「伊原和北斗醫科大學是什麼關係？」我想起了七灶樹下的小牌子。

「沒記錯的話，伊原的曾祖父是北海道的開拓使，當年主要負責開拓上川地區，從那時起伊原家族便與旭川市有密切的關係。北斗醫科大學創校初期，伊原那傢伙不但幫忙募款，在優秀人才的挖角上也出了力。」

脇坂講介稱伊原爲「那傢伙」，看來似乎對他沒什麼好感。

「這麼說來這東西就是關鍵了。」我隨手翻著媽媽的剪貼本，「媽媽被殺害和這本剪貼本有關？」

「這是滿合理的推論。小林志保小姐可能因爲掌握伊原駿策的某些祕密遭到殺害，而這些祕密一定是小林小姐當年任職北斗醫科大學的時候得知的。只是我搞不懂爲什麼事隔多年才要殺小林小姐？小林小姐並沒有刻意隱藏行蹤，只要有心應該不難查出住處。」

「會不會是他們直到現在才發現媽媽知道祕密？」

「我也是這麼猜想，可是導致消息曝光的契機又是什麼……？」

「契機……」想到這裡我不禁僵住，可能的契機只有一個——因爲我上了電視。或許這就是整起事件的導火線，而媽媽早料到有這種結果才會強烈反對我上電視。

我把這個臆測告訴了脇坂講介，他沉吟道：

「應該就是這個了。妳說的沒錯，這就是導火線。」

「可是我只是在攝影棚裡唱了一首歌，這麼微不足道的小事爲什麼會引起他們注意？」

「這一點確實很怪。我在想，說不定妳的存在本身對他們來說就具有重大意義，所以當他們在電視上看到妳的時候便慌了手腳……」

「等一下，」我打斷他的話，「我在節目上又沒說出本名，他們怎麼知道我是小林志保的女兒？」

「這個嘛……」脇坂講介似乎想說什麼，眼神游移了一會兒，「這的確是疑點，不過至少有一點是確定的——死的人雖然是妳母親，但他們最在意的是妳。妳才是那個關鍵人物。」

「我？但我什麼都不知道呀。」

「回到剛剛那個食物中毒的話題吧。」他說：「我剛剛說了，他們想讓妳食物中毒的原因有兩個可能，其中之一是想殺了妳，但我認爲這個可能性不大，如果只是想殺妳何必把妳叫來這裡？他們大可用殺死妳母親的手法殺掉妳。」

「如果他們並不想殺我，那第二個可能……？」

「我們不如做個假設，如果妳眞的食物中毒會怎麼樣？」

「當然會被抬進醫院。」

「沒錯，而且應該就是北斗醫科大學附屬醫院，嚴重的話搞不好得住院幾天，我猜這就是他們的目的，他們想限制妳的行動。」

「爲什麼要關我？」

「藤村他們是醫學研究者，想關妳只有一個目的，那就是檢查妳的身體……，對吧？」

「藤村的確說過想鑑定我是不是久能教授的女兒……」

「不，他們的目的應該不是這個。」脇坂講介立刻否定，「既然妳已經答應接受血緣鑑定，就沒必要讓妳食物中毒了。」

「也對……」

「而且……」他遲疑了片刻，「我懷疑這個血緣鑑定也只是藉口。」

「藉口？」

「他們想在妳身上動手腳的藉口。假設妳因爲食物中毒被抬進醫院，即使他們是醫生，要是對妳做一些和治療明顯無關的檢查，妳還是會起疑吧？不過如果他們這時候告訴妳，這麼做是爲了鑑定妳和久能教授的親子關係，妳應該就不會說什麼了，不是嗎？」

「啊……」我舔了舔嘴唇，回頭望向擋風玻璃外的遠方。

原來如此，確實是個好藉口，爲了得知父親是誰，我很有可能任憑藤村他們擺布。

我轉頭看著脇坂講介，「這麼說這一切都是假的？什麼久能教授表明自己有個女兒之後便自殺，全是騙人的？」

脇坂講介將手肘抵在方向盤上托著腮說：「想害妳食物中毒的可是這位藤村，他說的話能信嗎？」

我不禁啞口無言，同時湧起一股怒意。

任何人只要站在我的立場都會想知道自己的父親是誰，而他們竟然利用這份心情，太過分了。

「那個混蛋。」我喃喃說道。

「冷靜點、冷靜點，不必太激動。」脇坂講介揮著手掌安撫我，「目前都只是推論。」

「但你對這個推論很有自信不是嗎？」

「嗯，是啊。」他搔了搔鼻子。

「我也覺得你這個推論是正確的，照這麼推想所有事都說得通了，而且我還想到另一件足以佐證的事。」

「什麼事？」

「我上電視之後，有個男人跑去我學校向我同學問了很多我的事情，其中又以健康狀態及身體方面的問題居多，雖然那個男人自稱是電視臺的人，但我愈想愈覺得可疑。」

「原來如此。」脇坂講介點了點頭，「那個男人應該也是他們的同夥吧，而且那個男人自稱是電視臺的人，這也間接說明了妳上電視這件事正是讓他們展開行動的導火線。」

「嗯……」

「問題是爲什麼他們要這麼大費周章地調查妳的身體？」

「難道……」我不禁看著自己的雙手，「我的身體和別人有什麼不同？」

「應該吧，他們要的是妳的身體，沒人能代替。所以我剛剛說過，妳的存在對他們而言具有重要意義，妳就是那個關鍵人物。」脇坂講介揮舞著他巨大的拳頭。

我忽然感到一陣恐懼。

「我從不覺得自己的身體有什麼與眾不同，也從沒人這麼說過啊。」

「妳身上有沒有胎記？」脇坂講介問：「或是刺青什麼的。」

「胎記？刺青？沒那種東西呀，爲什麼這麼問？」

「搞不好妳身上有個藏寶圖。」

我差點沒滑下座位。

「這種時候你還跟我開玩笑！」

「如果不是肉眼可見的特徵，那就是肉體本身帶有某種祕密了。」他邊說邊目不轉睛地打量我。

「不要用那種奇怪的眼神看我啦。」

「妳有沒有生過病或受過傷？」

「小感冒是有，不過沒生過大病，也沒受過重傷，頂多瘀青或扭傷。」我想起從前打排球受過小傷。

「有沒有醫生特別和妳提過身體方面的狀況？」

「中學三年級的時候有個醫生說我聲帶很好，我還滿驕傲的。」

「那挺好。」他不假思索便說出下一句：「不過聲帶好和整起事件應該沒啥關係。」

「哎喲，除了這一點我實在想不出來了嘛。」

「唔……」脇坂講介閉眼思索了一會兒，忽然看著我說：

「我稍微整理了一下，」他豎起食指，「根據我們的推論，小林志保小姐，也就是妳的母親因爲掌握伊原駿策的某些祕密遭到殺害，而現在他們想盡辦法要檢查妳的身體，綜合以上兩點，妳想到什麼？」

我蹺起了腳。我知道他想說什麼。

「你是說，媽媽所掌握的那個伊原駿策的祕密就藏在我的身體裡……？」

「聰明。」脇坂講介彈了一下手指，「妳這個推理有白羅(*1)的水準。」

「你在耍我嗎？」

「我是認眞的。我的推論和妳一樣，這麼一想就說得通了。」

「或許是吧，但我還是無法理解我的身體怎麼會藏了伊原駿策的祕密？」說到這裡我突然想到一個可能，於是我斜眼望著脇坂講介說：「雖然有點扯，難不成……他們想調查我是不是伊原

*1 「白羅」（Poirot）是英國偵探小說作家阿嘉莎・克莉絲蒂（Agatha Christie）筆下的神探。

的私生女？」

「咦？」他吃了一驚，身體彈起將近五公分，「對喔，我怎麼沒想到也有這種推論，不過我認爲這個可能性很小。」

「爲什麼？」

「如果只是想調查血緣關係，根本沒必要讓妳食物中毒，妳原本就打算調查自己和久能教授的血緣關係不是嗎？」

「也對……」

「而且爲了守住這個祕密就殺死小林志保小姐也太誇張了，政治家的私生子比戶籍上的子女多本來就稀鬆平常。」

「哇，眞是荒唐。」

「這年頭這種事有什麼好驚訝的。總而言之，事情沒那麼單純。」脇坂講介發動了引擎，「我們先離開吧，我不想一直待在這一帶。」

「搞不懂，我的身體明明很平常啊，」我一邊扣上安全帶，「藤村他們能在我身上找到什麼？」

「或許他們的研究領域包含解讀人類身體的祕密吧。」他撥動排檔桿，車子緩緩前進。

「爲什麼他們不乖乖繼續研究體外受精就好。」我嘟囔著。

這時脇坂講介猛地踩下煞車，我整個人向前傾。

「幹嘛突然停車？」

「莫非……」他說：「就是這個？」

「哪個？」

「體外受精。」

霎時一陣電流傳遍我的腦袋，我全身僵硬。

脇坂講介關掉引擎轉頭看著我，點了兩、三次頭。

「你是說……我……我……」我吞了口口水，「是試管嬰兒？」

他沒有否定，只是眨了眨眼。

「這次的事件如果和他們的研究內容毫無關聯反而奇怪吧，而且妳母親當年不也做過體外受精的研究？」

「不……不可能……，不可能有這種事。」我嘴上雖然否定，心裡卻想起昨天與藤村初次見面時的狀況，他當時上下打量著我的身體說了一句「妳的母親把妳養育得太完美了」，如果在他眼中我只是個研究材料，那麼那句話就一點也不突兀了。

我再次凝視自己的雙手。明明是同一雙手，給我的感覺卻和剛剛截然不同。

「這麼說來，我媽媽是經由體外受精懷孕的？」

「如果我們這個猜測無誤的話。」

「我不相信。」我低下臉搖著頭，一時間天旋地轉。

好一陣子，令人窒息的沉默瀰漫車內，脇坂講介長長地吐出一口氣，終於開口了，「不過如果只是這個原因，還是說不通。」

「『只是』是什麼意思？」

「如果『只是』因爲妳是試管嬰兒，不會這麼大陣仗。妳想想看，現在這個年代，體外受精又不是什麼大新聞，全世界靠著體外受精技術誕生的小孩多得是，北斗醫科大學也公布過好幾個成功案例，那麼他們何必事隔多年又突然執意要調查妳的身體？」

「也對……」

我有種整個人懸在半空中的奇妙感覺，不知該做出什麼反應，一逕愣愣地望著窗外。

「除非……」大約一分鐘之後，脇坂講介才說：「他們所研究的不是普通的體外受精。」

我緩緩轉頭望著他，「什麼意思？」

「這方面我不大懂，細節也不甚清楚，不過我聽說體外受精的研究領域還可細分爲很多子領域，例如選擇生男生女，或是篩選優秀精子與卵子等等。我猜想他們可能曾經在妳身上做過一些特殊實驗，而這些實驗至今仍持續進行，所以他們想從妳身上回收實驗數據。」

「特殊實驗……」我想起藤村說過的話，「可是，藤村說他現在已經不做人類的體外受精研究了，只做動物的實驗。」

「動物實驗嗎？」脇坂講介撫著下巴，「妳確定眞的不包括人體實驗？」

「這……」

我腦中浮現藤村休息室裡那幅嵌合體動物的照片，我不敢想像自己會與那樣的生物扯上關聯，霎時一陣莫名的寒意襲來，我不禁搓摩著兩手手臂。

「我可是很正常的人類喔。」

「這我知道。」脇坂講介的眼神異常嚴肅，「我的意思並不是妳是改造人什麼的。」

「可是你認為我是他們經由實驗創造出來的人類吧？」

「我說過了，這一切都只是推論，況且……」他舔舔嘴唇：「就算是事實，妳也不必太在意。不管從什麼角度看，妳都是一個很健康的女人，而且……長得很美。」

「謝謝。」似乎很久沒有人這麼當面稱讚我的容貌了，「不過我還是不想相信這個推論。」

脇坂講介只是默默地低著頭，一隻手放在方向盤上一動也不動。

「也對。」一會兒之後，他喃喃說道：「這種推論的確讓人很不舒服，而且其實我們手上又沒有確切的證據……」他舉拳在方向盤上一敲，「好吧，先別管這件事，等我們掌握到新的線索再來好好思考吧。」

「……嗯。」我點了點頭，接著望著他說：「你啊，該不會其實很體貼吧？」

「咦？」他瞪大了眼，微微斂起下巴，「怎麼突然講這個？」

「只是有這種感覺。」我轉頭望向前方，「我問你，如果剛剛你沒把我帶離大學，現在的我是什麼下場？」

「誰知道呢。」脇坂講介整個人靠上椅背，輕輕吁了一口氣，「或許眞如藤村所說只是接受血液檢查，也可能被注射麻醉不醒人事。」

「哇，聽起來好可怕。」

「總而言之，」脇坂講介說：「妳現在的處境非常危險，這一點請妳千萬記住。」

「嗯，我知道了。」

「很好，乖。」他對我微微一笑，再次發動引擎，「那我們走吧。」

「去哪？」

「札幌。」他一副理所當然的表情，「人多的地方才好藏身，不能再待在旭川了。」

「藏身之後呢？」

「一邊觀察對手接下來的行動一邊蒐集情報，總之先從伊原駿策開始調查吧。」

「怎麼調查？」

「妳忘了我是靠什麼吃飯的嗎？蒐集情報可是記者的專業。」

脇坂講介將自排排檔桿打入Drive檔，車子慢慢前進。

鞠子之章

七

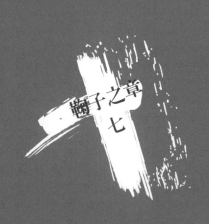

睜開眼，陽光從窗簾縫隙透進來，我賴在棉被上翻身朝鬧鐘看了一眼，數字鐘上顯示著十點四十二分，我嚇得彈了起來。

下条小姐已不見蹤影，餐桌上放著一盤包了保鮮膜的早餐，有火腿蛋、沙拉和麵包，茶杯裡還放了茶包，旁邊有張便條紙寫著：

「我去學校查資料，傍晚前回來，妳今天就看看電視休息一下吧。冰箱裡的雞蛋請從右邊的先取用。」

下条小姐早就出門去了，我竟然完全沒醒來，昨晚其實很早上床，但腦袋裡有無數思緒繞來繞去，整晚輾轉難眠，結果就是今早睡過了頭。

我走進浴室照鏡子，自己的臉眞是慘不忍睹，氣色很差，肌膚沒有彈性，兩眼無神，簡直像個病人。

我倒了杯冷水喝下，再次望向鏡子，鏡中的人也望著我。

這張臉、這個身體……

究竟是誰賜給我的？父親和母親？但我的父親是誰？母親又是誰？六年前過世的那位一直被我視爲母親的女人，又算是我的什麼人？

我想起從前在學生宿舍細野修女和我說過的一番話，她說，對一個人而言，父母是誰並不重要，因爲每個人都是神的孩子，世上沒有任何人是在違背神的旨意之下誕生的……

眞是如此嗎？我的這張臉與這個身體的誕生，眞的沒有違背神的旨意嗎？

昨天晚上我打電話回札幌舅舅家，接電話的是舅媽，她聽到我的聲音鬆了一口氣，接著便與奮地問我「今天去了哪裡」之類的，我實在擠不出開朗的聲音，只好敷衍了兩句便請她叫舅舅聽電話，舅媽聽出我不大對勁，不斷追問「到底怎麼了？」「發生了什麼事？」……

「反正妳叫舅舅來聽電話就是了。」我忍不住喊道。我從不曾以這種口氣和舅媽說話，她似乎吃了一驚。

數秒鐘之後，話筒傳來舅舅的聲音：「怎麼了？」

我吞了口口水說：

「舅舅，我想問您一件事，這件事很重要，我希望您能坦白告訴我。」

舅舅深吸了一口氣。突然聽到這種話，任誰都無法保持平靜吧。

「妳想問什麼？只要我答得出來，當然不會瞞妳。」舅舅也變得很愼重。

「是關於我媽媽懷孕的事。」我鼓起勇氣問道：「我媽媽是經由體外受精懷孕的嗎？」

舅舅沉默了片刻，接著重重吐出一口氣，「鞠子，」他說：「妳到底在東京做些什麼？」

「請先回答我的問題，舅舅，我媽媽是不是透過體外受精懷孕的？」我發現自己愈說愈大聲。

又是一陣沉默，舅舅開口了，「妳現在在哪裡？把妳那邊的電話號碼告訴舅舅好嗎？我等一下打給妳。」

「請您現在就回答我，還是眞的有什麼不可告人的祕密？」

「鞠子妳聽我說，舅舅不明白妳爲什麼突然想問這件事，總之我先聯絡妳爸爸……」

「別告訴我爸！」我大喊。

「鞠子……」

「對不起，我太沒禮貌了。」我閉上眼做了一次深呼吸，「舅舅您如果要聯絡爸爸，也請等我們談完之後，求求您，告訴我，我媽媽是不是經由體外受精懷孕的？」

舅舅似乎放棄了，只聽見他嘆了口氣，我有種封印即將被揭開的預感。

「關於那件事，我也是一知半解。」舅舅說。

關於那件事……

光這幾個字便足以支持我的推論是正確的——體外受精與氏家一家絕非毫無關聯，否則舅舅不會用「那件事」這樣的字眼。

我壓抑住想放聲尖叫的情緒說道：「可是您大概知道是怎麼回事，對吧？」

「我眞的只知道大概而已。」舅舅說著輕輕咳了一聲，「姊姊確實曾經考慮經由體外受精技術懷孕，妳外婆也找我商量過這件事。」

「外婆？」

「嗯。那時候姊姊一直沒辦法懷孕，周圍的人給了她很大壓力，姊姊一天到晚被帶去參加求子儀式，或是被要求做一些毫無科學根據的迷信行爲。後來我們聽說姊夫的學校，也就是鞠子妳爸爸的大學正在進行體外受精的研究。」

「果然……」

「當時世界上還沒有體外受精的成功案例，但研究本身相當順利，據說接下來成功的機率很高，所以學校方面也在尋找願意配合實驗的夫妻，妳外婆聽到這件事便打算讓姊姊試試看，姊姊自己好像也有意願。」

「所以……就做了？」

「不，應該沒做吧。」舅舅的語氣聽起來沒什麼把握，「當時姊夫很反對，他認爲應該等技術成熟一點再說。」

「但說不定他們還是偷偷做了體外受精，只是舅舅您不知道而已，後來生下來的孩子就是我……」

舅舅什麼也沒說，似乎是默認了。

「就算眞是這樣又有什麼關係？」過了一會兒，舅舅說道：「妳和一般的孩子又沒什麼分別，妳一樣是爸爸和媽媽的孩子呀。」

換我沉默了。爸爸和媽媽的孩子？但爸爸是誰？媽媽又是誰？

「喂喂？鞠子？妳在聽嗎？」舅舅叫我。

「在……，我在。」我勉強擠出聲音。

「我也有話想問妳，妳在東京做什麼？爲什麼突然問我這個問題？」

「對不起，」我說：「請您什麼都別問。」我逕自掛上了電話。

我不知道舅舅之後採取了什麼行動，或許聯絡了父親吧，但我不在乎，反正事到如今我已經不可能與父親維持過去的關係了。

我在浴室洗把臉回到客廳，一點食慾也沒有，我愣愣地看著冷掉的火腿蛋。

母親當初接受了體外受精，這點已無庸置疑。正因如此，她才會那麼介意女兒長得不像自己，雖然我是她懷胎十月生下來的孩子，但她無法像一般的母親確信肚裡的孩子是她的親骨肉。母親的疑慮恐怕成眞了，當初在她的子宮裡著床的是一顆和她毫無瓜葛的受精卵，但是爲什麼會演變成這種結果？

「或許是妳母親的卵子有某種缺陷，但妳父親無論如何都想要小孩，所以使用了別人的受精卵吧。」

這是下条小姐的推論，但就算是這樣我也很難原諒父親的行爲，難道他以爲我和母親能一輩子過得安穩平靜毫不起疑？

不過還是有疑點，如果母親眞的是代理孕母，爲什麼只接受了雙胞胎的其中之一？關於這一點下条小姐也想不出個所以然。

就在我終於把那盤火腿蛋放進微波爐打算吃點東西的時候，電話響了，是昨天見過面的望月豐先生打來的，他說他現在在自己家裡。

「和雙葉小姐取得聯絡了嗎？」我問。

「一直聯絡不上，她好像退房了。」

「這麼說她快回來了？」

「這我也不確定，不過她要回來之前應該會打電話給我。還有，我遇到了一件怪事。」豐先生壓低了聲音，「昨晚我在雙葉家待到七點左右，有個奇怪的刑警找上門來。」

「奇怪的刑警？」

「那個男人一臉凶相，問我雙葉現在在哪裡，說有急事要聯絡她，我只好告訴他雙葉在旭川下榻的飯店，但那個男人根本沒記下來，反而問了奇怪的問題，他問我除了這間飯店還知不知道雙葉會去哪裡。」

「會去哪裡……」

「很怪吧？雙葉住進那間飯店的事除了我應該沒人知道，但聽那個刑警的口氣好像早就知道了，只是在那裡找不到雙葉才跑來問我。」

「的確很奇怪。」

「我說我也不知道雙葉在哪裡，他就說，如果雙葉和我聯絡一定要通知他，丟了這句話就走了，但我總覺得怪怪的，而且我突然想到一點，」他把聲音壓得更低了，「那傢伙根本不是眞正的刑警，因爲他沒拿出警察手冊，我猜他是爲了探聽雙葉的下落才自稱是刑警。」

「如果不是刑警會是什麼人呢？」

「我也不知道，總之這個人對雙葉一定有威脅。」

「爲什麼他要探聽雙葉小姐的去處？難道雙葉小姐在旭川發生了什麼事？」

「我也很擔心。」從他的口氣聽得出他的憂心，「總之目前情況就是這樣，我先和妳說一聲，有後續消息我再打電話給妳。」

「謝謝。」等他先掛斷，我也放下了電話。

我不明白這是怎麼回事，看來雙葉小姐也和我一樣正在追查自己的身世，但她的處境似乎相當危險，擺在眼前的事實就是她的母親死得不明不白。

我內心湧上強烈的不安，雙葉小姐現在所面臨的危險或許也將降臨我身上。

下午三點多，下条小姐回來了，我把豐先生那通電話的內容告訴她，她聽了之後臉色也沉了下來。

「小林雙葉小姐可能躲起來了吧。」下条小姐皺著眉。

「爲了躲誰？」

「我不知道，但總覺得這件事背後牽扯了很大的勢力。」

「她爲什麼不報警？」

「大概報警也沒用吧，畢竟還沒出事，而且肇事逃逸那件案子也已經結案了。」下条小姐嘆了口氣，「話說回來，眞是不可思議，就在妳開始調查身世之謎的現在，雙葉小姐也展開了行動，看來妳們果然是心有靈犀呢。」

她只是說笑，但這句話卻在我心頭刺了一下，我不禁垂下頭。

「啊，對不起，我太口無遮攔了。」她立刻道歉。

「不，別這麼說……」

「不過關於雙胞胎這件事，我覺得妳不必想得太複雜，當作多一個親人就好了，我這麼說可不是爲了替剛才那句話打圓場。」

但我依然沉默不語，我的腦子能夠認同，身體卻不由得產生抗拒。

「好吧，先不提這件事。」下条小姐彷彿想一掃尷尬氣氛，只見她把一本筆記本放到桌上，

「山步會小冊子上那些成員，我已經對照畢業生名冊查了一遍，當然，查到的只是當年的地址。」

我不禁瞪大了眼，「妳怎麼不帶我去？我不能一直拖累妳。」

「沒關係，又不是多麻煩的事，查得我肩膀有點酸就是了。」下条小姐一邊以右手敲著左肩一邊翻開筆記本，「老實說收穫不多，查得出明確地址的只有兩個人，而且其中之一還是清水夫人提過那位已經過世的高城康之；而另一位，就是他。」

筆記本上寫著「畑村啓一」，我記得清水夫人拿給我看的相簿裡也出現過「畑村」這個姓氏，我把這件事告訴下条小姐，她點了點頭說：

「那我們明天就去找他吧，小金井市綠町……，嗯，搭電車去應該沒問題。」

下条小姐似乎比之前還要興致勃勃，我不明白她爲什麼對我的事這麼熱心。

「這個人還記得阿部晶子嗎？都過了幾十年，說不定已經忘了……」

「走一步算一步嘍，不見個面怎麼知道呢。」

「也對。」我悄聲說道，接著我說出一直掛心的事：「下条小姐……，如果那個阿部晶子眞的是我的母親，妳認爲背後原因是什麼？」

她沒作聲，只是偏起頭看著我，似乎不明白我的意思。

「……妳認爲我父親爲什麼要使用她的受精卵？」

「喔……」下条小姐臉色一沉別過臉，「這種事……誰曉得呢。」

「我想，我父親當時一定還愛著阿部晶子，所以才希望擁有她的小孩。」

下条小姐什麼也沒說，尷尬的沉默籠罩我們倆。

雙葉之章

七

旅館房間的電話響著可笑的鈴聲，我趴在床上和平日一樣邊看電視邊啃檸檬，電視正在播傍晚時段的兒童卡通。

我伸長手臂抓起了話筒，「喂？」

「是我。」話筒傳來脇坂講介的聲音，「雖然有點早，要不要出來吃晚飯？我終於弄到情報了。」

「ＯＫ，知道了。」我爬下床穿上牛仔褲。今天叫了客房服務，我吃完早午餐之後便一直賴在床上，得到充分休息的身體反而有種倦怠感。

我們住在離札幌車站徒步約十分鐘的一間商務旅館內，建築物老舊灰暗，服務生是個懶懶散散的中年男人，簡直就是一棟印證了不景氣年代的旅館。我要求脇坂講介找一間比較像樣的旅館，當場被否決了，他是這麼說的：

「接下來不曉得還得住幾晚，不省著點怎麼行，何況現在是暑假期間，給觀光客住的旅館全客滿了。」

我換好衣服走出房間，敲了敲斜對面的房門，脇坂講介應了一聲走出來，我看他手上拿著傳真，他說是公司傳來的。

飯店旁邊有一間螃蟹料理餐廳，我昨晚就很想去吃看看，但脇坂講介狠心地拒絕了。

「雖然我們現在是在北海道，也沒必要去吃那種冷凍螃蟹吧？還是找一間適合坐下來討論事情的餐廳吧。」

結果我們來到一間咖哩餐廳，餐廳的名字很遜，叫做「鐘塔」，裡頭座位多得嚇人，大概六成有人坐，不至於太嘈雜，的確很適合討論事情。

「關於那個伊原駿策，」他豪邁地吃著大盤的雞肉咖哩飯一邊說道：「我請報社跑社會線的友人幫我調查他最近的動向，結果查到一個很有趣的情報。據說這一、兩個月政治線的記者之間流傳著一個消息——伊原生病了。」

「生病？……」

「於是我回想一下，的確他最近似乎健康狀況不佳，已經很少參與公開活動了。」

「畢竟是老頭子嘛。」我吃著我的蝦子咖哩飯，「不只伊原駿策，我看所有政治家都很不健康吧，七、八十歲還體力充沛的政治家反而奇怪。」

「政治家生些小病確實是家常便飯，但聽說他這次病得很嚴重，不是躺個幾天就會好的。」

我握著湯匙的手就這麼停在空中，望著脇坂講介說：「癌症？」

「可能吧。」他三兩下把咖哩飯吃完，喝了口水，四下張望一圈之後壓低聲音說：「如果這次是危及性命的重病，事情就非同小可了，權力結構會整個改變，伊原派的那些人一旦失去領袖會登時化爲一盤散沙的。」

「這對日本來說是好事吧？政治操縱在單一個人手裡本來就不正常。」

「伊原派瓦解只是讓反伊原派抬頭，對人民來說根本沒差，不過的確是個轉機吧。」

「所以如果伊原駿策眞的生重病，這次事件的幕後黑手就不是他了？」我搞不懂了。

「關於這一點，還有另一個情報很耐人尋味。伊原家代代都有個姓大道的總管，康莊大道的大道，現在應該是第三代了吧，正式職稱大概是首席祕書什麼的，不管是募款或網羅人才，向來都是這個角色出面處理，可是最近這個大道卻從伊原宅邸消失了，過去他從不曾離開主子身邊，可見他的消失並不單純。」

「這麼說這次的主謀就是那個大道？」

「我也猜是他，而且他下手的原因應該和伊原駿策的病情有關，才會把北斗醫科大學扯進來。」

「那和我又有什麼關係？」

「這點我也不明白，爲什麼他們處心積慮想要得到妳這個人……不，妳的身體？」

脇坂講介粗壯的手臂交抱胸前沉吟著，此時女服務生經過，他點了兩杯咖啡。

喝完咖啡後，我們走出餐廳。就快八月了，空氣依舊非常涼爽，眞不愧是北海道。

回到旅館房間，我撥電話回石神井公園的住處，沒人接聽，於是我又撥了阿豐家的電話，鈴聲響了兩次半，他接了起來。

「喂，望月家。」

「喂，是我。」

「雙葉？是雙葉嗎？」阿豐顯得非常興奮，「妳現在在哪裡？」他的聲音大到我耳膜震得好痛。

「我在札幌。」

「札幌？爲什麼？妳怎麼突然失蹤了？」

「出了一些事，回去再慢慢告訴你。你那邊呢？都還好吧？」

「好個頭，事情大條了。」阿豐扯起嗓子大喊，「不得了了啦，昨天妳家來了一個好像妳的女生，而且那個女生和妳一樣正在調查身世，她和妳有好多共同點……」

「等一下，STOP！STOP！」我連忙打斷他的話，「你冷靜一點慢慢說，到底誰去我家了？」

「我不是說了嗎？一個長得很像妳的女生。」

「很像我？」

「是啊，而且不是有點像，她根本就是妳，我到現在還無法相信妳們不是同一個人呢。」他說得很快。

「……你在開玩笑吧？」

「誰跟妳開玩笑！」他粗魯地喊道：「眞的啦！雙葉，伯母有沒有說過妳有個雙胞胎妹妹？」

「當然沒有。」我握著話筒，腦筋一時轉不過來。一個長得很像我的人？誰啊？怎麼可能？

「她說她叫氏家鞠子，據說她爸爸也待過北斗醫科大學。」

「氏家……」

我的心臟劇烈鼓動，藤村也提過氏家這個姓氏，而氏家的女兒爲什麼和我長得很像？各種想像在腦中盤旋愈來愈混亂，我卻完全理不出頭緒。

「你說那個女生也在調查自己的身世？」

「嗯，她在調查中發現有妳這個人，所以跑來想見妳一面。我和她說我一聯絡上妳就通知她，雙葉，還是妳想自己打電話給她？」

「唔，不了，我先別打吧。」

「那就由她打給妳。妳那邊電話幾號？」

「好，呃，○一一……」我望向一旁的便條紙，念了印在上頭的旅館電話號碼。

「雙葉，這到底是怎麼一回事？」阿豐抄完電話號碼之後問我。

「你問我我問誰，我也是一頭霧水啊，爲什麼會突然冒出一個長得很像我的女生？」

「豈止是長得很像，」阿豐加重了語氣，「根本不是像不像的問題，雙葉，她就是妳，她就是妳的分身！」

我的分身？

這句話聽在耳裡毫無現實感，彷彿朝乾涸的井投下一塊石頭，激不起我內心一絲一毫的迴響。

「還有另一件怪事。」

阿豐說，昨晚有個自稱刑警的男人出現在我家門口向他打聽我的行蹤，而且那傢伙很可能是假刑警。的確，東京的刑警怎麼會知道我在旭川下榻的飯店，而且還知道我退了房，肯定有問題。

「雙葉，妳要不要先回來一趟？我總覺得妳在那邊不大安全，何況那個很像妳的女生也在東京，妳還是先回來和她見個面吧？」

「謝謝你的關心，但我現在還不能回去，這整件事的根源就在北海道啊。」

「話是這麼說……，可是我很擔心妳。」

「謝謝你的關心。」我再次道謝，「等事情解決我就回去。」

「一定要平安回來喲。」

「嗯，掰掰。」

「嗯。」

「啊，等一下。」掛斷電話前，我再次問道：「她真的長得和我一模一樣？」

「簡直就是妳的拷貝版。」阿豐說。

掛上電話，我的腦袋還是一片混亂，想了好久只整理出一個結論——似乎有什麼可怕的事情正在我看不見的地方逐漸醞釀成形。

我撥了脇坂講介房間的電話號碼打算告訴他這件事，響了好幾聲都沒接，我想他可能剛好在洗澡便掛了電話，沒想到話筒才一放下就鈴聲大作。

「喂？」

「您好，這裡是櫃檯。」話筒傳來男人的聲音：「您的同伴在櫃檯留了一張字條給您，請問現在方便送過去嗎？」

「我的同伴？」

爲什麼脇坂講介要透過服務生轉交字條？

我說了一聲「好啊」，對方說「那我現在幫您送過去」，電話就掛斷了。

「搞什麼啊？」

我忍不住嘀咕，再打一次電話到脇坂講介的房間，還是沒人接，所以他出門了嗎？有人敲門，我應了一聲，門外的人說：「我送字條來給您。」於是我打開門鎖將門微微拉開一道縫。

下一瞬間，門被一股極大的力量撞開，我差點被夾在門和牆壁之間。衝進房間的人不是服務生，而是一名身穿黑色西裝的男人，我忽然聞到一股強烈的柑橘類化妝品香味，男人身後還站著一名穿著打扮和他差不多的同夥。

我正想看清楚他們的臉，一塊東西已經摀上我的嘴巴，我深吸一口氣想放聲大喊，全身力量卻霎時消失，腦袋彷彿被關掉了開關。

細碎刺眼的發光物體在我眼前飛舞，我感到耳鳴、發冷與暈眩。

突然傳來一陣強烈的臭味，我不禁全身一顫。眼皮好重，我慢慢張開眼，那刺激性的臭味再度襲上我的鼻子，我皺著臉搖了搖頭。

視野愈來愈寬廣，四下光線昏暗，我仰躺著，不，嚴格來說並非躺著，雖然我的雙腳打直，但上半身似乎倚著某個東西。

「妳終於醒了。」我聽見聲音，眼前有一道黑影，景象愈來愈清晰，出現一張男人的臉。是脇坂講介。

我想開口說話，一陣劇烈的頭痛及噁心突地湧上，我不禁發出呻吟。

「妳不要緊吧？」他似乎很擔心。

「唔……嗯……」腦袋深處陣陣抽痛，我閉上眼按了按眉心，再次睜開眼一看，我在脇坂講介的車裡。這輛車的款式叫什麼來著？

空氣中瀰漫著刺鼻的臭味，我忍不住摀起鼻子。

「這是阿摩尼亞，我在藥局買的。」脇坂講介舉起一個小瓶子亮在我眼前，「對了，喝這個。」他打開罐裝咖啡遞了過來。

我喝了一口咖啡，靜靜等待頭痛退去，但不舒服的感覺絲毫沒有消退。

「我怎麼了？」

「妳差點被綁架。」

「綁架？啊，對，好像有什麼東西摀住我的嘴……」

「大概是氯仿(*1)吧。」

「後來我就……昏倒了？」

「好像是。眞是好險，要是我再晚個幾分鐘回來，妳已經被他們帶走了。」

「你跑哪裡去了？」

「我去旅館停車場。櫃檯打電話來說我的車被人破壞，要我去看一下，可是我到了停車場發

*1 氯仿的學名爲三氯甲烷，可當鎮定劑或橡膠溶劑，短時間大量吸入會產生暈眩及頭痛等症狀，常被歹徒利用來迷昏受害者。

現根本沒人，車也沒事，我覺得莫名其妙跑回櫃檯問，櫃檯的人又說他們沒打那通電話，這時我驚覺不對勁趕緊打電話到妳房間，沒人接，我又繞到旅館後門查看，果然不出我所料，兩個男的正要把妳抬上車。」

「於是你就把我搶了回來？」

他有些不好意思地苦笑著說：

「如果妳以爲我會像詹姆士・龐德(*1)一樣狠狠教訓他們一頓，那也太高估我了。他們怕的不是我的打架技術而是我的大嗓門，看熱鬧的人一多，他們也不敢明目張膽地蠻幹。」雖然他嘴上這麼說，我看他額頭有擦傷，應該還是經過了一番打鬥。

「我也是接到櫃檯打來的電話，我當時就覺得怪怪的。」我說明了差點被綁走的經過。

脇坂講介點了點頭，「那通電話也是騙人的。」

「話說回來，爲什麼我們的行蹤會被發現？」

「這一點我也很納悶，不過如果眞的有心要查，或許不難找到吧，只要打電話詢問每間旅館就行了。」

「但我在旅館留的又不是本名。」

「現在這個時期沒預約便臨時入住的客人並不多，只要鎖定年輕女子，總有辦法查到吧。看來不能隨便住旅館了。」

我將剩下的咖啡一飲而盡，頭痛似乎減輕了一點，但身體仍輕飄飄的，這還是我生平第一次失去意識。

摀住我嘴巴的那隻手臂浮現腦海，還有那股強烈的香味……
「啊……！」
「怎麼了？」
「養髮液！拿氯仿把我迷昏的男人擦了養髮液，是柑橘香味的那種，還有，那個，警察說撞死媽媽的那輛車上也有那種香味，就是那傢伙！就是他殺了媽媽！」我愈說愈激動，蜷起了身子喊道：「啊啊，該死！大好的機會，我應該復仇的！」
「妳冷靜點。」**脇坂**講介抓住我的兩肩不停搖晃，「擦養髮液的男人到處都是，而且就算那傢伙眞的是兇手，他也只是奉命行事，如果沒找出幕後黑手，逮到他又有什麼用？」
「這我也知道，可是……」
「我們還會再見到那個男的，他一定會再找上門來。」
我氣得咬牙切齒，緊緊握住咖啡罐，一逕在腦子裡不切實際地想像逮到那個男人之後逼問他誰是幕後指使者的畫面。
無意間我回過神來，望了望四周，車子似乎停在一處樹林裡。
「這裡是哪裡？」我問。
「圓山公園附近。繼續待在旅館太危險了，我已經退房了，今晚就在這裡過夜吧。」他說著

*1 詹姆士・龐德（James Bond）是著名的007電影及小說中的男主角。

抓起了髒兮兮的毛毯。

「喂，我們爲什麼不報警？我可是差點被人綁架，這很明顯是犯罪行爲吧？」

「如果妳要這麼做我不會阻止妳，但我勸妳還是打消這個念頭。」

「爲什麼？」

「因爲報警無法解決任何問題，我們又沒有證據證明那兩個綁架妳的男人和北斗醫科大學或伊原駿策有關，報警反而會限制我們自己的行動。」

「也對……」媽媽那件案子已經讓我徹底體會警方是多麼不可靠。

「現在的重點是我們下一步該怎麼走，目前我們手邊的籌碼只有妳這張王牌了。」脇坂講介盤腿坐在放平的座椅上沉吟著。

「對了，差點忘了一件重要的事。」

「什麼？」

「我的拷貝版。」我說：「聽說出現了一個我的拷貝版。」

鞠子之章 八

時間剛過下午三點，我和下条小姐離開了位於虎之門的某辦公室機器製造商總公司，我無精打采地跟在下条小姐身後朝地下鐵入口走去。

我們剛剛見過了畑村啓一，就是那位下条小姐查出住家地址的山步會成員。

今天上午我們前去畑村先生的住家拜訪，畑村夫人幫我們打電話聯絡正在公司上班的畑村先生，我說自己是氏家清的女兒，正在撰寫父親的半生記，夫人聽了之後完全沒起疑，畑村先生也爽快地答應和我見面。和他約好兩點鐘在公司碰面之後，我和下条小姐都很開心，以爲終於找到一位知悉父親山步會往事的人。

然而結果卻令我大失所望，畑村先生說山步會的事他記得很清楚，聽到氏家清這個名字也非常懷念，但是他對阿部晶子這名女子幾乎沒印象。

「當時偶爾會有女生來參加活動，這我還記得……，但畢竟是好久以前的事，名字和長相已經想不起來了。」面色紅潤的畑村先生帶著毫無心機的笑容說道。

「聽說家父曾與另一位社員追求同一名女子，請問是眞的嗎？」

「嗯，可能有過這回事吧，爲了追女生而加入健行社團的輕浮傢伙其實不在少數，那個時候健行類的社團有好幾個，彼此之間也會爭奪願意參加活動的女孩子，一個女孩子同時參加好幾個健行類社團的情況也是時有所聞，說起來和現代的男女關係也沒什麼兩樣啦，不過當時的我不知道是遲鈍還是慢半拍，我只喜歡和哥兒們一起喝酒胡鬧。」畑村先生說著豪邁地笑了，看他這個舉動便不難想像他學生時代的模樣。

「請問您手邊是否留有當時的照片？」我抱著最後一絲希望，但畑村先生的回答卻澆了我一桶冷水。

「一兩張照片應該有吧，但我這個人不大整理東西，當初拿到照片就不曉得塞哪裡去了。」

簡單說就是弄丟了吧。

「您現在還有沒有和當初山步會的朋友聯絡？」

「很可惜，都沒聯絡了。剛畢業的時候還偶爾會見面，後來漸漸都疏遠了，大家各自在社會上努力打滾，根本沒時間回首往事。現在想想實在很可惜，難得有緣當朋友，擁有那麼多共同回憶，卻從此斷了音訊。」畑村先生感慨萬千地說道。他臉上的神情不再是辦公室機器製造商的高階主管，而是當年的健行社社員。

「看來，」與畑村先生道別走出公司，下条小姐開口了，「三十年的時間實在是太長了。」

我只能默默點頭。

我們搭地下鐵到澀谷轉電車，只坐了一站，下条小姐說她想去學校辦點事情，我當然點頭了。

「話說回來，現在所有線索都斷了呢。」她苦笑著說。

「是啊。」我想回以一笑，卻擠不出笑容。

「要不要去那個高城家碰碰運氣？」

「可是他人都過世了……」

「也對……」下条小姐也是一臉沮喪。

我心想，還是只能直接詢問父親了，而在那之前我必須和小林雙葉小姐見上一面，就如下条小姐所說，我得和她一起出現在父親面前。

但小林雙葉小姐現在的行蹤依然成謎，昨晚望月豐先生打電話來告訴我，小林雙葉小姐住在札幌某間旅館，可是我打電話過去，旅館卻說她已經退房了，我又打去問豐先生，他說之後小林雙葉小姐也沒聯絡他，他也是一頭霧水。

小林雙葉小姐在北海道到底發生了什麼事？是否和我或父親有關？由於完全得不到任何消息，我的內心愈來愈不安。

已經暑假了，但帝都大學校園裡還是有不少學生模樣的年輕人，下条小姐說這些人有些是來參加研討會，有些是來參與社團活動的。我在札幌就讀的那所大學也是這樣嗎？今年是我進大學的第一年，完全無法想像大學生是如何度過夏天。

經過網球場旁邊，我看到了上次來東京時下条小姐介紹給我的那位老師，他今天也在球場上，記得他是經濟學院的教授。

「笠原老師追著球跑的時間比站在講臺上的時間還多呢。」下条小姐似乎看穿了我的心思開口說道，這時我才記起這位老師的姓氏。

笠原老師一看見我們便暫停練球走過來，汗水順著他的下巴滴落。

「嗨，妳們今天又一起出現了。」

「老師，您也練得太凶了吧？」

「妳也該多多練習呀，免得哪一天無法招架我的發球上網(*1)喔。」

「短時間內還不必擔心。」下条小姐笑著說，接著她一臉認真地問道：「老師，您在學生時代不是參加過健行同好會嗎？」

「嗯，可是應該不是妳們想調查的那個社團。」

「你們的成員眞的都是男生？」

「當然啦，當時校內根本沒有女學生。」

「可是你們應該會邀請別校的女生參加活動吧？」

笠原老師聽到這句話先是愣了一下，馬上又恢復笑容。

「妳還眞清楚，是聽誰說的？沒錯，我們常常四處招募女生，還曾經溜進其他大學高舉看板打廣告呢，當時眞是青春啊。」

果然和畑村先生的描述一樣。

「您還記得當年找了哪些女生嗎？」

「咦？這我就不記得了，畢竟是好久以前的事了。」

「號稱花花公子的笠原老師應該都還記得吧？」

「我想妳誤會了喔，我可是很正派的。話說回來，妳爲什麼問這麼奇怪的問題？發生什麼事了嗎？」

「嗯，我們正在做一些調查。」下条小姐瞄了我一眼，「我們想找出當年曾經參加帝都健行

*1 發球上網（Serve and Volley）是網球技巧之一，指發球之後立刻衝到網邊，製造攔截的機會。

社團活動的女生。」

「喔。」笠原老師似乎仍是半信半疑，卻沒繼續追問，「那麼或許相簿能提供一些線索。」

「有相簿嗎？」

下条小姐這麼一問，笠原老師微微挺起胸膛說道：

「妳以爲我這個人除了打網球什麼也不會嗎？別看我這樣，我從前的興趣可是攝影呢，當年參加健行社也是爲了拍下大自然的美景喔。」

「那您應該也拍了一起參加活動的女生吧？」

「只要女生和我走在一起，沒有道理不拍吧。」

「什麼嘛，果然是花花公子，拍完照一定會順便問電話號碼吧？」

「呃，這我就記不得了。」笠原老師搔了搔長滿鬍碴的臉頰，「相簿上應該有留名字，但電話號碼我就不敢說了。妳們在找的那個女生叫什麼名字？」

「阿部晶子。」

「阿部晶子嗎……」笠原老師重複念了一遍，忽然間像是想起了什麼望向我，但旋即恢復輕鬆的表情，「好，我今天回去查一查。」

「麻煩您了。」我鞠躬說道。

我們與老師道別後朝醫學院走去，「雖然希望不大，試試看總是不吃虧。」下条小姐說。

「謝謝妳。」

我等下条小姐辦完事情，和她一起離開學校，兩人在上次那間餐廳吃了晚餐。我們一邊喝著餐後咖啡，一邊討論接下來該怎麼做，卻沒什麼結論，而且我已經給下条小姐添了那麼多麻煩，又不好意思積極提意見，但下条小姐似乎察覺了，叮嚀了一句：「妳可別跟我客氣喔。」爲什麼她會對我這麼好呢？眞不可思議。

一回到公寓，發現電話答錄機上的指示燈閃爍，按下播放鍵便傳出望月豐先生的留言，他說希望我們盡快和他聯絡，於是下条小姐撥了電話。

「喂，你好，我是下条。……咦……啊，原來如此，太好了。後來呢？……嗯……嗯……」

下条小姐交談幾句之後摀著話筒對我說：「小林小姐有消息了，她現在人在函館。」

「函館？」

「詳細情況還不清楚，她好像遇上了一些麻煩，現在連飯店也不敢住，只能一直待在車裡。還有，她好像也想見妳一面，所以想知道妳何時會回北海道。」

我吞了口口水，「小林雙葉小姐……想見我……？」

「如何？妳要不要先回去一趟？」

我低頭沉吟了片刻，但並不是因爲有所猶豫，我只是在說服自己勇敢面對自己的分身。

「我回北海道。」我抬頭望著下条小姐，「我想回去和小林雙葉小姐見個面。」

下条小姐點了點頭彷彿贊成我的決定，她放開摀著話筒的手。

「喂，鞠子說她會回去……。對，沒錯。不過這個時期不曉得訂不訂得到機位……，嗯，我知道了，確定班機後會通知你。」

掛上電話，她轉頭望著我再次深深點頭，「明天我們打電話去所有航空公司問問看，不過現在是暑假期間，很難訂到機位喲。」

「眞是非常抱歉，給妳添麻煩了。」

「不用介意，不過我有一個請求。」下条小姐欲言又止，在矮沙發坐了下來，我難得見她露出這樣的表情。

「什麼請求？」我問。

「我能不能和妳一起去北海道？」

我吃了一驚猛眨眼，「下条小姐要和我一起回去？」

「我都蹚了這麼久的渾水，實在很想見見另一個妳。如何，不方便嗎？」她一臉眞摯地望著我。

我微微一笑搖了搖頭，「怎麼會不方便，有下条小姐陪著我心裡也踏實得多，倒是妳眞的沒關係嗎？學校那邊怎麼辦？」

「我會安排的，別擔心。」

「好。」我用力地點頭。老實說，我很害怕與小林雙葉小姐單獨見面，而且獨自一人回北海道的路上肯定相當難熬。

「和雙葉小姐見面當然是重點，但我也想安排一些自由時間，這可是我第一次去北海道呢。」下条小姐開著玩笑說。

此時電話鈴聲響起，下条小姐立刻接了起來，只見她開心地說：「啊，老師，剛剛多謝您的幫忙。」是笠原老師打來的。

「咦？啊……原來如此。什麼？喔……是沒什麼關係，……現在嗎？我知道了，那就約車站前的咖啡店吧。」她的語氣逐漸變得沉重，掛上電話後她納悶地看著我，「笠原老師說他找到相簿了，他想馬上拿給我們看。」

「找到阿部晶子的照片了？」

「或許吧，他沒講清楚，總之我們去見見他吧。」

下条小姐說著站了起來，我也跟著起身。

走進車站前的咖啡店，我們挑了靠裡面的座位，並肩坐著等了幾分鐘，笠原老師出現了。他穿著樸素的馬球衫，比一身網球裝扮時的他看起來老了將近十歲。

「等很久了嗎？」

「不會，我們也剛到。」下条小姐說。

點完飲料，老師看服務生走遠後，把原本夾在腋下的相簿放到桌上。

「打開這本相簿之前，我想先問一個問題。」

「什麼事？」

「妳在尋找的那位女性，應該和她有關吧？」老師望著我對下条小姐說道。

「爲什麼這麼問？」

「現在是我在發問喔。」老師笑著說。他一笑表情就變得好溫柔，像極了一隻玩偶熊，「先回答我的問題。」

「目前還不清楚和她有沒有關係。」下条小姐也瞄了我一眼，「這正是我們想調查的事。」

「原來如此，這表示我猜的沒錯了。至於我爲什麼會這麼問，妳們看了這個就知道。」笠原老師翻開相簿，將正面轉朝我們，「這位女子就是阿部晶子小姐。」他指著一張照片。

一看見那張照片，我頓時感到一陣惡寒竄過全身。

照片裡是四名年輕人，兩名男子分別站在兩名女子的兩側，地點像是在某座平緩的山上，四人都穿著輕便的長褲與防風外套。

牢牢吸住我目光的是右邊的女子，我相信不只是我，下条小姐應該也正緊盯著她。

女子大約二十歲上下，留著及肩的鬈髮。

而她的臉……

那張對著鏡頭露出笑靨的臉龐根本就是我的臉，三十多年前的照片裡頭竟然出現了我。

回到下条小姐住處時已經將近十點了，我們倆默默地坐在客廳沙發上，下条小姐打開冷氣，把笠原老師送給我們的照片放在桌上。

我們兩人愣愣地看著照片好一會兒。

照片裡的人就是我。

無論容貌或體型，女子一切的一切都和我完全相同，就連右邊嘴角微微上揚的特徵也如出一轍，已經無法用「像」這個字來形容了。我想起曾經看過一部關於時光機器的電影，主角是個少年，他跟著時光機器的發明者穿梭於過去與未來，少年在過去拍了照片之後回到現代，如此一來他當然會找到一張上頭有著現在的自己的老照片。當初看那部電影的時候我邊看邊拍手哈哈大笑，但如今看著這張照片，我只覺得，恐怕只有那樣的情節能解釋眼前的狀況。

「第一次見面的時候我不是說過好像在哪裡見過妳嗎？現在回想，應該是因爲我隱約記得這位女子的長相吧，其實我一聽到阿部晶子這個名字也覺得有些耳熟，不過說眞的，沒想到妳們長得這麼像，簡直是同一個模子印出來的。」笠原老師也這麼說。

但這個人當然不是我。

那麼，她是誰？

「終於找到答案了。」我打破了沉默，下条小姐緩緩轉過頭望著我。

我打開皮包，取出我從札幌帶來那張女子臉部被塗掉的照片。

「這張照片裡的人也是這位和我擁有相同長相的女子，我想我母親可能是在父親的舊相簿裡看到了這張照片，她當時一定非常震驚，因爲自己的女兒和自己完全不像，卻和父親的昔日友人長得一模一樣。接著她一定馬上猜到當初進行體外受精植入自己體內的受精卵根本不是自己的卵子，而是這名女子的，如此一來她當然想查出這名女子是誰。」

「所以妳母親才來到東京……」

我點點頭，「應該是這樣了。」

「她爲什麼不直接問妳父親？」

「我想是問不出口吧。我母親自尊心很強，而且……」我做了一次深呼吸，「她心裡一定很害怕。」

「也對。」下条小姐垂下了眼。

「我母親知道這張照片是父親當年參加山步會時所拍的，於是立刻聯絡清水宏久先生，她看到了清水先生的相簿，得知這位女子名叫阿部晶子，是父親從前單戀的對象，就在那一瞬間，我母親終於明白我父親做了什麼事。我父親得不到心愛的女人，只好退而求其次，他想得到她的小孩，於是他利用了我母親。」難以壓抑的情緒不斷搖撼我的心，我不停顫抖，眼眶充滿淚水，「我母親把清水先生相簿裡所有拍到阿部晶子的照片全部取走，或許是不想讓這個事實繼續存在吧，這整件事教她情何以堪……。下条小姐，我現在終於能夠理解爲什麼我母親當初只能選擇燒掉一切來結束自己的生命，因爲她發現這一切都是假的，幸福的家庭、體貼的丈夫、甚至自己生下的女兒，都是假的。啊啊……啊啊啊……媽媽好可憐……，她看著我不知有多麼憤怒、多麼煎熬……」

心疼母親的話語不斷從我口中傾洩而出，我已經搞不清楚自己是在哭泣嘶喊還是在說話，最後我趴在桌上不停啜泣。

激動的情緒逐漸平復，虛脫感隨之湧上。一直等著我平靜下來的下条小姐將手放到我的背上說：

「錯不在妳。」她說：「妳只是被生下來而已。」

「我恨我父親，我會恨他一輩子。」

「鞠子……」下条小姐撫著我的頭髮。

我抬頭看著桌上的照片，看著那個就遺傳學而言應該是我母親的女子。

「下条小姐。」

「嗯？」她的手停了下來。

我拿起照片說：

「就算是親生母親，會這麼像嗎？這個人不管怎麼看都和我是一個模子印出來的。」

下条小姐沉默了片刻說：「總之，明天我們去那位高城康之先生的家問問看吧。」

我將照片翻過來，背面有笠原老師大約三十年前寫下的字跡：

「左起，笠原、上田俊代（帝都女子短大）、阿部晶子（帝都女大）、高城（經濟）」

與父親同屬山步會的高城康之竟然也出現在照片中。

雙葉之章

八

車內音響的數字鐘顯示九點整，脇坂講介正坐在駕駛座上研究地圖，這幅景象我今天不知道看過幾次了。

車子停在一棟建築物的停車場內，大概是美術館還是資料館吧，五稜郭(*1)就在旁邊，正確來說，是寫著五稜郭的看板就在我們旁邊。五稜郭裡頭一片昏暗，外觀看起來只是一座普通的庭園。

我們傍晚抵達函館，沒想到從札幌開車到函館竟然將近七個小時，一路上又沒山谷坡路，只是以一定的速度行駛在筆直的柏油路上，還是花了這麼久的時間。

我們來函館是爲了見氏家清一面，由姓氏推斷，阿豐見到那位氏家鞠子應該就是氏家清的女兒。雖然不知道氏家的住址，我依稀記得藤村提過氏家任教於函館理科大學，只不過之前去北斗醫科大學找藤村的時候聽他在電話上說氏家去了東京，所以搞不好氏家還沒回北海道。

話說回來，爲什麼氏家的女兒和我長得很像？

我直覺第一個可能性就是，我也是氏家的女兒。

不但如此，我還是雙胞胎試管嬰兒的其中一半，另一半被放進了氏家太太的肚子裡，生出來的孩子就是氏家鞠子。我曾在報上看過體外受精的技術能讓雙胞胎由不同的女性生下，如果這個假設成立，一切疑點都豁然而解。

「或許吧。」脇坂講介也同意我的推論，「不過這麼一來妳們的母親到底是誰？」

「應該不是我媽媽。」我說：「我和媽媽長得完全不像，搞不好是氏家鞠子的母親呢？」

脇坂講介對這一點沒有表示任何意見。

來函館的路上我一直思考這些問題。媽媽的死和伊原駿策有關，伊原生病了，他或是他的屬下想得到我的身體；我很可能是試管嬰兒，有一個女孩子和我長得一模一樣，她可能是氏家的女兒，而氏家當年曾經和媽媽一起在北斗醫科大學工作……

我愈想愈覺得這整件事搞不好沒有解答，我將永遠找不出答案，只能在一片渾沌迷霧中漫無目標地繞來繞去。但我轉念一想，這突如其來的迷霧沒道理唯獨籠罩在我的周圍，一定有某個答案存在某個角落。

想來想去，我決定見見那位鞠子，見到面說不定就能找出先前不曾發現的拼圖片。抵達函館後，我打電話給阿豐請他幫我問鞠子何時回北海道，因爲我自己實在提不起勇氣打電話給她。

我打給阿豐的時候，脇坂講介也打電話回他公司，他說同事幫他查到了氏家清的住址。

「這種事都查得到，眞是厲害。」我大感佩服。

「只要抓住函館理科大學教授這個方向去查就行了，這就是情報網的威力。」脇坂輕描淡寫地說道。幹這行的就是這樣吧，我點了點頭。

脇坂講介邊看地圖邊開車尋找氏家的住處，找了半天還是沒下文，開沒多久又停到路邊猛盯著地圖瞧。

*1 五稜郭是一座建造於日本幕末時期的城池，因形狀爲正五角星形，故稱爲五稜郭，如今是一座公園。

「好，我知道了。搞錯方向了。」地圖仍擺在膝上，脇坂講介發動引擎。

「這次是眞的找對路了吧？」

「絕對正確，而且離這裡不遠。」他踩下油門。

或許是入夜的關係，函館的街道比我想像中樸實，看上去就是一座平凡無奇的小鎭，電視旅遊節目介紹那些充滿異國情調的地區在哪裡呢？

脇坂講介終於在一棟三層樓公寓旁停下車子，這一帶是很普通的密集住宅區，和東京沒什麼兩樣。

「就是這棟三樓。」脇坂講介伸出拇指比了比樓上。

我們走上階梯來到氏家的家門前，隔壁門突然打開，一名肥胖的中年伯母走了出來，她一看見我吃了一驚，接著不知爲何臉上堆滿笑容。

「啊，嚇了我一跳呢，妳回來啦？」她親暱地對著我說。

我一頭霧水應了聲「嗯」。

「喔……」伯母一邊打量著脇坂講介，一邊繞過我們走下階梯離去。

我轉頭問他：「怎麼回事？」

「認錯人了吧。」他說：「她以爲妳是氏家鞠子。」

我交抱雙臂吞了口口水，「她完全沒起疑耶。」

「是啊。」他說。

我鼓起勇氣摁下氏家家的門鈴，沒人應門。

「還沒從東京回來吧。」

「有可能，只能再跑一趟了。」

「嗯。」

我們回到一樓正要走出公寓大門，脇坂講介停下腳步盯著一排排的信箱，三〇五號信箱的名牌上寫著「氏家」，裡頭塞滿了信件，有些還被擠到外頭來。

他輕輕抽出其中一封，看了看正面與背面之後遞給我。白色信封的寄件人欄印著某間女校宿舍的名稱，應該是一所天主教學校，收件人寫著氏家鞠子。

「看來她住過這個宿舍。」脇坂講介說。

「是啊，一看就知道是貴族學校。」

「父親是大學教授，對女兒的教育也很講究吧。」

「和我的際遇完全不同呢。」

「讀貴族學校也不見得幸福啊。」

「是沒錯啦。」

我再次看著氏家鞠子這幾個字，心想這名字取得真不錯。

離開氏家公寓，我又撥了電話給阿豐，阿豐說氏家鞠子預定明天回北海道，明天他還會打電話向她確認班機時間。

這天晚上我們把車停在碼頭倉庫旁的陰暗角落，打算在車上過夜。伊原的魔掌應該不至於伸到函館來，但我們還是決定別住旅館比較安全。連續兩晚睡車裡，我也習慣臭毛毯裹在身上的感覺了；脇坂講介還是和昨晚一樣拎著睡袋自行尋找棲身之所，雖然覺得他很可憐，我可沒心胸寬大到願意和他一起睡在狹窄的車內。不管他了，北海道這個季節應該不會感冒吧。

我打開天窗看著夜空入睡，今晚沒有星星。

隔天早上，我們在附近公園洗了臉，找間咖啡店吃過早餐便朝氏家公寓前進。

「好想刮鬍子啊。」脇坂講介一手握著方向盤一手撫著下巴，「頭也好癢，全身黏黏的。」

「忍耐一下吧，我也很久不曾兩天沒洗頭了。」

「買件內褲來替換好了……」他兀自咕噥著，我綳起臉挪動身子想離駕駛座遠一點。

我們把車停在公寓前方的馬路旁等氏家出現，由於不知道氏家的長相，我們的策略是只要看見差不多年紀的男士走進公寓，便由脇坂講介尾隨對方看是走進哪一扇門。守了一個小時，兩名進公寓的男士都不是氏家。

「他離開東京之後會不會直接前往北斗醫科大學？」

「確實有可能。」脇坂講介點頭，「要不要去函館理科大學看看？搞不好會有線索。」

「也好……」我一邊拿起昨天從氏家信箱抽出來的那枚白色信封。

「啊，妳沒把信放回去？這是犯罪行為耶。」

「抽出來的人是你。」我搖了搖信封，「喂，要不要去這裡看看？」

「咦？」他直盯著我的眼睛，「妳是認眞的？」

「是啊。」我說：「我想多了解這個女孩子，我想知道她是什麼樣的小孩，過著什麼樣的生活。既然她曾經住校，直接去問宿舍最快了。」

脇坂講介敲著方向盤思索了片刻，看了一眼信封上的學校地址，默默地打開地圖。
「在深山裡呢，不過當作兜風倒是不錯。」
「就這麼決定。」我說著拉起了安全帶。
「但是，」他一臉嚴肅地說：「妳的長相和氏家鞠子一模一樣，這一點別忘了。」
「我知道。」我扣上安全帶。
車子順著函館灣沿岸道路開了一陣子，我們駛進右邊的小路，越過一處小小的平交道之後，路面斜度突然開始拔升，民宅愈來愈少，不久便進入森林裡，空氣味道也從剛剛的潮汐香氣轉爲樹葉的芬芳。
車子駛進一條像是以尺畫出來的筆直道路，路面沒鋪柏油，眼前兩道清晰的車痕軌跡彷彿無盡延伸，道路兩側等距種植著高聳的大樹，透過樹木之間看得見遠處遼闊的大草原，車子開了好一段路都是這幅景色。
我開始懷疑永遠走不到盡頭時，前方出現了一棟淺褐色建築物。
「太好了。」脇坂講介喃喃說道：「這條路看起來是直線，但我很擔心是不是一直在同一處繞圈圈呢。」
那棟淺褐色建築是磚砌的古老教堂，前方有紅磚圍牆，入口則是黑色鐵門。脇坂講介在圍牆邊停下車。
一下車，空氣異常冰涼，我不禁搓摩著兩手手臂。「拿去。」脇坂講介把他的風衣扔了過來，他自己則穿著厚實的運動外套。

我一面將風衣披到身上一面窺探圍牆內部，但隔著鐵門只看得見教堂，籠罩薄薄霧氣的四下一片靜謐，靜到我甚至懷疑自己是不是耳聾了。

鐵門旁有便門通往一幢雅緻的磚砌小屋，小屋的窗戶是關著的，內側以白色窗簾遮住，我走近一瞧，窗邊有塊牌子寫著「訪客請摁鈴」，旁邊有個小小的按鈕，我毫不猶豫摁了下去。

不久白色窗簾掀動，窗口探出頭的是一名有點年紀的女士，臉上的皺紋流露高雅的氣質，她微微一笑打開了窗戶。

「我們想參觀貴校的宿舍。」我說。

「裡面就是我們的宿舍，不過……」女士臉上掛著笑容，但仍有戒心，「請問您有什麼事呢？」

「呃……」

「我們想請教一些關於貴校畢業生的事。」不知何時來到我身後的脇坂講介開口了，「我們絕對不是可疑人物。」他說著遞出了名片。

女士接過名片看了看，又還給脇坂講介。

「眞是非常抱歉，校外人士必須有介紹信才能入內，畢竟我們有保護學生的義務。」她的口氣溫和，態度卻很強硬。

「那麼能不能讓我們見見貴宿舍的負責人？」脇坂講介不死心。

「這個嘛……」女士面有難色。

就在這時，圍牆內的碎石地面響起腳步聲，一名一身黑衣搭白色圍裙的女士正踏著沉重的腳步朝小屋走來，她圓滾滾的身材讓我聯想到《亂世佳人》(*1)裡的黑人女傭。

「我烤了派，妳也吃一點吧。」胖女士笑著對小屋裡的女上說道。她手上端著蓋了白布的銀盤，然而當她轉頭一看到我，臉上的笑容頓時消失。

「哎喲，修女，這怎麼好意思呢。」小屋裡的女士笑嘻嘻地接過了銀盤說：「對了，修女，這兩位想參觀宿……」

「啊啊！」胖女士張著符合她體型的大口說道：「這不是鞠子嗎？哎呀呀、哎呀呀，整個人感覺都不一樣了，看看妳這身打扮……」她朝我上下打量了一番，「眞是……眞是年輕又有朝氣啊，以前妳都不肯穿長褲呢。」

「修女，妳認識她？」

「她是這裡的畢業生氏家鞠子。鞠子，眞是好久不見了。」胖修女堆滿笑容對著我說：「一切都好嗎？」

我不禁「呃」了一聲，趕緊搖手說道：「抱歉，我不是啦。」

「不是什麼？」

---

*1 《亂世佳人》(*Gone With The Wind*)是著名的美國小說，又譯《飄》，出版於一九三六年，作者爲瑪格麗特・米契爾(Margaret Mitchell)。

「我不是氏家鞠子小姐。」

胖修女先是愣了一下，接著不知爲什麼瞪大眼睛看了看脇坂講介，又對轉頭我說：

「不是氏家……，這麼說妳結婚了？」

我嚇得倒抽一口氣，連忙澄清，「不是的，我叫小林雙葉，我並不是氏家鞠子小姐。」

「咦……」胖修女的臉頰微微顫動，「妳在跟我開玩笑吧？」

「是眞的。」

「可是妳……」胖修女猛眨著圓滾滾的眼睛，「……就是氏家鞠子呀。」

「事情是這樣的。」脇坂講介幫忙解釋，「這位小林小姐是鞠子小姐的雙胞胎姊姊，因爲某些緣故，從小沒和親生父母同住。她這次有機會來到鞠子小姐的故鄉，所以想順道看看妹妹當年住過的宿舍。」

聽到這漫天大謊，我登時表情僵硬，但胖修女似乎相信了。

「啊，原來是這樣呀。」她一臉恍然大悟用力點了點頭，「難怪妳們長得那麼像，啊呀，難怪難怪，不過鞠子從沒提起有個雙胞胎姊姊呢。」

「我想應該是鞠子的父母要她別說這件事吧。」我只好順著脇坂的話扯下去，剛剛我還很客氣地稱氏家鞠子爲「氏家鞠子小姐」，但這名修女身材胖神經也粗，好像完全沒發現。

「那麼就由我帶妳參觀宿舍吧。」她說。

「謝謝妳。」我說。脇坂講介也跟著低頭致謝。

「不過，」修女豎起食指，「宿舍內男賓止步，只能麻煩這位先生在教堂稍候了。」

「咦？」拿著筆記本正要踏出步子的脇坂講介愣在當場。
「這是規定。」修女將手放在我的肩上，「來，我們進去吧。」
我轉頭對脇坂講介說了聲「掰掰」。
宿舍是古董級的木造建築，前方就是一大片牧場，牛群或是悠哉漫步或是蹲著休息，這片景色讓我幾乎忘了這裡是日本。
一走進宿舍，眼前是一排排的鞋櫃，我換了拖鞋之後往裡面走。宿舍雖然外表老舊，內部卻很新，走廊鋪著地毯。胖修女說住宿生現在都在校園那邊，所以宿舍顯得非常安靜，這所學校的初、高中部還沒放暑假，比其他學校晚了些。
我被帶進交誼廳，裡面有一臺大型電視和幾張圓桌，每張圓桌都配屬四張椅子，我們在圓桌旁坐下。
胖修女說她姓細野，長年擔任宿舍舍監。她讓我坐下後，先離開交誼廳一會兒，回來的時候手上端了兩杯蘋果汁。
細野修女對我說了許多氏家鞠子的事，她談到氏家鞠子的老實、勤奮與誠實，還穿插許多實例，她以為我是氏家鞠子的親人，當然不會在我面前說氏家鞠子的壞話，這我能理解，但她說的每一句讚美都有憑有據，她口中的氏家鞠子實在太美好了，聽得我有些不是滋味，我也說不上來為什麼會這樣。
「她眞的是個開朗的好孩子，不過那場火災還是有影響吧，總覺得她後來變得比較憂鬱。」
細野修女的臉色沉了下來。

「什麼火災？」

細野修女聽我這麼問，頓時愣住，我不禁有些後悔。

「就是……讓她家付之一炬的那場火災呀……」細野修女很詫異，「她的母親就是在那場火災中過世的……」

我的心臟彷彿被人揪了一下，氏家鞠子原來是在這樣的狀況下失去了自己的母親。

「妳不知道嗎？」細野修女一臉難以置信的神情。

「啊，嗯，我聽說過，但詳情不是很清楚……」我一時想不到藉口有些慌了手腳，沒想到看到我奇怪反應的細野修女卻自行合理化。

「一定是周圍的人不想讓妳知道詳情吧。」她以憐憫的眼神看著我，視線中對我寄予無限同情，我只好敷衍地應了聲「嗯」。

這時一名年輕女孩走了進來，她穿著長裙，全身散發純潔的氣質。

「修女，有客人嗎……」她話沒說完就看到了我，只見她慢慢張大眼睛與嘴巴，「鞠子……」

又來了。老實說我開始厭煩這種橋段了。

「春子，妳和鞠子是同一屆嗎？」細野修女有些意外。

「不是的，修女，鞠子小我兩歲，不過我們是室友，對吧？」這名叫春子的女孩衝著我笑，我搔了搔頭望向細野修女。

細野修女圓滾滾的臉龐露出了苦笑，「春子，我和妳說，這位小姐雖然長得很像鞠子，但她不是鞠子。」

「咦？咦？」春子小姐連眨好幾次眼睛，「不可能吧……」

「敝姓小林，我妹妹承蒙您照顧了。」我自暴自棄地說道。

「妹妹……？」

「她是鞠子的雙胞胎姊姊。」細野修女重複一遍脇坂講介的謊言，春子小姐也完全沒起疑，用力點了點頭。

「啊，原來如此，您和鞠子長得眞像，我還以爲是鞠子呢。」她頓了一頓又說：「一直盯著您看眞是太失禮了，請容我再次向您致歉。」

「沒關係的。」

我還是頭一次聽見和我年紀相仿的女孩子以這麼恭謹的敬語講話，感覺很新鮮，或許氏家鞠子說起話來也是這種口吻吧，我當初如果念這所學校恐怕也會變成這樣，樂團那些人要是聽見我這麼說話肯定笑翻了。

春子小姐說她現在就讀這裡的大學部，暑假期間便過來宿舍幫忙，她念的是教育學院，所以沒意外的話將來也會一直住在這裡。我很想和她說，那妳一輩子都別想交男朋友了，但現場的氣氛好像不適合開玩笑，只好忍了下來。

接下來好一段時間，春子小姐不停說著關於氏家鞠子的回憶，有些剛剛聽細野修女說過了，但也有不少當初她們瞞著舍監的祕密活動首度曝光，不過雖說是祕密活動，了不起只是在房間裡玩模仿服裝秀，或是寄連署信給心儀的偶像明星之類的，畢竟當時氏家鞠子才中學一年級，玩不出什麼花樣吧。

接著話題轉到我身上，春子小姐及細野修女並沒有問東問西的，但對於我和氏家鞠子從小沒住一起這一點，兩人都表達了強烈的關心，其實她們會有這樣的反應也很正常。

「因爲一些複雜的原因，」我含糊地說：「養育我的雙親過世之後我才和鞠子相認。」

「原來如此。」細野修女點了點頭，看她的表情似乎腦中有著許許多多的想像，但又不敢隨便開口問，幸好這兩人都很有教養，著實讓我輕鬆不少。

「不好意思，我能請教一個問題嗎？」春子小姐似乎猶豫了很久才開口。

「請說。」

「小林小姐，您的親生父母，是氏家伉儷……也就是鞠子的父親與母親吧……？」

「是的。」爲了不讓她們陷入更大的混亂，我只好這麼回答，但春子小姐聽我這麼說，臉色依然沉重。

「怎麼了嗎？」我問。

「呃，嗯，有件非常失禮的事不曉得該不該說……」她欲言又止地看著我和細野修女，「鞠子曾經和我說過一件事，我一直掛在心上。」

「什麼事？」

「就是……」她遲疑了片刻說道：「鞠子說她懷疑自己不是父母的親生女兒。」

「咦？」我一驚挺直了背脊。

「春子，別亂說話。」細野修女以極嚴厲的口吻責罵春子小姐，或許這正是她面對住宿生的一貫態度吧。

「對不起。」春子小姐反射性地鞠躬道歉，「可是鞠子當初真的很煩惱，而且她說她和母親長得完全不像，她很擔心母親因此討厭她。」

「妳在說什麼傻話，世界上和父母長得不像的孩子多得是呀。」

「是啊，我們當初也是這麼安慰鞠子，但她好像還是無法釋懷，後來又發生那起火災，我們就再也不敢和她提起這件事了……」春子小姐垂下了眼。

我陷入沉思。阿豐在電話中說過氏家鞠子也正在調查自己的身世，這麼說來，她之所以會起疑就是因爲母親和她長得不像？

問題是，假如我和鞠子都是試管嬰兒，而我們和雙方的母親都不像，那麼我們眞正的母親到底是誰？

「對不起，我不該說這種荒唐事。」春子小姐見我沉默不語，連聲向我道歉，急得快哭出來了。

「沒關係的，我沒放心上。」我客套地擠出笑容。

之後我參觀了一圈便告辭了，細野修女一直送我到門口。

「請幫我向鞠子問好。」細野修女臨別之際對我說。

「好的。」我點頭。如果這位胖修女得知我和氏家鞠子眞正的關係，不曉得會露出什麼表情。

走出大門，那輛MPV停在一棵大樹的樹蔭下，脇坂講介正在車裡睡午覺，我敲車窗叫醒他，和他說了剛剛得到那些氏家鞠子的情報。他聽到氏家鞠子和她母親也長得不像，盤起胳膊沉吟著說：

「這麼一來只有一種可能性，那就是妳們兩個都是試管嬰兒，而且分別被不同的代理孕母生下。」

「代理孕母……」

這個字眼聽起來很刺耳，我不想這麼定義生養我的媽媽。

「對了，我突然想到，」我回頭眺望後方的道路，但往前或往後看都是一樣的景色。「搞不好我和氏家鞠子擁有相同的身體呢。」

脇坂講介沉默了一會兒，問道：「什麼意思？」

「既然臉長得一樣，身體應該也一樣吧？雙胞胎不都是這樣嗎？」

「那又怎樣？」

「你上次說過，我的身體可能藏有某個祕密，伊原駿策那幫人才會這麼窮追不捨，而這些祕密應該也存在氏家鞠子身上吧？」

「應該吧。」

「那不就糟了！」我心跳開始加速，「得趕快通知氏家鞠子才行，壞蛋們接下來的目標很可能就是她！」

鞠子之章

九

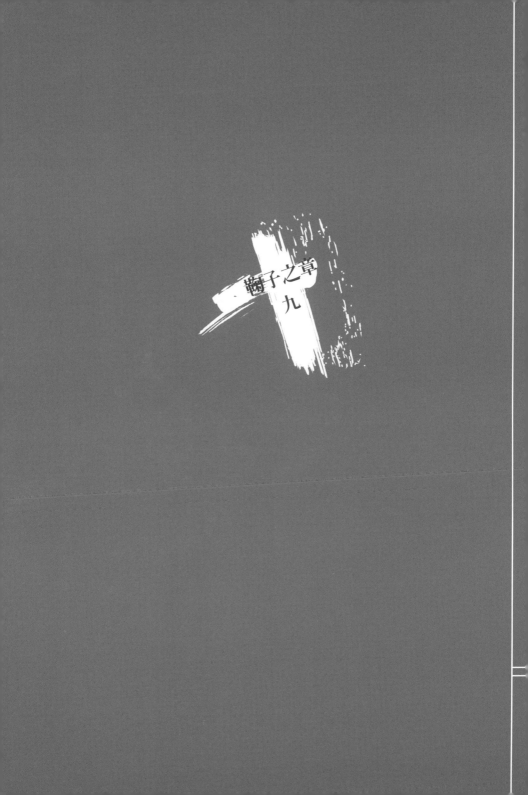

在笠原老師的那張照片中看到阿部晶子之後，隔天早晨，下条小姐透過NTT電信公司查號臺問到高城家的電話號碼，幸好高城家沒搬遷，電話簿上也登記了電話號碼，下条小姐迅速抄下號碼。

「那我撥過去了喔。」

「麻煩妳了。」我輕輕點頭。

笠原老師說他對高城完全沒印象，看來他們並無交情。

「這張照片雖然只拍到四人，但不可能只有這幾個人跑去健行，應該還有很多社員同行，當年我們隨便一場活動少說都有十個人。」笠原老師說。

「可是這個人既不是女性，又不是健行社社員，為什麼會混在你們裡面？」下条小姐問。

「我想只有一個可能——我們社團是透過這名男生邀請外校的女生。譬如我們拜託有女友的男同學，請他女友幫忙介紹其他女性朋友，這種情況下，通常這位男同學與他的女友也會一起參加。」

「這麼說來，阿部晶子和這位高城可能是情侶……？」

「很有可能，應該是社員當中有人和這位高城很熟，所以拜託他把阿部晶子的朋友帶來參加活動吧。」笠原老師說。

我認為老師的推論是正確的，根據之前的情報，我父親雖然愛著阿部晶子，但在山步會裡卻有情敵，這個情敵應該就是高城康之。

我決定前往高城家碰碰運氣，但我不確定能不能取得情報，畢竟高城已經過世了。

下条小姐愼重地按下電話號碼，等待接通時，我見她舔了舔嘴唇，應該是有些緊張吧。她的臉頰顫了一下，我知道電話接通了。

「啊，喂喂，請問是高城先生府上嗎？不好意思……我這裡是帝都大學行政中心，請問高城康之先生在嗎？啊……這樣子嗎？那請問夫人呢……？請問何時會回來……？這樣子呀……，咦……是，我們要製作畢業生名冊，所以想請教畢業生目前任職公司等近況……，什麼？不是的……我們不是……什麼……咦？呃……喂喂？啊……」下条小姐嘴都還沒闔上，對方就掛電話了，她慢慢放回話筒看著我苦笑，「看來我的說詞不大高明，對方好像以爲是騷擾電話吧。接電話的是女傭，這麼說高城應該是有錢人家。」

「夫人也出門去了？」

「嗯，而且女傭說不知道夫人何時回來，不過重點是……」下条小姐指尖輕敲桌面，「女傭提到了聰明社這間公司。她說如果想知道老爺和夫人的事應該去問聰明社。」

「聰明社？那間出版社？」

「應該是。」

「他們在那邊工作？」

「有可能，而且我聽到聰明社三個字的時候突然想到，高城這個姓氏和聰明社好像有點關係。」

「什麼關係？」

「等我一下，我這邊應該有幾本他們的書。」下条小姐站了起來走進書房，在塞滿書的書架前瀏覽了一下，抽出一本談論公害問題的精裝書，她翻到最後一頁。

下条小姐一邊轉身面朝我，「我果然沒記錯，高城是……」這時她忽然宛如畫面停格般全身僵住，好一會兒才抬起頭，只見她面色凝重。

「怎麼了？」我問。

下条小姐默默朝我走來把書遞到我眼前，她指著最後一頁的版權資料。

上頭印著「出版／聰明社股份有限公司」，旁邊一行則印著「發行人／高城晶子」。

我對東京文京區一點概念也沒有，但過了今天，這裡恐將成爲我一生難忘的地方。

我不知道前往高城家的決定正不正確。高城晶子是我血緣上的母親，這點已無庸置疑，或許我該把這件事深藏心底，永不出現在她面前；但我又很想知道整件事的前因後果，爲什麼我母親會生下高城晶子的孩子？

我與下条小姐搭電車抵達高城家附近的車站，下条小姐身穿夏季的正式套裝，她說今天拜訪的是聰明社社長，不能穿得太隨便；我則從隨身衣物挑了最樸素的裙子與襯衫穿上。我們頂著大太陽沿途核對電線桿上的地址標示牌，途中發現一面社區住戶位置的詳細地圖告示板，裡頭就有高城這個姓氏，高城家似乎是一間大宅邸。

「應該就在前面。」下条小姐說。

愈接近目的地，我的心跳愈快，血液直往頭部衝，我的雙頰泛紅，自己的腳步聲在僻靜的住宅區裡聽起來異常刺耳。

轉過這個轉角就看得見高城家了，這時我不禁停下腳步。

「怎麼了？」下条小姐轉頭問我，她似乎明白我爲什麼裹足不前，於是露出溫柔的微笑說：「妳想回家嗎？不想知道眞相了？」

我搖了搖頭。

「那就走吧。」她說。

我做了兩、三次深呼吸試著平靜下來，我不斷告訴自己，等一下無論發生什麼事都不能慌張，不管聽到什麼都不能被嚇到。

我踏出一步望向那棟建築物。

映入眼簾的是仿傳統宅院的白圍牆，從庭院延伸而出的樹枝幾乎覆蓋整道牆頭。

我又走近幾步，從大宅的圍牆及淡墨色屋頂不難看出高城家族的歷史淵源，我很訝異在東京的正中央會出現這種傳統日式宅邸。

這時我才想到一件事——該以什麼藉口登門拜訪呢？我眞是太愚蠢了，竟然完全沒想過這個問題。高城家大門緊閉，宛如徹底拒絕我的半吊子決心，我沒勇氣前進又不能退縮，一逕呆立著。

「來，我們走吧。」下条小姐說。

「可是……」

「別擔心。」她往我背上輕輕一推。

門柱上有門鈴，摁下門鈴前，下条小姐環視整座大門。

「可惜沒有監視器，有的話倒是省下不少麻煩。」

我不懂她的意思。

她稍微調勻呼吸之後摁下門鈴，一聲輕響，對講機傳出說話聲：「哪位？」

「我們是帝都大學的人，有重要事情想與夫人談談，方便請夫人撥冗見個面嗎？」下条小姐一口氣說完，似乎不想讓對方有機會打斷。

「妳是剛剛打電話來的人吧？夫人不在家。」應門的似乎是位大嬸，語氣有點不耐煩。

「方便的話我們想等夫人回來，或者請其他家人代爲一見也無妨。」

「家裡現在沒有人，有事請與公司聯絡。」對方說完便切斷通話。

下条小姐再摁一次門鈴，沒反應，她又摁了兩、三次，對講機傳來方才那位大嬸氣沖沖的聲音，「還有什麼事？」

「總之請妳開門讓我們進去。」下条小姐說：「還有，請仔細瞧瞧我身旁這位小姐的長相。」

「妳在胡言亂語什麼？」

「請妳照著我的話做，如果沒人在家就由妳來見見這位小姐吧，只要看一眼妳就明白了。」

「我沒那種閒工夫。」對方又掛斷了，下条小姐執拗地繼續摁門鈴。

「下条小姐，算了吧。」

「說什麼傻話，都來到這裡了。」她邊摁門鈴邊說道。

此時門內傳出一陣狗吠，下条小姐終於停手，左側的便門打開了。

「妳夠了沒，我要叫警察了。」一位身穿圍裙的胖大嬸牽著一隻黝黑的狗走了出來。她忿忿地瞪著我們，但當她一看見我，臉上表情驟變，不，正確來說，是表情完全消失了，只見她愣愣地站在門前一動也不動。

「請問……」我剛出聲，下条小姐將手放到我的肩上要我別開口，接著她朝大嬸走去。

「我不是說了嗎？只要看一眼妳就明白了。」下条小姐說。

大嬸茫然地看了看我，又看了看下条小姐，說道：「她是……，妳們到底是誰？」

「我們今天前來拜訪就是爲了這件事，請問夫人眞的不在家嗎？」

「夫人去旅行了……」

「其他人呢？」

「只……只有大老爺在家。」

「能麻煩妳引見嗎？」

大嬸看著我，思索了片刻說道：「我去問問看。」她轉身回宅邸的時候沒把便門關上，下条小姐見狀說了聲「進去吧」便走進門內，我也跟著走了進去。

或許是樹木遮蔽了陽光，圍牆內的空氣異常冰涼，地上一塊塊的鋪石往前延伸到宅邸，枝葉縫隙之間透出的陽光灑落石面。

我們在院子裡等了一會兒，剛剛那位大嬸與一位身穿茶色和服的老先生出現了，老先生拿著一把園藝剪刀。

「這到底是……怎麼回事……」老先生一看見我，深陷的雙眼忽然張得奇大，滿是皺紋的喉頭動了動，似乎呑了口唾液。
下条小姐朝著老先生走近幾步。
「這位小姐正在調查自己的身世。」她回頭看了我一眼，「我們輾轉得知高城夫人住這裡，所以特地前來拜訪希望能見面談談。」
老先生聽了這些話依然滿腹疑問，但他對著身旁的大嬸說：「帶兩位小姐到會客室。」
這棟宅邸是純日式外觀，會客室裡卻擺了皮革沙發與矮桌，擺飾櫃上放著花瓶，旁邊有一個相框，裡面的照片是一位身穿和服的女士撐著西式的陽傘，然而與和服格格不入的並不是陽傘，而是那位女士的面孔，黑白照片看不出她眼睛與頭髮的顏色，但照片中的女士很明顯是西方人。
「不曉得這個人是誰喔。」下条小姐望著照片說道。我也很好奇。
大嬸端了茶過來，不久老先生也走進會客室，在我們前方的沙發坐了下來。老先生方才在庭院見面時還沒戴眼鏡，現在卻隔著鏡片目不轉睛地看著我。
我先報上自己的姓名，老先生聽了之後彷彿念咒文一般喃喃複誦：「氏家……鞠子小姐？」他好像從沒聽過，接著他只簡短說了句：「敝姓高城。」他應該是高城康之的父親。
下条小姐把整個來龍去脈說了一遍，不過內容簡化了不少，她說我在父親的相簿裡找到一張照片，上頭有位女子和自己長得一模一樣，後來查到這位女子就是高城晶子小姐。下条小姐的描述清楚而完整，毫無破綻。
「怎麼會這樣呢？」老先生推了推眼鏡看著下条小姐遞給他的照片，就是笠原老師給我們的那張。「妳和晶子的確長得很像，不，不只像，是一模一樣，根本是一個模子印出來的，差別只在晶子年紀大妳很多。這到底是怎麼回事？難道晶子在外頭生了小孩？」老先生看著我，「令尊和令堂是怎麼和妳說的？」

「家母已經過世了，這件事我還沒問過家父。」

「她想先自己調查之後再詢問父親。」下条小姐代我解釋。

「令尊的職業是？」

「他是函館理科大學的教授。」

老先生偏著頭，似乎不曾聽過這號人物。

「查過戶籍了嗎？」

「戶籍上記載著我是家父家母的長女。」我說。

老先生將照片還給下条小姐，沉吟著說：「這件事只能問晶子本人了，我也說不出個所以然，不過妳應該是晶子的女兒錯不了，只是我不清楚妳爲什麼會被妳的雙親收養。」他頓了頓，望著遠方喃喃說道：「話說回來，晶子是何時有了身孕呢？」

「鞠子今年十八歲，」下条小姐說：「所以距今大約二十年前，夫人是否曾經長期住院，而且是住在北海道的醫院？」

我明白下条小姐這麼問的用意，她想證實高城晶子曾經提供卵子進行體外受精實驗。

老先生整個人靠上椅背，深深吸了一口氣再緩緩地吐氣。

「有的。」他說：「沒錯，剛好是將近二十年前的事，他們兩人去了一趟北海道。」

「兩人？」下条小姐問。

「嗯，康之和晶子。」

「康之先生也一起去了？」

「那當然，他們是爲了解決後嗣的問題而前往北海道，一定得夫婦一道過去。」

我和下条小姐對看一眼。

「爲了解決後嗣的問題而特地前往北海道？」

下条小姐這麼一問，老先生的臉色登時暗了下來，從他緊閉的嘴角不難看出應該有不少隱情。

「請問當年發生了什麼事？您不說出來，事情是不會解決的。」下条小姐繼續追問。

老先生再次深深嘆息之後開口了：

「康之沒辦法有孩子，不，正確來說，是不能有孩子。」

「請問您的意思是？」

「他身子有病。」老先生撫著下巴說道：「一種不能有孩子的病，這一點我也有責任。」他不斷眨著眼睛。

「請問……」我抬眼望著老先生，小心翼翼地問：「那是什麼樣的病？」

他神情哀戚地凝視著我好一會兒，舉起削瘦的右手指向擺飾櫃，「那張照片裡的女子就是我妻子。」

我有些意外，旋即點了點頭說：「她好漂亮。」

「她是英國人，父親是教師，當年他們家住橫濱，我常跑她家學英文而和她有了感情，雖然周遭的人反對，我還是和她結婚了。」老先生啜了一口茶。

我不明白這些事和康之先生的病有什麼關係，只是默默地聽著，下条小姐似乎也不打算催促老先生。

「我們結婚之後馬上有了小孩，那就是康之。康之長得很健康，當時的我也剛從父親手中接下出版社，滿懷雄心壯志想擴展事業，那段時光萬事美好，我唯一的不滿足就是只生了一個孩子，後來我才知道這其實是不幸中的大幸。」老先生咳了一聲繼續說：「之後康之長大成人，開始到我公司上班，並且和學生時代一直交往的女友結了婚。」

「那就是阿部晶子小姐？」下条小姐問。

老先生點了點頭，「她的家世好、頭腦好、人又能幹，絕對配得上康之，我本來以爲這下子我可以高枕無憂了，卻在這時發生了做夢也想不到的事。」他看著照片說：「我妻子突然生病了，而且是怪病。」

「怪病？」下条小姐問。

「一開始是肢體動作變得很奇怪，手腳無法自主控制，接著身體急遽虛弱，提早出現老年痴呆症狀，心臟機能也異常，檢查發現她得了亨丁頓氏舞蹈症(*1)，這種病發作時手腳無法保持平

*1 亨丁頓氏舞蹈症（Huntington's disease）罕見遺傳疾病，是一種體染色體顯性遺傳所造成的腦部退化，病發時會無法控制四肢，像在手舞足蹈，因而得名。通常疾病發生初期以運動方面症狀爲主，但每個患者的病徵差異很大。

衡，走起路來像在跳舞，所以被取了這個名字。」

「亨丁頓氏舞蹈症……，原來如此。」下条小姐頻頻點頭。

「我沒聽過這種病。」我說。

「這種病在日本並不常見，但在美國和英國據說發病的高危險群多達十萬人。」下条小姐說。

「喔……」老先生有些意外，「妳知道這個病？」

下条小姐表示自己是醫學院的學生，老先生於是點了點頭，「這種病聽說源自南美吧？」

「據說來自委內瑞拉的某村落。」下条小姐說。

「病毒就是從那個村落蔓延開來的嗎？」我問。

「不是病毒喔，亨丁頓氏舞蹈症是一種典型的遺傳疾病，不但遺傳給下一代的機率相當大，發病機率也很大，就是這樣快速蔓延開來的。我說的沒錯吧？」老先生看著下条小姐，下条小姐點點頭。

「所以是不治之症嗎？」

「現在治不治得好我不清楚，但是在當年……」

「現在依然是不治之症。」下条小姐接口說：「不過前一陣子美國的研究人員已經找到了發病的基因，或許再過不久就有治療方法了吧。」

「希望趕快找到解決之道。」老先生感慨萬千地說：「這個病的下場非常悲慘，除了肢體動作像跳舞，衰弱、痴呆、二次感染，最後只能等死。我妻子就是這樣。」

「可是……」我說：「既然是不治之症，爲什麼遺傳得病的子孫不減反增？」

「這就是這種病可怕的地方。大部分患者年輕時並不會發病，直到四十多歲才突然出現症狀，那時患者大多已在毫不知情的狀況下結婚生子了。」下条小姐說。

「我和妻子也是這樣。」老先生似乎非常遺憾，拳頭在膝上一敲，「一開始完全沒有任何徵兆，當年如果我們對這個病的認識再多一點，只要聽到家族親戚之中有人得病，或許就不會結婚了。可是在當時根本沒人知道這是什麼病，只曉得會出現奇怪的症狀，我對這個病的認識都是在我妻子發病之後才學到的。」

「這麼說來，康之先生也……」我話說一半又吞了回去，但老先生已經明白我想說什麼。

「妻子發病後，我當然有所覺悟，我們知道康之很可能也遺傳了這個病。」

「現在能夠透過基因檢測判斷是否得病，但當年應該還沒有這樣的技術。」下条小姐說。

「我一想到我兒子那時候的沮喪與苦惱，心還是很痛。」老先生滿是皺紋的臉露出沉痛的神情，他望著遠方說：「得了這種病就好像被宣告了自己的死期，康之一天比一天消沉，常常一個人關在房間裡好幾個小時，我們擔心他自殺，每隔一陣子就去敲敲他的門，幸好他都會回應，只是他的聲音聽起來既憂鬱又憤怒，情緒很複雜。」

我心想這也怪不得他，沒人能在得知死期一步步逼近自己的狀況下依然平靜地活著。

「最後康之做出一個結論，他要求晶子和他離婚，他認爲既然將來發生不幸的機率那麼高，不該把晶子拖下水。」

我點了點頭。高城康之先生若眞心愛著晶子小姐，勢必會做出這樣的結論。

「但晶子堅持不離婚，她說做妻子的怎麼能因爲丈夫可能罹病而離婚，她不斷鼓勵康之，要康之別說喪氣話，還說要與康之攜手共度難關。」

「眞是一位堅強的女性。」下条小姐說。

「她眞的非常堅強。」老先生沉吟了片刻，再次深深點頭，「我相信她內心應該和康之同樣絕望，只是爲了鼓勵康之才表現出堅強的一面，多虧了她，康之才能重新站起來勇敢面對死亡，但這時他們又得面對另一個問題，那就是高城家恐怕會斷了後嗣。康之得了這種病，當然不能有小孩。」

「所以他們前往北海道求醫？」下条小姐問。

「詳細情形我不是很清楚。」老先生喝了口茶潤潤喉嚨，「康之只告訴我，他有個大學朋友在研究尖端醫學，請那個人幫忙或許有機會生下沒有亨丁頓氏舞蹈症的孩子。」

「大學朋友？」我望向下条小姐，下条小姐也看著我微微點頭。

那一定是我父親，高城夫妻當時應該是前往北海道北斗醫科大學求助於他。

「結果呢？」下条小姐問。

老先生無力地搖搖頭。

「爲了調整體質，晶子在北海道待了將近一年，但聽說最後還是失敗了，至於他們到底做了什麼以及爲什麼失敗，我都一無所知，這些事我根本問不出口。」

「後來他們兩位怎麼辦？」

「還能怎麼辦？只能死了這條心啊。有一天康之突然對我說子嗣的事無望了，要我看開點，這一切都是我害的，我也只能接受現實。」

我與下条小姐又再對看一眼，高城夫妻在北海道絕對不可能什麼事也沒做，尤其是高城晶子。

「這是將近二十年前的事，我都忘得差不多了。」老先生凝視著我，「但我一見到妳又想起來了。妳一定是晶子的女兒，這麼說他們當年和我說沒有成功生下小孩是騙我的？但他們為什麼要說謊？還是妳是晶子和其他男人生的？不，我相信晶子不會做那種事，何況康之不可能沒發現。」老先生彷彿自問自答。

「詢問本人或許是最快的方法。」下条小姐說。

「是啊，我也想向她問個清楚，搞不好這位小姐是我的孫女呢。」老先生想了想又說：「不過妳和康之完全不像，或者應該說妳就是晶子。除了晶子，妳和任何人都不像。」

「請問夫人何時會回來？」

「她說她想在別墅休息一星期左右，這幾天還不會回來，不過我會打電話叫她早點回家。」

老先生慢慢地從沙發起身拿起門邊牆上的電話，我以為他當場要打給高城晶子，但他只是對著話機說：「絹江，幫我把寫著別墅電話號碼的電話簿拿過來。」絹江似乎就是方才那位大嬸。

下条小姐等老先生回座之後問道：「後來出版社便由夫人接手嗎？」

「嗯，大約十年前康之過世，沒多久我就把出版社交給她了。」

「康之先生也是因為亨丁頓氏舞蹈症逝世的嗎？」我問。

「嗯，他比我們預期要早發病，當時他成天悶悶不樂借酒澆愁。得了那個病，精神也會受到極大考驗，康之愈來愈虛弱，臉色愈來愈差，併發症愈來愈多，我們卻只能眼睜睜看著他日漸衰弱。在他發病前，晶子爲了找出治療方法，拚命蒐集世界各地的情報，一直沒有好消息，當時的研究人員才剛找出這個異常基因的大致位置，好像是在某個染色體裡面。」

「在人類基因組第四對染色體短臂內。」下条小姐補充，「發現者是麻州綜合醫院的古斯勒博士(*1)。」

「雖然這個發現在當時已是重大突破，但距離找出治療方法還有一段長路要走。康之愈來愈衰弱，那天早上我們發現床上的他已經是具冰冷的屍體了，死因是急性心臟衰竭，他死的時候全身瘦得只剩皮包骨，看起來比我還老。」

老先生說得輕描淡寫，我卻不禁移開了視線。他能說得這麼平靜，肯定是花了好幾年的時間撫平傷痛。

「夫人當時一定很難過吧？」下条小姐說。

「那是一定的。」老先生重重嘆了一口氣，「一般人光是伴侶死於疾病就難以承受了，她還一肩扛下出版社的工作，忙到沒時間唉聲嘆氣，眞的很了不起。康之剛死的時候我還是社長，但沒多久我就知道把出版社交給晶子絕對沒問題。說來諷刺，晶子接手後經營得比康之還好。」

「但後來高城家後嗣的問題怎麼辦？康之先生和晶子小姐又沒生孩子……」

「這件事已經解決了。我剛剛忘了提，康之還在世的時候和親戚領養了一個很活潑的男孩子，他也長大成人了，跟在晶子身邊當助理。」

「這位養子先生現在在哪裡呢？」

「他最近都不在家，大概出國考察去了吧。」

此時傳來敲門聲，女傭絹江走了進來，交給老先生一本薄薄的筆記本。

「對了，晶子是去哪間別墅啊？」老先生一面調整眼鏡的位置一面問道，絹江回答：「夫人是去千歲那邊的別墅。」

我們三人同時「啊」的一聲叫了出來，絹江還以爲自己說錯了什麼。

「千歲……，是北海道的千歲市嗎？」

「是的……」

老先生看著我，「是偶然嗎……？」

我不知道該怎麼回答，轉頭望向下条小姐，只見她皺起眉頭，看來她並不認爲這是偶然。

老先生立刻撥了電話去別墅，但那邊說晶子小姐目前不在，她出門時曾表示會晚點回來。

「妳會在東京待到什麼時候？」老先生掛上電話之後問我。

「我今晚就要回北海道了。」

「這樣的話，與其把晶子叫回來，不如直接安排妳們在北海道見面。妳抵達北海道之後請和我聯絡，我會先和晶子談一談。呃，能不能再和我說一次妳的名字……？」

「氏家，氏家鞠子。」

*1 古斯勒博士（James Gusella），一九八三年首先在第四對染色體上定位出亨丁頓氏舞蹈症基因。

「氏家小姐，我記下來了。」

「氏家……」一旁的絹江一聽臉色微變，老先生也察覺了，問道：「怎麼了？」

「呃，那個……」

「有什麼事，快說。」

「呃，是這樣的，夫人前不久曾接到一位姓氏家的先生打來的電話，夫人掛上電話便立刻收拾行李前往北海道了。」

「她是去見那位氏家先生嗎？」

「這我就不清楚了……」絹江縮起身子。

「那位先生就是令尊吧？」老先生問我，我想應該是父親沒錯。父親才剛來過東京一趟，難道他又跑來了？是爲了見高城晶子小姐嗎？爲什麼他要這麼做？

「看來我們有必要和晶子及令尊好好談一談了，而且得盡快安排。」老先生沉吟著。

告辭離開的時候，老先生送我們到庭院，方才那隻黑狗突然從樹叢竄出來撲向我，我不禁尖叫出聲，老先生連忙大喝：「巴卡斯！」

但巴卡斯並沒攻擊我也沒吠叫，只是嗅了嗅我的腳邊便抬起頭溫柔地望著我。

「啊呀……」絹江慌忙拿了牽繩過來繫上巴卡斯，「眞是對不起，我忘記先綁好牠了。」

「以後注意點。不過話說回來，難得看牠對陌生人這麼好，說不定牠把妳當成晶子了呢。」老先生說道。他的語氣不像是開玩笑。

離開高城家前往地下鐵車站的路上，下条小姐說：「等一下一到家就趕快整理行李去羽田機場吧，兩個候補機位應該排得到。」

「高城晶子小姐去北海道是不是和小林雙葉小姐有關？」

「我覺得應該有，不然也太巧了。」

「嗯，何況我父親又來找過晶子小姐。」

看來在我所不知道的地方，有什麼計畫正暗中進行著。

我們搭上地下鐵並肩坐在車廂內，對面座位一名上班族男子似乎累壞了正在打瞌睡，汗水在短袖襯衫的腋下部位染出宛如地圖的圖案。仔細想想，我見到大部分的東京人都是神色疲憊，或許這是一個讓人無法好好休息的城市吧。我想起當初我說想讀東京的大學的時候，父親強烈反對而說出的那些藉口，他反對我上東京應該是不想讓我見到高城晶子，畢竟她是出版社的社長，隨時可能在電視上露臉，如果我人在東京說不定會看到她。

「亨丁頓氏舞蹈症呀……」身旁的下条小姐喃喃地說：「終於揭開一點謎底了。」

「我從來不知道有這種遺傳病。」

「我也是第一次聽到生活周遭有人得了這個病。」

「我眞的是高城夫妻當年前往北海道的時候所生下來的嗎？」

「能確定的是，他們的北海道之行與妳的出生有密切的關係。」

「但是他們到底做了什麼？」

「不知道，這就是我們接下來要調查的。」

我們在澀谷站搭上回程電車，下条小姐說她想順道去一趟學校，因爲接下來有好一段時間沒辦法出現在研究室，她想先和研究室的人說一聲。

「鞠子妳先回去準備行李吧。」

「不用了，反正也沒多少行李。」於是我和下条小姐一起在大學附近車站下了車。

我們沿著走慣的路線走到帝都大學，穿過正門橫越寬廣的校園。這是我第幾次來到這兒了？次數應該不多，但我卻有種相當熟悉的感覺。

「妳在這裡等一下，我馬上出來。」下条小姐獨自走進那棟四層樓的白色建築物，我第一次來到帝都大學的時候她也叫我在這裡等她，那不過是三星期前，感覺卻像是好久好久以前的事。

或許我以後再也不會來這裡了吧，如果我回北海道得到某個答案，應該就沒必要再來了。

我忽然想和梅津教授打聲招呼，畢竟他是少數幾個知道父親過去的人，當初若不是承蒙他願意抽空見我一面，後來也不會查出這麼多事。

雖然暑假期間教授不一定會待在休息室，我還是走進了眼前的白色建築物。我記得他休息室的位置。

我放輕腳步走在木頭走廊上，憑著記憶順利找到了第十研究室的教授休息室，我正要敲門，裡頭傳來說話聲。

「我認爲不應該錯過這個機會。」

是下条小姐的聲音，語氣聽起來頗焦急。我的手離開了門邊。

「不過是臉長得像而已吧……」這是梅津教授的聲音。

「豈止是像，她們根本是同一個模子印出來的，相差三十歲，長相卻一模一樣。」

我心頭一凜，下条小姐和教授好像正在討論我的事。

「我怎麼想都不大可能，當年久能老師對那個實驗的確相當執著，但我不相信他眞的放手做了。」

「除此之外還能怎麼解釋她和小林雙葉、高城晶子這三個人的外貌完全相同？」

「我剛剛也說過，外貌像不像是個人主觀的看法。」

「每個人看見她們都很吃驚，老師您當初看到小林雙葉照片的時候不也非常訝異嗎？」

「那張照片的確是很像啦……」教授含糊地說。

這是怎麼回事？他們在爭執什麼？

「她們三人的關係一旦被傳開，肯定會引起社會騷動，到時候我們就沒機會接近她們了。我認爲我們應該趁現在逼近核心，把研究內容與實驗細節好好調查一番，運氣好的話說不定還能弄到實驗數據呢。」

「妳要那種東西做什麼？」

「當然是送交學校當智慧財產。」

「那種東西哪是什麼財產。」

「爲什麼不是？那可是前所未聞的成功實驗紀錄，未來恐怕也不會有人研究成功，只要取得這些紀錄，我們在發生學及遺傳學上肯定會有重大突破。」

「我不這麼認爲。要是眞如妳所說那是一次成功的實驗，北斗醫科大學應該早交出成果了，但他們現在連白老鼠的細胞核移植都遇上了瓶頸。」

「我覺得久能老師的去世應該是最大的敗因，失去了關鍵決策者，使得他們空有寶物卻不知如何運用。」

「那不是什麼寶物。」梅津教授黯然地說道：「那是沒被回收的毒瓦斯兵器。」

「就算是毒瓦斯好了，那麼更應該被回收不是嗎？」

「回收的工作不必由妳動手吧。」

「爲什麼不能由我來做？現在最有可能辦到的就是我。」

「總之我不贊成。那個研究是危險思想的產物，和那種研究扯上關係對妳的將來沒有好處。」

「事到如今我怎能收手？氏家鞠子這個實驗結果正活生生地出現在我眼前啊。」我是實驗結果？

「就說這一點還無法斷定不是嗎？妳還是趁現在收手吧。」

「這是千眞萬確的，至少我有十足的把握，」下条小姐拉高了嗓音，「她正是不折不扣的複製人。」

就在這一瞬間，我聽不見任何聲音，彷彿在極短的時間內便失去了意識，或許是身體爲了不讓我聽見接下來的對話而自動執行的自我防衛本能。

回過神時，我發現自己蹲在地上，手扶著門，我的聽覺恢復了，但研究室裡不再有人說話，只聽見逐漸走近門邊的腳步聲。我剛剛可能不小心弄出聲響了。

我急著站起來想逃離現場，雙腳卻不聽使喚，我踉踉蹌蹌走沒幾步便聽見身後傳來開門聲。我停下了腳步緩緩回頭，下条小姐在門旁望著我，梅津教授在她身後。

「妳都聽見了？」下条小姐臉色蒼白。

我點點頭，動作相當不自然，頸子彷彿生了銹。

「請妳聽我說……」梅津教授朝我跨出一步，但下条小姐伸手制止了他。

「由我來說明吧，這是我的責任。」下条小姐說。

「可是……」

「請讓我處理。」

教授想了一下，點頭說：「好吧，妳們在我休息室裡談。」說著便朝走廊的另一頭離去。下条小姐向我走來，手放到我的肩上說：「請讓我說明整件事，相信妳也不喜歡處在一知半解的狀態吧。」

我抬頭看了她一眼，旋即低頭走進教授休息室。

我和上次一樣坐在休息室的會客用黑色沙發上，但這次坐我對面的人是下条小姐。

「我很少看科幻小說，但複製人這個詞我聽過，意思是……」我低著頭說：「就是人類的複製品吧？同樣的人類可以複製出好幾個……，而我就是其中之一對嗎？」

「等等，先別急著下結論，求求妳，抬起頭來看著我。」下条小姐有些激動，我微微抬起眼，她說：「複製人這個字眼在科幻小說中的確常出現，但在現實裡的定義不大一樣。科幻小說裡的複製人是取出人類身上的細胞培養出另一個一模一樣的人類，但在現實世界裡，那是辦不到的，所以妳並不是那種科幻世界的複製人。」

「那你們所謂的複製人是指什麼？」

「這個……解釋起來有些複雜。」

「請妳解釋給我聽，我會努力理解的。」

下条小姐兩手放在膝上，時而交握，時而摩挲著手心。

「妳聽過細胞核移植嗎？」

「剛才你們的對話裡提到過，之前我在父親的書房也看過寫著這個詞的檔案夾。」

此外我又想起偷聽父親講電話時，他似乎也提到了細胞核移植。

「但妳並不明白它的意義吧？」

「不明白。」

「好，我們來上點生物課。妳知道細胞都有所謂的細胞核吧？」

「知道，生物課學過。」

「卵子也是細胞，所以也有細胞核。細胞核裡頭掌管遺傳的基因存在於染色體上，但卵子所帶有的人類染色體數目只有一半，只能構成半個人份的細胞，所以必須與擁有另外半數基因的精子合體才足以構成完整一人份的細胞，而這個過程就是受精，受精卵細胞不斷分裂最後就會成為一個人，而這些細胞的細胞核裡面都有著來自父母雙方的基因。到這裡都聽得懂嗎？」

「聽得懂。」

「所謂的細胞核移植就是不仰賴受精而讓卵子變成一個具有完整一人份基因數的細胞，原理很簡單，只要把卵子裡頭原本只具半個人份基因數的細胞核拿掉，重新放進另一個具有完整一人份基因數的細胞核就行了。這個細胞核能夠取自頭髮細胞，也能取自內臟細胞，反正同一個人身上的所有細胞原則上都擁有相同的基因。」

「這麼做會得到什麼結果？」

「如此產生的細胞核移植卵會擁有後來放進去的那個細胞核的基因。舉例來說，如果取出白老鼠的卵子拿掉細胞核，植入黑老鼠的細胞核，那麼這個卵子長大之後不會是白老鼠而是黑老鼠，而且這隻老鼠身上的基因會和當初提供細胞核的黑老鼠完全相同，長相當然也一模一樣，以這種技術培育出來的生物就被稱作『複製生物』(*1)。」

「那就是我嗎？」

「這一點我們還無法斷定……」

「請別敷衍我！妳剛剛不是和梅津老師說妳有十足的把握嗎？」我忍不住大聲起來，但聽到自己的聲音，不知怎的反而感到一陣悲哀，我不禁垂下頭望著自己的膝蓋。

下条小姐嘆了一口氣。

「上次妳回北海道之後，我一時興起，把妳父親與他當年追隨的久能老師的事仔細調查了一

*1 複製生物，即Clone（又譯「克隆」），廣義指製造出與某特定生物完全相同的複製品，在生物學上是指選擇性地複製出一段DNA序列、細胞或個體。

番，問了很多人，我發現久能老師當時應該是被趕出大學的。那時久能老師研究的雖然是複製哺乳類動物的技術，但他的最終目標卻是培育出複製人，甚至曾在教授研討會上發表相關理論與方法。」

「後來呢？」仍低著頭的我催促她說下去，日光燈發出的嗡嗡聲響此時聽來特別刺耳。

「後來，久能老師想直接以人類卵子進行實驗，但在那個年代連體外受精概念都才剛萌芽，人類的卵子並不容易取得，所以久能老師便拉攏婦產科的副教授，從接受卵巢部分切除手術的患者身上取得卵子，但是這種方式並無法在最佳時機取得適度成熟的卵母細胞，所以久能老師一方面研究以培養液培育未成熟卵子，一方面又拜託熟識的婦產科醫生配合更動卵巢切除手術患者的手術時間點，但後來被學校知道了這件事，其他教授當然對久能老師大加撻伐，有人罵他違反醫學倫理，也有人嘲笑他的理論根本是癡人說夢，總而言之，當時久能老師已無法待在我們學校裡了。」

「所以他去了北斗醫科大學？」

「應該吧。」

「我父親當時就是協助他做這個研究？」

「這點我不確定，但應該是這麼回事。所有在我們學校發表的論文都會收進微縮膠捲裡，唯獨久能老師及令尊的論文我怎麼也找不到。」

我微微抬起頭，但仍不敢看向下条小姐。

「爲什麼要瞞著我？」

「一開始我是打算說的，但看到那個女孩的照片之後……」

「那個女孩……是指小林雙葉小姐嗎？」

下条小姐點了點頭。

「本來我也不相信，我一直對自己說妳們只是雙胞胎，但是久能老師的研究內容一直在我腦中盤旋，我內心的懷疑愈來愈膨脹，到後來反而開不了口了。」

「妳是在什麼時候確信我是複製人的？」

「我也說不出個明確的時間點，只是在調查的過程中我逐漸發現這才是最合理的答案……，當然，看到高城晶子的照片也讓我更加確定。」

「後來又聽到高城老先生那番話……」

「沒錯。」或許是曉得再也推託不了，下条小姐的語氣聽起來很坦然，「我猜高城夫妻前往北海道的目的應該是爲了培育晶子小姐的複製人，如此一來小孩身上就不會有高城康之的基因。但培育計畫明明成功了，爲什麼高城夫妻卻不知道？還有，爲什麼會複製出妳和小林雙葉小姐兩個人，又爲什麼要讓妳們分別被不同的代理孕母生下來？這些疑點我就不清楚了。」

不過我想下条小姐對這些疑點大概不關心吧，就像她剛剛對梅津教授所說的，她想得到的是製造複製人的技術，而我對她而言只是攸關這些技術的實驗結果之一。

我們之間沉默了好一段時間，聰明如下条小姐一定知道我在想什麼。

「我非常感謝下条小姐。」我凝視著自己的指尖開口了，「妳幫我調查了很多事，陪著我去了很多我一個人肯定沒辦法前往的地方，眞的幫了我很多忙。要不是有妳，我現在一定還是完全看不見眞相，所以……」我吞了口口水，拚命忍住全身的顫抖，「所以，就算妳幫助我是另有目的，我不介意，那是應該的，平白無故陪著我調查身世對妳又沒有任何好處。」

「不是這樣的，我希望妳能理解。」她到我身旁坐下握住我的右手，「不瞞妳說，我的確很想探求未知的研究結果，這點我不否認，但我這一路以來這麼主動幫助妳是因爲我很喜歡妳這個人啊。」

「……謝謝妳。」

「請妳別用這麼悲傷的語氣和我說話，妳這樣教我該怎麼辦呢……」下条小姐一手仍握著我，另一手撫著自己的額頭。

我拿開了她的手。

「我都明白，我一點也不怪妳，而且很感謝妳。眞的，我打從心底感謝妳。」

下条小姐只是閉著眼，沒再說什麼，於是我站了起來。

「所以妳一個人……回去北海道嗎？」下条小姐問。

「是的。」日光燈發出的聲響依然刺耳。

雙葉之章

九

離開氏家鞠子住了六年的學生宿舍，我和脇坂講介朝札幌前進。據說氏家鞠子目前住在札幌，所以她從東京回北海道應該會選擇飛千歲的班機。我打電話問阿豐，阿豐說氏家鞠子還沒確定回程時間，我告訴他我今晚會抵達札幌。

從函館進入國道五號線往北行駛了一陣子，脇坂講介說：「函館理科大學就在附近，要去瞧瞧嗎？」函館理科大學是氏家清任教的學校，「雖然氏家清應該不在學校，但或許挖得到一些線索。」

「好啊，去碰碰運氣。」

「收到。」脇坂講介轉動方向盤。

函館理科大學位於一處經過開發整地的山坡上，首先映入眼簾的是一座紅磚鐘塔，學校圍牆也是紅磚色，我不禁想起剛剛才離開的學生宿舍，但靠近一看發現這裡的建築比較新，貌似磚砌的外牆只是貼上紅磚花紋的磁磚，放眼望去又新又亮，但總覺得有些廉價。

我們把車停進校內的大停車場，兩人望著一旁設計得五顏六色、毫無格調的校園地圖看板，脇坂講介說氏家清應該是理學院生物系的教授。

確認校舍位置之後，我們朝著理學院大樓走去。校園裡學生三三兩兩，看不出這所學校開始放暑假了沒，迎面走來四名男學生，全都一臉睡眼惺忪沒精打采地，擦身而過之際，他們目不轉睛地盯著我瞧，看到我一回望又立刻移開視線。

「年輕女生對他們來說應該是稀有動物吧。」脇坂講介笑著說：「畢竟這裡是理科大學，大部分是男學生。」

「難怪我老覺得整間學校有股臭味。」

我們找到了理學院大樓，但不曉得氏家的休息室在哪裡，只好在打磨得光滑乾淨的油膠地板走廊上東張西望，忽然旁邊一扇門打開，一名身穿工作服的矮小男子走了出來，男子一看見我們立刻露出警戒的眼神，眼鏡鏡片閃閃發亮，「請問你們有什麼事嗎？」男子問。

「我們想找氏家教授。」脇坂講介說。

「氏家老師今天休假。」

果然沒來學校。

「能不能麻煩你幫我們聯絡他？他好像也不在家裡。」

「呃，」男子推了推眼鏡，「請問二位是？」

「她是氏家教授的女兒，」脇坂講介把手放上我的肩，「而我是她的朋友。」

「妳是老師的……」男子眨了眨眼睛看著我，「請稍等一下。」說著走進了門內。

「你又亂扯一通，沒問題吧？」

「放心吧，要是不這麼騙過他們，麻煩才大呢。」

沒多久門打開來，剛剛那名矮小男子帶著一名中年男人走了出來，這位膚色蒼白的中年男人纖瘦斯文，一看見我登時眉開眼笑。

「嗨，妳好，我是山本。」

「啊？」

「妳不記得我了嗎？也難怪，上次我們見面的時候妳還是中學生呢，哎呀呀，眞是女大十八變啊。」這位山本先生連珠砲似地說了一串之後望向脇坂講介，遲疑了一下，又轉頭對我說：

「氏家老師不在家嗎？」

「好像出門去了。」

「這樣啊，」他削瘦的手指在削瘦的下巴上搔了搔，「他只說要去旅行，會請假一陣子，有急事就在答錄機留言。他沒和妳提起旅行的事嗎？」

我不禁「呃」了一聲。

「她現在沒和氏家教授住在一起。」脇坂講介連忙替我解釋，山本一邊點頭一邊露出「你是誰啊」的表情。

「所以……家父最近都沒來學校嗎？」我說到「家父」兩個字的時候舌頭有點打結。

「是啊，這幾天都沒來。」

「啊，山本老師……」一旁原本一語不發的矮小男子小心翼翼地說：「氏家老師昨天好像來過學校。」

「咦？」山本瞪大了眼睛，「昨天的什麼時候？」

「好像是傍晚。」

「爲什麼說好像？」

「呃，我是今天早上聽到學生在講，他說昨天傍晚看見氏家老師從藥品室走出來，所以我一直以爲氏家老師已經回來了……」

「奇怪，怎麼沒人通知我？你快去氏家老師的休息室看看，啊，還有藥品室也去看一下。眞是的，這種事怎麼不早點告訴我？」山本的眼神明顯露出不悅，那名矮小男子應該是助理吧，只見他連忙小跑步離開。

山本仍一臉悻悻然地轉頭對我說：「總之我這幾天都沒見到氏家老師。」

「我明白。」我說。

「山本老師，」脇坂講介問：「您和氏家老師是同一間研究室的同事嗎？」

「我們的研究方向不同，但氏家老師畢竟是發生學的權威，他在讀書會等方面給了我諸多指教。」

「氏家老師是北斗醫科大學出身的吧？他現在和北斗那邊還有聯絡嗎？」

「最近北斗醫科大學打了好幾通電話來找他，但細節我不清楚。」

「您認識北斗醫科大學的藤村教授嗎？」

「藤村老師嗎？當然認識，他與氏家老師曾經待過同一間研究室，在複製生物的領域上兩人同樣有著傲人的成就。」

「複製生物？」我問。

「是啊，這是發生學領域中最尖端的研究之一。」山本雙眼透出光芒。

「氏家老師最近有沒有提到北斗醫科大學？」脇坂講介打斷他的興致問道。

「這我倒是沒什麼印象。」山本說，接著他也試著反擊，「請問……您和氏家老師是什麼關係？」他臉上的笑容很明顯是擠出來的。

「我目前和氏家老師還沒什麼關係，我只和她有關係，至於我和她是什麼關係，就任君想像了。」脇坂講介說得面不改色，卻聽得我冷汗直流。

山本不知做了什麼想像，開口道：「原來如此，您是爲此特地來見氏家老師的吧，不過您爲什麼會提到北斗醫科大學？」

「因爲我哥哥在那邊當研究助理。」

「啊，原來是這樣。」山本似乎稍微卸下了心防。

就在這時，剛才那名助理神色焦急地走了回來，只見他在山本耳邊說了幾句話，山本登時臉色大變說：「你確定嗎？」

「我很確定。昨天才檢查過的。」

「知道了，我馬上過去。」接著山本面色凝重地看著我說：「我有點事得處理，先告辭了。」

「啊，好的。非常謝謝您。」

「對了，」他說：「我們也會想辦法聯絡氏家老師，如果你們先聯絡上他，能不能知會我們一聲？」

「好的。」我只能這麼回答。

「請問發生了什麼事？」脇坂講介問山本。

「沒什麼，是我們研究室的事。先告辭了。」山本說完便快步離去，愈接近走廊盡頭的樓梯，他的步伐愈快，最後幾乎是跑著上樓去。

脇坂講介戳了戳我的肩膀，「要不要上去看看？」

「嗯。」我點頭。

我們跟在山本後頭躡手躡腳地上了樓，站到走廊上放眼一看，其中一扇門是開著的，門牌寫著「藥品室」。

我們放輕腳步正要走去門邊，突然有個人從裡面衝了出來，是那位從剛剛就忙碌地跑來跑去的助理，他一看見我們登時停下腳步。

脇坂講介豎起食指放在唇邊，另一手朝他招了招。助理一副手足無措的模樣，一邊留意身後的動靜一邊朝我們走來，脇坂講介抓住他的手臂把他拉到樓梯暗處。

「能不能告訴我們發生了什麼事？」

「這個……唉，這下麻煩了。」助理搔了搔頭。

「是不是和氏家老師有關？」

「不不，這個目前還無法確定。」

「但藥品室裡確實出事了對吧？」

「嗯，是啊。」只見助理頻頻回望身後，要是被上司發現自己在這裡摸魚肯定少不了一頓罵，或許是想早點擺脫脇坂講介的糾纏，助理舔了舔嘴唇小聲說道：「硝甘不見了。」

「硝甘？硝化甘油(*1)嗎？」

*1 硝化甘油（Nitroglycerin），化學式爲C3H5(NO3)3，是一種爆炸性極強的化學物質，亦可用來治療心絞痛。

助理輕輕點頭，「保存櫃裡短少了一些硝甘。」

「你確定嗎？」

「不會錯的，因爲硝甘是必須嚴格控管的藥品。你都問完了吧？我還有急事。」

脇坂講介一鬆手，助理便一溜煙逃下樓去了。

我和脇坂講介對望一眼。

「硝化甘油不是炸藥嗎？」我說。

「一般的認知都是炸藥，其實這玩意兒也能拿來治療心臟病。不過氏家爲什麼要拿走這種東西……？他心臟不好嗎？」

此時走廊上傳來聲響，我和脇坂講介連忙飛奔下樓。

離開函館理科大學，我們朝著札幌筆直前進，沿著森林夾道的國道五號線一路北上來到大沼公園，透過樹木的縫隙偶爾看得見函館本線的鐵軌，函館本線還有另一條支線通往砂原，就在這兩條路線的會合處附近，我們所行駛的國道開始往海岸靠攏，這片海岸就是內浦灣，我們沿著弧形的道路不斷向前駛去，右手邊放眼望去是海岸線。

「我實在搞不懂，」我眺望著左手邊的遼闊牧場說道：「爲了治療伊原駿策的病或是基於某種原因，北斗醫科大學的藤村那些人想得到我的身體；而氏家清是他們的同夥，氏家的女兒又很可能和我是雙胞胎，和我擁有相同的身體。既然如此，爲什麼他們還要找我？直接使用氏家鞠子的身體不就得了？」

「或許氏家沒讓藤村他們知道自己有個女兒。」
「爲什麼他要這麼做？而且他當初又爲什麼要讓氏家鞠子成爲他的女兒？」
「這恐怕只有他本人知道了。」
車子以一定的速度穩穩地向前行駛，右邊是海、左邊是草原的景色一成不變，牧場上偶爾看得見幾頭牛，身上有黑白斑紋，但每隻的斑紋不盡相同，看來牛也各有各的個性。
「喂，什麼是複製生物？」
「咦？」
「剛剛那個山本不是說藤村在複製生物的領域有很高的成就嗎？」
「喔……」
「複製生物這個詞好像常聽到，正確的意思到底是什麼？」
「誰曉得。幹嘛突然問這個？」
「沒什麼，隨口問問。」我搖了搖頭。
快到長萬部的時候，路旁出現許多裝潢搶眼的汽車餐廳（*1），我們挑了其中一間隨便吃了點東西，我順便打電話給阿豐。

*1 「汽車餐廳」原文爲「ドライブイン（drive-in）」，在美國原指不用下車就能消費的各種商業設施，但在日本多指主要幹線路旁附停車場可供休憩的餐廳。

「妳打來正好。」阿豐興奮地說：「氏家鞠子小姐和我聯絡了，她搭的是今晚六點的飛機，抵達千歲的時間大概是……七點半吧。」

「你和她說了我們會去接她吧？」

「說了，她說她會在機場的到站大廳等候。」

「到站大廳嗎？我知道了。」

「呃，雙葉。」阿豐吞吞吐吐地說：「一切小心。」

「嗯，謝謝你的關心。」

走出電話亭，我把消息告訴了脇坂講介。

「好，現在趕過去應該來得及，等我打個電話回公司，我們立刻直奔機場吧。」

我看著脇坂講介走進電話亭，轉頭望向微微彎成弧形的道路彼端。再過幾個小時，就要和她見面了。

鞠子之章
十

晚上六點多，我所搭乘的波音客機從羽田機場起飛，順利的話，一個半小時之後就會抵達新千歲機場。豐先生如果已經幫我傳到話，那麼我將在那兒遇見小林雙葉小姐。

雙葉小姐，我的另一個分身。我不知道她爲什麼存在，如同我不知道自己爲什麼存在。

窗外除了雲層什麼也沒有，我回頭凝視著自己的雙手，從拇指試著一根根彎曲，完全正常，我是個正常的人類，我會思考，我會因爲書本內容而感動。

但我並非這個世上獨一無二的存在，因爲我是高城晶子的複製品，像我這樣的人類能有多大價值呢？冒牌ＬＶ會被賤售，珍貴文件的拷貝可隨意銷毀，僞鈔無法像眞鈔一樣在市面流通，而我的存在或許也和這些東西一樣毫無價值可言。眞要說我有什麼價值，頂多是身爲珍貴的實驗成果罷了，下条小姐會對我那麼好也是因爲我擁有這樣的價值。

曾經被我喚作母親的女人不過是個分身製造器，至少我父親是這麼看待她的，而同樣地，我父親或許只是把我視爲過去所愛的女人的複製品，對他來說，我的價值只到這種程度。

我無法否認自己愈來愈憎恨父親，他爲了私慾而利用母親的身體，玩弄他人的生命，這是多麼重大的罪孽。

但如果父親沒犯下這個罪呢？一想到這裡，我的腦袋便一片混亂，因爲那代表我將不存在於這個世界。我是不是不存在比較好？我煩惱到幾乎掉下淚來。的確，我不是沒想過與其活得這麼痛苦，不如從一開始就沒被生下來，但我又否定了這個想法，過去的種種回憶雖然渺小，對他人而言那麼微不足道，卻是我最最珍惜的瑰寶。

我試著讓自己輕鬆地看待這件事，我告訴自己身爲他人的分身其實沒什麼大不了，就和長得很像的母女、姊妹或雙胞胎沒兩樣。但不論我再怎麼美化自己的處境，事實就是兩回事。長得很像的母女、姊妹或雙胞胎都是帶著各自的存在目的來到這世界，只是長相碰巧成了另一人的「分身」，但我從一開始存在的目的就是他人的「分身」。

我也試著單純就生物學的角度來思考這個問題。即使基因及每一顆細胞都相同，也不代表人格就會相同，實際上我所度過的人生與「高城晶子」這個「原始版本」的人生正是大相逕庭，而今後我們可能也將繼續以不同的方式過著不同的人生。

但我還是無法教自己不在意自己被生下來的目的，以「分身」身分誕生的我，因為是「分身」而受到父親的疼愛，也因為是「分身」而失去了母親，這樣的我想要成為「分身」以外的另一個人或許只是癡人說夢。

我思考良久得到的結論是，我根本不應該存在這個世界上。天地雖大，卻沒有我容身之處，我試著化為語言說了出口：「沒有我的位置……」

「咦？」坐我旁邊的上班族男士看了我一眼，又回頭繼續看他的報紙。

我不應該存在的。

這麼一想，突然有種像是使勁壓住疼痛臼齒的快感，而且不知怎的，內心多少輕鬆了一些。

七點三十七分，飛機抵達了新千歲機場，拿著行李走向出口，我的內心充滿奇妙的情緒。見到小林雙葉小姐的時候我該露出什麼表情呢？該說些什麼呢？

我很害怕，但真的很想見她一面，有種彷彿即將與童年玩伴重逢的懷念心情；但對於高城晶子我卻完全沒有這種感覺。

走在出口通道上，我的心跳愈來愈快，接機人們的臉映入我的眼簾，我屏住呼吸放眼望去，這些面孔之中或許有一張臉和我一模一樣。

但那位分身似乎不在這群人之中，我鬆了口氣的同時也有些失望，一方面覺得遲早要見面的人還是早點見的好，一方面又心生怯意。

出了出口便來到一個橫向的狹長形大廳，右手邊立著一張等身大的人形立牌，旁邊就是吸菸區，再過去一側是禮品店，另一側是團體旅客櫃檯，中間夾著禁菸區的一排排長椅，那兒就是約好碰面的地方。

我在最前排的椅子坐了下來，再次環顧大廳，心跳依然很快，我從背包取出我最喜歡的《紅髮安妮》文庫本小說，不論大小旅行，我一定會把這本書帶在背包裡，數不清讀過多少遍了。但唯獨今天我完全無法靜下心來閱讀，於是我將它放回背包，決定拿出離開東京時所買的國產檸檬，看起來很美味，我買了兩顆。

我只打算拿出一顆，另一顆卻從背包掉了出來滾到地上。

「啊……」我慌忙站起來，視線仍追著地上的檸檬。

就在這時，眼前出現一道人影。

首先映入眼簾的是黑色皮鞋與摺線清晰的深藍西裝褲，我吃了一驚抬起頭，一名身材矮小但肩膀頗寬的男人正低頭看著我。男人約四十五歲上下，戴著淡茶色眼鏡，薄薄的唇露出微笑。

「妳是氏家鞠子小姐吧？」他說。

「是的，請問您是……？」

「我是妳父親的朋友，專程來接妳的。」

「我父親？」

男人伸出右手拇指指向他身後，機場出入口站著兩名男士，一位身材高䠷的我沒見過，另一位就是我父親。父親直望著我似乎想對我說什麼，但當我和他四目相接，他只是一臉無奈地別過了頭。

「爸爸……」我呆立當場不知該說什麼。

「請和我們走，我們有非常重要的事必須告訴妳。」他特別強調「重要」這個字眼，接著不等我回答便拿起了我的旅行包。

「請等一下，到底是什麼事？」

「這個等等再說吧，沒時間了。」他說著手繞到我背後。

「請先讓我和父親談談。」

「晚點你們有很多時間可以談。」

「等一下……，我和別人約好在這裡碰面了。」

「別擔心。」他往我背上一推，「我們會聯絡小林雙葉小姐的。」

我吃了一驚轉頭看他，爲什麼他知道我要和小林雙葉小姐見面？還有，爲什麼他知道我今天會回札幌？

男人推著我走到父親身旁，父親雙眉深鎖一逕低著頭。

「爸爸，這是怎……」

我話才講到一半，矮小男人便說：「有話待會兒再說。」另外那名年輕男子帶著父親往出口走去，我和矮小男人則跟在後頭。

出了機場，路邊停著兩輛車，父親他們坐進前面那一輛，矮小男人則要我坐後面那一輛。

「請讓我和父親同車。」我對矮小男人說。

「一下子就到了，忍耐一下吧。」他邊說邊將我推進車內。

在駕駛座上待命的司機是一位體格壯碩的男子，他似乎擦了柑橘香味的化妝品，味道很刺鼻。

車子離開機場之後立刻上了高速公路，這條是道央高速公路，我知道車子正在北上。

「我們要去哪裡？札幌嗎？」我問身旁的矮小男人。

「不，還要再過去一點，反正到了妳就知道了。那是個好地方，可惜現在是晚上看不到風景。」他說著淡淡一笑。

「您說有什麼重要的事要告訴我？請快說吧。」

「別急，事情總有先後順序。」他稍微側向我，靠上椅背蹺起二郎腿，「那件重要的事，其實是想請妳救一個人。」

我沒回話，只是凝視著男人，我沒料到他會說出「救人」這種詞，腦袋一時之間無法思考。

「有個人生了很重的病。」男人臉上的詭異笑容消失了，取而代之的是極爲嚴肅的表情，「要是放著不管，他肯定撐不了多久。當然他一直在接受治療，但這些治療都只是死馬當活馬醫，若要徹底治好他的病，必須克服一個相當困難的關卡。」

「請問這和我有什麼關係？」

「要克服這個困難的關卡必需取得妳的幫助，說得明白一點，我們需要妳的身體，由於妳的身體具有某種特殊性，只要利用這個特殊性就能治好那個人的病。」

「特殊性……」

「我們已經和氏家老師取得共識，這一點我想妳看到氏家老師和我們一起出現在機場應該就明白了。別擔心，我們要請妳幫忙的事非常簡單，妳只需要在醫院病床上躺個兩、三天就行了，妳大可放鬆心情，而且我們已經做好萬全準備，保證不會讓妳有一絲一毫的不愉快。」矮小男人的嗓音清澈宏亮，說起話來毫無窒礙，雖然不知道他的職業是什麼，但他似乎很擅長與人交涉，即使是面對我這樣的年輕一輩依然客氣地使用敬語，不過這反而更讓我提高警戒。

「請問那位生重病的人是誰？」我問。

男人板起了臉搖搖頭說：「很抱歉，關於這一點目前還不能透露，我只能告訴妳這個人對於日本來說非常重要，這個人如果現在去世，整個日本將頓失方向，就是這麼一位重要的人物，而能救他的只有妳了。」

他的話我都聽得明明白白，卻毫無眞實感，腦中一片空白。

「我能請教一個問題嗎？」

只見他臉色微微一沉，似乎有預感我會說出棘手的問題。

「什麼樣的問題？只要不是與那個人有關，我會盡可能回答妳。」

「和那個人應該沒有直接關係，我只是想確認一下。」

「確認什麼？」

「您剛剛所說我身體的特殊性……」我迎面望著他，試著調整紊亂的呼吸卻辦不到，只能以顫抖的聲音接著說：「您所謂的特殊性和我是複製人有關嗎？」

一瞬間男人臉色大變，外表看起來沒什麼不同，但他彷彿被扯掉一層看不見的面具，面具下方的臉孔冷酷得讓人不禁顫抖。

「既然妳連這都知道，我就不必拐彎抹角了。」他的眼底閃耀著冷冷的光芒。

雙葉之章

十

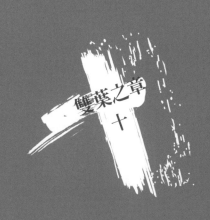

我和脇坂講介在七點五十分左右抵達新千歲機場，把車子停在路邊便直奔大廳。好像剛好有班機到站，出口冒出大量旅客，我戰戰兢兢地確認每一名年輕女子的面貌，卻沒看到與我一模一樣的臉。

人潮散去後，我們來到相約的地點，依然不見氏家鞠子。

「到站出口不止這一個，可能她搞錯了。妳在這兒等著，我去找一找。」

脇坂講介說完便衝出去，但沒多久又見他一臉狐疑地走了回來，「怪了，找了一圈都沒看到。」

「會不會是飛機誤點？」

「不，飛機應該早就抵達了，還是她上廁所去了？」他邊說邊左右張望。

我們決定先等等看，於是就近找了椅子坐下來，我仍環顧著四下。

這時我發現不遠處有個小男孩面朝我們佇立，他身穿牛仔褲搭寬鬆的T恤，理平頭，約是小學一、二年級的年紀，正大剌剌地盯著我看。

「妳朋友？」身旁的脇坂講介問道。

「不認識，我對年紀比我小的沒興趣。」

這時小男孩走來我面前，目不轉睛地看著我說：「妳換衣服了？」是關西腔。

「咦？什麼？」我問。

「妳換衣服了吧？和剛剛穿的不一樣。」

脇坂講介和我對看一眼，我轉頭問小男孩：

「你剛剛看見我穿著不一樣的衣服坐在這裡？」

小男孩不大有自信地點了點頭。

「那個姊姊去哪裡了？」脇坂講介蹲在地上問小男孩。

「這裡。」小男孩指向我。

「我知道她現在在這裡，我的意思是她剛剛跑去哪裡了？你看到了嗎？」

「和一個叔叔往那邊走掉了。」小男孩指著機場出口方向。

「叔叔？」

脇坂講介臉色一變，朝著小男孩所指的方向飛奔而去，我正想追上他，小男孩拉住我的襯衫袖子。

「這個。」小男孩遞給我一顆黃綠色的檸檬。

一看見那顆檸檬，我的心臟突地震了一下，我接過檸檬問他：「你怎麼有這個？」

「剛剛撿到的，是大姊姊妳掉的吧？」小男孩說完便轉身跑開，前方等著他的似乎是他的祖母。

我低頭望向檸檬，或許是一直被小男孩握在手裡，檸檬有點溫溫的。

這顆檸檬是氏家鞠子留下來的。

我和她的關係目前仍是一團迷霧，但在這一瞬間，我有一種與她心意相通的感覺，我握著檸檬環視四周，就在不久前，氏家鞠子正一邊看著這幅景色一邊期待我的到來。

脇坂講介回來了，神情非常沮喪。

「找不到。」他說：「她消失了。」

「爲什麼？」我問：「她爲什麼沒等我們？是誰把她帶走了？」我深吸了一口氣，「該不會……」

「很可能，應該是那些想綁架妳的傢伙把她帶走了。」

「可是除了我們，沒人知道她會在這裡出現呀。」

只見脇坂講介低下頭雙唇緊閉，下巴顫動著，顯然正緊緊咬著臼齒，這是我第一次看他表情這麼痛苦。

他抬起頭看著我，眼眶有些紅紅的。

「陪我去一個地方。」他的語氣聽起來心事重重。

「什麼？怎麼了？」

「別問那麼多，和我走就對了。」他轉身大步走向出口，我連忙跟了上去。

我一句「到底怎麼了」正要問出口，看到他的背影又吞了回去，現在的他宛如一扇緊閉的石門，頑強地將我排拒門外。

鞠子之章

十

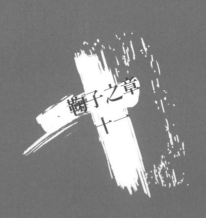

「正如妳所說，」男人以低沉的聲音說道：「我們需要妳是因爲妳是複製人。再告訴妳一件事，妳會誕生和我們有很大的關係，所以我們對妳的一切瞭若指掌，某種意義來說恐怕更勝於妳。」

男人這番話讓我的體內有什麼想衝出來，悲傷與絕望再次湧上心頭，雖然早已有了覺悟，但這股黑暗的力量仍徹底將我擊垮。此時我才驚覺，即使我是複製人這件事已是呼之欲出的事實，我依然偷偷期盼著有人能告訴我這不是眞的，我依然幻想著這一切只是一場誤會。

淚水幾乎溢出眼眶，我望向窗外以指尖拭去淚水。

「小林雙葉小姐……也是嗎？」

「是的，她也是複製人。」男人很乾脆地回答。

「我們都是高城晶子小姐的複製人？」

男人聽到這句話登時愕然無語，不一會兒低聲笑了出來。

「眞是厲害，妳竟然查得出這麼多事。」

我直視著男人說：「您剛剛說，你們對我的了解甚至超過我自己。」

「是啊。」

「那麼請您告訴我，爲什麼我會被生下來？我和小林雙葉小姐出生的背後到底有什麼隱情？」

男人緩緩閉上雙眼又張開來，「妳問這個做什麼？」

「我只是想知道事實。」

他一臉莫可奈何地嘆了口氣，「簡單來說，就是一場錯誤。」

「錯誤？」

「嗯，犯下錯誤的就是小林雙葉小姐的母親與氏家老師。我們原本的計畫非常完美，不該出現這種錯誤的，都是因爲他們輕率的舉動才造成今日的局面。不過……」男人蹺著的腿換了邊，「他們當年犯下的錯誤如今反而幫了大忙，眞是多虧當初把妳們生了下來。」

男人的話語重重地壓在我的心頭，雖然心中諸多疑點仍無法釋懷，但我沒勇氣繼續追問下去了，我怕知道得愈多愈是接近萬劫不復的深淵。

簡單來說，就是一場錯誤……

唯獨這句話不斷在我耳邊迴蕩。

進入札幌後，車子依然行駛在道央高速公路繼續朝旭川方向前進。我並不意外，我們要去的地方一定是當年父親與久能教授一起進行惡魔研究把我創造出來的地方，那就是北斗醫科大學。

不過車子並沒有一路開到高速公路的終點旭川鷹栖（*1），而是在途中的滝川便下了交流道駛進一般道路，我看著男人問道：「我們不是要去北斗醫科大學嗎？」

「是要去那裡沒錯。」男人說。

*1 道央高速公路在一九九三年（本書日文版出版之年）當時的終點爲旭川鷹栖交流道，但後來繼續向北延伸，二〇〇九年此時的終點爲士別劍淵交流道。

「但是這條路……」

「妳乖乖坐著，不必多問。」男人露出詭異的笑容。

我轉頭望向車後，另一輛車的車頭燈光緊隨著我們這輛車，父親一定在那輛車上。

「到了目的地之後能讓我和父親談一談嗎？」我問男人。

「這個嘛，看狀況吧，老實說我們時間不多了。」

「一下子就好，請讓我和父親兩人單獨談談。」我哀求道。

男人面無表情一逕凝視著前方的黑暗，側臉宛如人偶。

「好，我會考慮。」他的口氣不帶絲毫感情，我知道他的意思是「不行」。

我瞪著他的側臉說：「我……還沒答應要幫助你們，如果不讓我和父親說話……」

男人銳利的目光掃向我，我縮起身子不敢說下去。

「看來妳還不了解自己的處境。」說這句話的時候男人依然使用敬語，聽起來更具威脅。

「我剛剛說過了，我們和妳的誕生有著密不可分的關係，換句話說，我們和妳是坐在同一條船上，不可能只有一邊獲得幸福，或是只有一邊變得不幸，妳幫助我們就等於幫助妳自己。」

「可是……」

「妳只要乖乖照著我們的話去做就對了。」男人說：「除非妳不想再當一個正常的人類。」

他在「正常」兩個字上加重了語氣，會說出這樣的話，表示他根本沒當我是正常的人類，他一定認為再怎麼傷害我也無所謂吧。

我聽懂了這個男人的言下之意——

如果不想被世人發現妳是複製人，就照著我們的話做。

我再次望向後方的車子，父親一定也是受到這句話的威脅才會任他們予取予求。

車子不斷向前駛去，夜裡看不清景色，但依稀看得出道路兩旁沒有任何建築物，只有一大片遼闊的草原綿延，我逐漸掌握了目前的位置，我們過了旭川繼續往南走，所以應該是在富良野一帶。

從下了高速公路到現在行駛了多少距離呢？或許因爲長時間緊繃著情緒，我開始有了睡意。今天不但舟車勞頓，還聽到太多驚人的消息。與高城老先生見面是今天，得知自己是複製人也是今天，但那些事彷彿變得好遙遠，即使是現在此刻，我依然無法接受這些事實，總覺得一切只是一場漫長的噩夢。

忽然間身體開始晃動，我不禁睜開了眼，原來我剛才不知不覺睡著了。我看了看外頭，車子行駛的道路和方才迥然不同，似乎開上了一條狹窄的農業道路。

「快到了。」身旁的男人說。

不久，前方樹林出現一棟四四方方的白色建築物，車子放慢速度來到建築物旁邊，輪胎壓在碎石上發出聲響。

車一停下來，開車的男子迅速下車打開我這一側的車門，我走出車外，一股冰冷空氣貼上臉頰，這時我才深深感覺自己已經回到了北海道。

過一會兒另一輛車也抵達了，車一停下來車門迅速開啓，父親他們也下了車。

「爸爸……」我想跑過去，開車男子卻緊緊抓住我的手臂。父親似乎聽見了我的呼喚，轉頭望向我，但父親也和我一樣被限制了行動，只見他們朝著建築物的暗處走去。

「小姐，妳得走這一邊。」矮小男人朝著一旁的入口比了個「這邊請」的手勢，開車男子在我背上一推催促我前進，濃郁的柑橘香氣再度襲來。

我無意間抬頭望了一眼，有個女人正站在二樓窗邊俯視著我，她的一頭長髮編成一條辮子垂在右肩，我們四目一相接，女人立刻拉上窗簾。

「那個人是誰？」我問開車男子，他沒答話，只是更用力推著我前進。

屋子裡瀰漫著類似醫院的藥臭味，但這裡沒有候診室或大廳，只有一條走廊，兩側全是房間。

不知何處傳來一陣拖鞋在地板上摩擦的聲音，昏暗的走廊深處浮現兩道白色人影，一名身穿白袍的中年男人與一位瘦得可怕的男子走了過來。

「辛苦了。」身穿白袍的男人對著我身旁的矮小男人說道。

「這位就是期待已久的貴客。」矮小男人說。

身穿白袍的男人凝視著我，雙眼閃著異樣的神采。

「哇，簡直是奇蹟，眞是難以置信。」

「老師，您不是見過小林雙葉了嗎？」

「嗯，兩邊帶給我的震撼不相上下。」他目不轉睛地打量著我。

「我和她在車上談過了，她很爽快地同意配合我們。」矮小男人的手放上我的肩。

「很好，那我們明天早上就開始吧。」

「那就拜託您了，現在可是分秒必爭呢。」

「我明白。」身穿白袍的男人轉頭對削瘦男子說：「尾崎，帶這位小姐到病房去。」

被喚作尾崎的男子踏出一步，點個頭示意我和他走，我別無選擇只好跟在他身後，此時矮小男人突然說：「幫小姐保管行李。」開車男子一個箭步衝上來奪走我手上的旅行包，我不禁輕呼出聲。

「妳需要什麼東西都直接和尾崎說，他會替妳準備。」身穿白袍的男人的語氣令人不寒而慄。

我跟在尾崎身後走在空無一人的走廊，上了一層樓，繼續沿著走廊而行。

「請問這裡是哪裡？」我對著他的背影問道，但他只是默默地向前走。

尾崎走到一扇門前停下腳步，門牌上寫著「3」。他打開門鎖推開門，下巴一努示意我進去。

房間約五坪大，窗邊有張床，除此之外只有一張鐵桌、一張鐵椅及一座簡陋的置物櫃。

尾崎指著枕邊一個小小的按鈕說：「有事就摁這個呼叫鈴。」他的聲音很沙啞，幾乎聽不清楚。

「還有什麼問題嗎？」

「我想……換上睡衣，能不能把我的行李還給我？」

他想了一下說道：「如果上面許可，我待會兒會拿過來。還有什麼事嗎？」

「目前沒有。」

他點點頭走出房間，關上房門的那一剎那，我覺得自己彷彿被遺棄在世界的盡頭。

雙葉之章

十一

脇坂講介不發一語地開著車，離開新千歲機場約莫十分鐘便進入千歲市區，我們在千歲川附近左轉穿越市中心到另一頭，不久前方出現一片樹林，樹林前有一棟白色建築物，他把車子開進了建築物的停車場。

「這裡是哪裡？」我問。

「待會兒再告訴妳。」脇坂講介一逕望著前方，「別多問，跟著我走就對了。」所謂專斷獨行大概就是他這種口氣吧。

這棟建築物有點像飯店或旅館，但脇坂講介沒走向正面大門，而是直接走進停車場旁的便門，我跟著他走了進去。

走了一會兒前方出現電梯，兩名身穿浴衣（*1）的老伯站在電梯前，其中一人拿著一瓶SUNTORY OLD，另一人則提著裝了冰塊的冰桶，見我們不是從大門方向走來，兩位老伯都一臉訝異。我從進門之後一直低著頭，但很快我便察覺兩位老伯的反應不大對勁，我偷瞄他們，發現拿著威士忌的老伯正和另一位老伯竊竊私語，兩人都把視線投向等著電梯的脇坂講介。

電梯門打開，我們四人走了進去，詭異的氣氛依舊，兩位老伯都緊閉著嘴神情僵硬，脇坂講介也刻意無視他們，抬頭盯著樓層指示燈。

兩位老伯在三樓出了電梯，他們一出去，脇坂講介立刻按下「關」的按鈕。

「那兩人是誰？」

「不知道。」

「他們一直盯著你看呢。」

「因爲我長得帥吧。」他冷冷地說。還會和我開玩笑是好事，但開玩笑的時候板著一張撲克臉是教我作何反應。

電梯只到四樓，門一開，他比了個「請」的手勢，我踏出一步便不禁望向地上，這裡的地毯踩起來的感覺不大一樣。

脇坂講介皺著眉說：「這是接待貴賓用的地毯，不過滿令人反感的。」

「接待什麼貴賓？」

「嗯，一言難盡。」他走在灰色地毯上，完全聽不到腳步聲。

走廊盡頭有兩扇門，脇坂講介在第一扇門前停下腳步，房間號碼是「1」，他從牛仔褲口袋取出錢包，再從錢包抽出一枚卡片，門把上方有一道插卡縫隙，他把卡片插了進去，旁邊的小綠燈閃了一下，接著便聽見「喀啦」一聲輕響。

他轉動門把一推，房門應聲而開。脇坂講介努了努下巴示意我進去，在我身後輕輕帶上門。房間裡面很昏暗，就像一般的飯店房間，一進門旁邊就是浴室，房間深處有兩張單人床，還有一道看來是通往隔壁房間的門。

脇坂講介伸出右手食指放在唇上，左手掌朝下擺了擺，似乎是叫我在這兒靜靜等著，我默默點了點頭。

---

*1 浴衣：一種輕便的夏季和服。

他在隔間門上敲了兩下，不等回應便開門走進去。

一開始隔壁沒傳來任何聲響，我以爲隔壁房間沒人，但沒多久我發現我錯了，我聽見女人的說話聲。

「……你嚇了我一跳。」隔間門沒完全掩上，聲音聽得很清楚，女人似乎嘆了口氣，接著說：「怎麼突然跑來了，也沒和我說一聲。」

總覺得這聲音聽起來不大對勁，莫名的不安充塞我的胸口，這種奇妙的感覺到底是什麼？這個人到底是誰？

「請先回答我的問題，媽媽，妳想對她們做什麼？」

媽媽？這個人是脇坂講介的媽媽？爲什麼他媽媽會出現在這地方？

「這你不用管。」

「爲什麼？妳爲什麼不告訴我？我爲了幫助她們一直聽從妳的指示，我應該有權利知道的不是嗎？還是妳想對我隱瞞不可告人的事？」

「……你只要照著我的話做就行了。」

「很抱歉，我無法再聽妳的話了，就是因爲照著妳的話做，氏家鞠子才會被那些人帶走。」

接下來是一陣沉默。我完全聽不懂他們在說什麼，也無法想像他們此刻的表情。

「看來我們之間有些誤會。」女人說：「我們需要好好談一談，但今天很晚了，明天再說吧，睡個覺起來你應該會冷靜點。」

「媽媽，」脇坂講介大聲地蓋過女人的聲音說道：「我想請妳見一個人。」

我吃了一驚，他指的一定是我。

隔壁再度陷入沉默，數秒鐘之後，女人開口了：「你該不會把她……」

「沒錯。」他說：「我把她帶來了。」

「不，我不會見她的。」女人斷然拒絕。

「妳一定得見她，而且妳必須親口向她說明一切。」

「啊，等一下，講介……」

脇坂講介將門整個拉開走了進來，微弱的房內燈光下，他的眼神顯得異常嚴肅。

「進來。」他說。

我宛如夢遊症患者不自然地踏著步子，走過脇坂講介身旁走進了隔壁房間。

房間正中央擺著沙發與矮桌，深處有張大辦公桌，一位身穿白襯衫的女人正站在辦公桌與窗戶之間望著我。

一時間我無法看清她的長相，或許是體內某股力量阻止了我，感覺像是從焦距沒調好的望遠鏡看出去，或是正看著一張模糊不清的照片，總之我花了不少時間才看清楚她的容貌。

她長得和我一模一樣，而且是和數十年後的我一模一樣，我在這個世界上絕對不可能遇見的人如今正滿面愁容地望著我。

我輕呼一聲，急忙向後退，整個背部狠狠撞在牆上，我開始顫抖，全身寒毛直豎，嘔吐感壓迫著我的胸口無法喘息。

脇坂講介過來抓住我的雙肩說道：「別慌。」

我看著他，我想說話，舌頭卻不聽使喚，最後勉強擠出幾個字：「她……是誰？」

脇坂滿臉苦澀地朝那個女人望了一眼，又回過頭來看著我說：「她是妳的原始版本。」

「原始……？」我不懂他的意思，再次朝著窗邊的女人看去，她也和我一樣手足無措，忽然她似乎想到了什麼，只見她慌忙抓起桌上的眼鏡戴上，那是一副頗大的眼鏡，鏡片是淡紫色的，接著她關掉身旁的檯燈，她的周圍頓時暗了下來。

「馬上妳就會知道一切眞相了。」脇坂講介領著我走向沙發，然後他對窗邊的女人說：「媽媽，妳也過來吧。」

「我在這裡就行了。」她在辦公桌另一側的椅子坐下，身子微微朝向窗戶，我只看得見她斜後方的背影，她右邊耳垂上的耳環閃閃發亮。我看到她的髮型，忽然想著與現在的處境完全不相干的事——或許我年紀大了也該剪那樣的短髮。

「還有，能不能把燈再轉暗一點？」她說。

脇坂講介調整牆上的開關把天花板的燈光轉暗，就在這說亮不亮、說暗不暗的空間裡，我們三人沉默了好一陣子。

「首先從我父親談起吧。」脇坂講介打破了沉默，「不過他不是我的親生父親，我只是養子。」

矮桌上有個附便條紙的筆筒，他取了便條紙，抽出旁邊的原子筆在上頭寫下「高城康之」四個字。

「妳聽過這個名字嗎？他是聰明社的前任社長。」

我從沒聽過，搖了搖頭。他明白了，又寫下「高城晶子」四個字。

「那這個名字呢？」

「沒聽過。」整個喉嚨好乾，我的聲音聽起來很沙啞。

脇坂講介伸出拇指指向身後那位坐在窗邊的女人，「她就是高城晶子。」

我再次望向她，黯淡的光線中一動也不動的她宛如人偶。

「這兩個人是夫妻，簡單說就是聰明社的年輕社長與社長夫人，在旁人眼中都覺得他們非常幸福，但這對夫妻沒辦法生孩子。高城康之，也就是我父親身上帶有某種遺傳病的基因，這種怪病致死率相當高，而且患者的孩子也會遺傳到。」他一口氣說到這裡朝我看了一眼，以眼神問我「懂不懂」，我不明白他想說什麼，還是點了點頭。

「最簡單的解決方法就是ＡＩＤ（*1），也就是所謂的非配偶間人工授精法，使用特殊儀器將捐精者的精子直接注入子宮，如此一來小孩便不會帶有父親的基因，而且至少能確定與母親有血緣關係，對夫妻而言，這樣的孩子比領養的小孩更容易投入感情。但是，沒想到正當我父母想施行ＡＩＤ的時候，發現母親這邊也有問題，由於她年輕時曾遭到感染，左右兩邊輸卵管完全堵塞，雖然靠輸卵管重建手術仍有可能受孕，但成功機率只有百分之五，而且她的主治醫生並不贊

*1 ＡＩＤ，即Artificial Insemination by Donor，非配偶間人工授精，用他人（自願供精者）精液做人工授精，也稱做供精人工授精或異源人工授精。

成她動手術，眞可說是屋漏偏逢連夜雨。」

「所以他們就收你當養子？」

「不，在收我當養子之前，他們還有另一個選擇。那位醫生對他們說，當時日本有好幾所大學正在進行體外受精的研究，只要技術成熟，或許能解決他們的煩惱，於是我父母決定賭賭看。這時我父親想到了一個人，那就是進入北斗醫科大學研究所的氏家清，他是我父親就讀帝都大學時的社團朋友。」

「氏家……」突然聽到一個熟悉的姓氏，「這麼說來，你打從一開始就知道氏家這個人？」

「妳這麼問讓我很尷尬，總之先聽我說下去。我父親會想到氏家是有原因的，他之前就聽說氏家在做關於體外受精的研究。」

「但就算是體外受精……」

「沒錯，如果使用我父親的精子來進行體外受精，下場還是一樣，所以他們的想法是利用其他捐精者的精子來進行體外受精，再植入我母親體內讓我母親懷孕，我父親把這個想法告訴了氏家，氏家向校方提出申請卻遭到拒絕。」

「爲什麼？」

「使用他人的精子來進行一般的體內人工授精是法律允許的，但使用他人的精子進行體外受精卻仍有爭議，即使在現在的日本依然沒有定論。」

「結果他們什麼也沒做？」

「不，氏家這時提出一個替代方案，就法律規定，體外受精所使用的精子必須是丈夫的精子，但並不代表丈夫的基因非得遺傳給孩子，他說有一個辦法能在體外受精之後拿掉丈夫的基因，氏家問我父母要不要試試看。」

「這辦得到嗎？」

「氏家說辦得到。簡單來說原理是這樣的：人類細胞裡有四十六條承載所有遺傳物質的染色體，一般情況下，孩子會從母親那邊得到二十三條，從父親那邊得到二十三條。氏家所提議的方法就是在受精後把父親的部分剔除，再以特殊的技術讓母親的部分變成兩倍，如此一來孩子就不會繼承父親的遺傳物質了。」

我腦中浮現從前上生物課時學過「細胞的奧祕」示意圖，雖然我大致聽得懂脇坂講介的說明，卻很難相信細胞能夠這麼簡單拼湊。

「後來他們答應了？」

「答應了。他們原本就不希望使用外人的精子，如果能避免當然是最好，就這樣，我的父母來到了北海道，那是距今大約二十年前的事了……，對吧？」脇坂講介轉頭望向高城晶子，她不可能沒聽見脇坂講介的問話，卻一逕凝視著窗外，脇坂講介只好回過頭來。

「後來他們眞的做了這場實驗？」我問。

「嗯，聽說做了，但是失敗收場。」

「爲什麼？」

「我母親雖然成功受孕，後來卻流產了。即使是體外受精技術已相當成熟的現在，流產率仍然很高，更別說當時是所有研究者都毫無經驗的年代。對那些研究者而言，或許成功讓我母親受孕就已經很滿足了。」

「那你父母怎麼辦？」

「只能放棄了。」脇坂講介嘆了一口氣，「我母親和我說過，那場實驗對她的肉體與精神都造成相當大的痛苦，所以我父親也沒勇氣再挑戰一次，何況把我母親一個人丟在遙遠的旭川，想必我父親心裡也很不安吧。一年後，他們收養了親戚的小孩，那個親戚家裡生了五個男孩，家境又不富裕，非常樂意把當時才六歲的第五個孩子送給他們當養子。」

「那個孩子就是你？」

「沒錯。」脇坂講介露出了親切的笑容，我好像好久沒看見他的笑容了。

「後來你父母和氏家那些人……」

「完全沒往來。幾年後我父親果然病死了，但既然高城家已經後繼有人，我母親也逐漸淡忘那段灰暗的往事，沒想到就在這時發生了一件驚天動地的大事。」他指著我說：「搞出這件大事的人就是妳。」

「我？我做了什麼？」

「妳不是參加了音樂節目？」

我「啊」的一聲叫了出來，「是……」

「我們出版社的員工看到節目開始傳得沸沸揚揚，說妳是社長的私生子。我原本沒看那個節目，見大家議論紛紛便向電視臺商借了錄影帶與母親同看，這一看差點沒嚇死，我想妳應該能想像當時的情況。」

我又瞥了高城晶子一眼。以現代的化妝技術，要讓長相南轅北轍的兩個人變得很像並不困難，但我和她之間的酷似程度已經超越一般人對「像」的認知。她年紀比我大得多，而且化妝手法不同，形象也完全不同，但即使如此，我們兩人共有的某種特質依然足以讓我們被視爲同一人。

不，不是我們兩人，還得加上氏家鞠子。

脇坂講介繼續說：「於是我當然希望母親給個交代，但她否認自己在外頭生了小孩，並且告訴我二十年前在旭川接受的那場特殊實驗，母親一直沒和任何人說過這件事，甚至在我爺爺面前也是絕口不提。我聽到這件事，馬上就推測妳應該是那時候生下的孩子。」

「但那場實驗的孩子不是流產了嗎？」

「我母親子宮裡面的胎兒是流產了沒錯，但那場實驗不見得只採集一顆卵子，說不定那些研究人員手中還有其他卵子，而且瞞著母親把胎兒培養長大。」

「那個胎兒就是我？」我吞了口口水。

「應該是吧。不過這當中還有一個疑點，那就是妳們實在是太像了，就算當時的實驗眞的成功讓妳身上只帶有我母親的基因，也不至於像到這種地步，於是我母親便命令我調查妳的身世。」

「我只是想知道……」高城晶子突然開口，「二十年前那件事的眞相。」

「不是一樣意思嗎？要知道眞相，就必須查出她的身世。」脇坂講介從沙發站了起來走到我和高城晶子的中間位置，他先轉頭對我說：

「我很快便查到妳是小林志保小姐的女兒，而且這個名字我母親也記得，她當年接受實驗住院時，負責照顧她的就是小林志保小姐。」接著他轉頭對他的母親說：「我說的沒錯吧？」

這次高城晶子有了反應，她輕輕嘆了一口氣說：「沒錯。」語氣有點粗魯。

「這麼一來我們便確定了當年那場實驗一定有問題，於是我決定繼續調查妳的身世，這時我還沒打算出現在妳面前，但後來小林志保小姐死得不明不白，我發現事件背後似乎有不尋常的勢力介入，不得已只好改變策略，試圖藉由接近妳來抓出幕後黑手。我們見面之後妳突然說要去北海道，而且是旭川，我知道這趟旅行一定和妳的身世之謎有關，趕緊追了過去。」

難怪他手腳那麼快，其實我早懷疑脇坂講介爲什麼對整件事這麼積極，就算媽媽從前對他有恩，也沒道理做到這個程度。

「這麼說來，你常說要打電話回公司其實是……」

「都是打給我母親，不過這也不算說謊，因爲我母親是聰明社的社長。」

「原來如此，那……」我問：「你們查出了什麼？」

脇坂講介轉頭看著高城晶子說：「媽媽，妳聽見了吧？請回答她吧，告訴她我們查到了什麼。」

高城晶子只是微微回頭說道：「你都說了這麼多，就繼續說下去吧。」

「接下來的部分我希望能由媽媽妳來說明，畢竟似乎有不少是我不知道的事。」

但是高城晶子好像完全不打算開口，脇坂講介望著我嘆了一口氣，「沒辦法，我先說我知道的部分吧。妳在藤村的研究室裡不是聽到他說氏家清去東京嗎？」我點了點頭，他也點了點頭說：「當時氏家正和我母親見面。」

「咦？」

「是我母親叫他去東京的。我母親得知了妳的存在，便要氏家去東京說明一切。」

的確，這是得知眞相最快的方法。

「對於我的事，氏家是怎麼說的？」

「他承認妳是當年那場實驗生下的小孩，而且……」脇坂講介舔了舔唇，微微垂下眼，「那是一場不單純的實驗。」

「什麼不單純的實驗？」

只見脇坂講介垂著眉頻頻眨眼，一臉困惑地瞄了高城晶子一眼又轉頭看我，終於重重吐了一口氣之後開口了。

「複製人。」他說。

「複製人……」

這不是我第一次聽到類似的字眼，在函館理科大學的時候，山本曾提到藤村和氏家在複製生物的領域上有著很高的成就。

「我在科幻漫畫上看過……」我說：「靠著細胞分裂把一根頭髮變成人……，我也是這麼產生的嗎？」

他搖了搖頭，「複製人不是那麼單純的東西。」

「但本質是一樣的，對吧？」

「所謂的複製人其實和一般正常人沒什麼差別。」

「那爲什麼我會和那個人長得一模一樣？」我站起來指著高城晶子高聲喊道：「如果是正常人，爲什麼會這樣？你說啊！講明了我就是利用那個人身體的一部分所創造出來的怪物對吧？」

「妳冷靜點。」他抓住我的雙臂激烈地搖晃。

「幹什麼，放開我！」

「別再說了！」

啪！一聲，我腦中嗡嗡作響，頭不自然地偏向一邊，整個人失去平衡就快倒在沙發上，脇坂講介趕緊扶著我。左邊臉頰麻麻的，接著愈來愈燙開始隱隱作痛。我被打了一巴掌。

「抱歉。」他說：「不過我上次也挨了妳一巴掌，這下我們扯平了。」

我撫著左臉頰，摸起來又熱又腫，眼淚掉下了來，我想忍卻忍不住。

回過神時，我發現高城晶子站起身正看著我，她的手掌也輕撫著左邊臉頰彷彿感受到我的疼痛，但她一發現我在看她，頓時察覺自己的舉止很怪，連忙放下手。

脇坂講介轉頭對她說：「媽媽，請妳親口和她說明吧。」

高城晶子搖了搖頭說：「這件事不是我的錯。」

「那是誰的錯？」我問。

「很多人牽扯在內。」她說：「包括生下妳的小林志保小姐，就某種意義來說她也有錯。」

「爲什麼？」

「因爲她把妳生了下來。」

聽到這句話我登時啞口無言。沒錯，我在這兒怨天尤人，說穿了只是怨自己爲什麼存在。

「這裡有我和氏家先生對談的錄音帶。」高城晶子打開抽屜取出一臺小型錄放音機，「談重要事情的時候我一定會錄音，聽完這個妳應該就知道二十年前發生了什麼事。」

她拿起錄放音機一下子按快轉一下子倒帶，調整好之後按下播放鍵，沒多久錄放音機便傳出低沉而模糊的中年男人說話聲，這個人應該是氏家清吧。

（……當年我跟隨久能教授進行細胞核移植研究，久能教授在帝都大學任教的時候就已經是細胞核移植的權威，當時即使在外國也只有蝌蚪的成功案例，整個學術界都認爲哺乳類的細胞核移植幾乎不可能成功，更遑論利用哺乳類的成熟體細胞來製造複製生物，但是久能教授利用他獨創的技術逐漸讓高等動物的複製不再是夢想。有一天，校長把久能教授找去問他願不願意進行複製人的研究。即使在今日學術界，針對複製生物的研究也是全面禁止施行人體實驗，在當時的道德爭議當然更高，就算研究成功了也很可能無法對外發表，但校長還是很希望久能教授能執行這項計畫。）

（爲什麼？）

（我不知道。或許是背後有龐大勢力在操縱吧，至於那股勢力是什麼，我們這種小卒子是不會知道的。）

（事隔這麼多年，你現在應該知道了吧？）

（不，我到現在還是不明白。）

（眞的嗎？我不相信。）

（信不信隨妳，我是眞的不知道。）

兩人沉默了片刻，或許正凝視著對方吧。

（好吧，接下來呢？久能教授答應了？）

（對。這個研究不大可能讓教授獲得什麼名聲，所以他大概只是純粹站在科學家的立場想創造出複製人吧，這也的確是教授的最終夢想。）

我心想他們這樣的行爲根本沒資格稱作「純粹」或「夢想」，這時錄音帶傳出高城晶子的聲音，（我只能說他是瘋子。）

我身旁的脇坂講介也點了點頭。

（妳說的沒錯。）錄音帶裡氏家也承認了，（不只久能教授，當時的我們全都瘋了，成天研究著生物的發育生長機制，我們都把自己當成了神，所以當我獲准加入久能教授的研究團隊時，我興奮得不得了。）

我想起一句話：一群瘋子聚在一起會更加瘋狂。

（研究團隊分成兩組，我們這一組負責研究細胞核移植，另一組則負責研究體外受精。我們日以繼夜地做著實驗，每天忙著在卵子上頭動手腳觀察其成長過程，但這中間其實包含著極卑劣的行爲，因爲我們實驗用的卵子都是從一些不知情的女人身上取得的。當時體外受精技術也還在研究階段，這些可憐的女人因爲無法懷孕而只能將最後的希望寄託在這項技術上，她們來到大學附屬醫院的時候一定沒想到自己的卵子會被挪爲實驗用途。）

（你們擅自把病人的卵子當成實驗材料？）

（沒錯。採集卵子的方法相信妳也還記得，首先在肚臍下方切開三個孔，以腹腔鏡及鉗子找出卵巢，然後以中空的針管在卵泡上開一個洞，以吸引器吸出卵泡液。當時我們的團隊已經擁有利用可洛米分（*1）取得多卵子的技術，有時甚至一次可採到五顆以上的卵子，於是沒用完的卵子便成了實驗材料。）

我光聽描述就覺得下腹部痛了起來。

錄音帶裡兩人再度保持沉默。他們談話的地點好像是在飯店房間之類的地方，周遭完全沒有雜音干擾。

（眞是惡魔的行徑。）高城晶子說。

（是啊。）

（後來你們順利地研究出複製人的技術？）

（順不順利我也說不上來，其實研究過程遇到許多難關，一開始是經過細胞核移植的卵子無法在培養液中分裂，再來又遇上細胞開始分裂不久便停滯，我們在這個階段不斷地摸索嘗試，我們不知道該使用哪一種體細胞來採集移植用的細胞核，也找不出一套明確的模式來奪走細胞核的特定化機能好讓細胞核重拾創造全新生命個體的能力；此外我們還必須關注每顆卵子本身不同的

*1 可洛米分（Clomiphene Citrate）是一種誘發排卵藥物，可促進卵泡（卵巢中包覆著卵子的球狀細胞集合體）的發育，增加排卵機會。

性質，因爲不同的卵子在細胞核移植之後的處置都有著微妙的差異。就這樣，每當我們突破一個難關，眼前就會出現更大的難關，而且我們還面臨一個最大的難題，那就是即使細胞核移植卵順利開始分裂，我們也無法讓卵子實際在人體子宮內著床並追蹤其成長過程，換句話說，這場實驗要創造出誰的複製人？要由哪一位女性來當母體？這些問題我們沒有一個人說得出答案。就在這時，你們夫妻出現在我面前。）

（我們找你商量只是爲了治療不孕。）

（這我知道，但你們的出現對我們來說無疑是個福音。你們已經有覺悟要接受一場特殊的實驗，所以不管我們拿卵子來做什麼都不必擔心你們會提出抗議；而且我們已經事先告知你們，孩子只會擁有母親的基因，所以不管生下多麼神似母親的小孩也不會引起你們的懷疑。）

（於是，你們就拿了我的身體進行複製人實驗……）她的聲音微微顫抖，或許是因爲憤怒，也或許是因爲悲傷。

（沒錯。）氏家的聲音聽起來非常痛苦，（我們使用妳的卵子及體細胞製造出複製實驗用的細胞核移植卵，非常幸運地，這顆卵子開始分裂成長了。我剛剛說過，細胞核移植卵會不會分裂成長只能盡人事聽天命，於是我們便讓這個胚胎——也就是分裂後的卵子在妳的子宮內著床。這眞的是奇蹟，即使只是單純的體外受精實驗，著床也是最困難的步驟。就這樣，在數個奇蹟的配合之下妳順利懷孕了。）

（這麼說來，那時候……）她沉默了數秒鐘，（在我肚子裡的不是我的小孩而是我的複製人，你們把我的分身放進了我的體內。）

（是的。）

（天啊……）

接下來持續了好一陣子的寂靜。我望向高城晶子，她正閉著雙眼輕按太陽穴。

（但是……）錄音帶裡傳出她的聲音，（我流產了。）

（沒錯。當時不只妳很難過，我們也非常沮喪。妳流產得太早，很多數據都還不充足。）

（後來你們勸我再試一次。）

（是啊，但你們拒絕了。）

（當初一聽到流產我們便放棄了，我們認爲這一切都是宿命，如今看來當時的放棄是正確的。）

此時錄音帶又持續一陣子無聲無息，我們也沒說話，整個房間籠罩著沉重的空氣。

（後來你們又做了什麼？在我們回東京之後……）高城晶子問。

（當時我們採集到的卵子不止一顆，只是我們瞞著妳，由於我們使用了誘發排卵藥物，一共取得三顆卵子，這三顆卵子都完成了細胞核移植，放入妳體內的只是其中一顆。）

（剩下的兩顆呢？）

（冷凍保存起來了，不過冷凍過程是否順利我們當時也沒把握，那時候世界上還沒有任何胚胎冷凍保存的成功案例。冷凍過程使用的是液態氮，然而冰的結晶會破壞細胞，這個問題一直無法克服，但就在那時，北斗醫科大學的家畜改良研究團隊成功地冷凍保存牛的胚胎，他們的作法是在冷凍前先把一種特殊的溶液注入胚胎內，我們便採用這個方法將兩顆細胞核移植卵冷凍保存。）

（但你們並沒有一直冷凍保存那兩顆卵子。）

（我必須再次強調，當時幾乎沒有任何一顆卵子在細胞核移植之後還能順利分裂，所以妳所留下來的冷凍胚胎對我們來說是極爲珍貴的寶物。爲了實現我們的複製人計畫，我們決定把冷凍胚胎解凍，我們不確定胚胎是否能存活，但如果眞的存活下來了，就必須立刻讓胚胎在某個人的子宮裡面著床，但我們找不到合適的人選，隨便找一個代理孕母的話，事後可能會引來麻煩。）

聽到這裡，我腦中閃過一個臆測，錄音帶裡高城晶子此時似乎也有了相同的猜想。

（該不會……小林小姐她……）

（沒錯，小林說她願意提供她的身體。）

（這……這太荒謬了，爲了區區一個研究……）她這句話和我內心的想法不謀而合。

（小林在這方面是很獨樹一格的女性，她最不能忍受的就是懷孕產子被當成女人人生的全部，我想她自願成爲實驗平臺或許也是對社會的一種抗議吧。她提出了這個意願，我們當然很開心，用她來做實驗不必擔心出什麼亂子，於是我們著手執行了這個實驗。胚胎成功地解凍存活下來，並且在她的子宮裡著床了，但我們原本沒打算讓她生下這個孩子，我們只是想蒐集到足夠的數據之後便拿掉這個胎兒。小林原本的想法也是這樣，我們都認爲未婚女性生下的孩子將來也無法獲得幸福。）

（但你們最後沒有拿掉孩子。）

（複製人在小林的肚子裡順利長大，預定墮胎的日子也逐漸逼近，就在我們即將把孩子拿掉的時候……）氏家嘆了一口氣，（小林逃走了。）

（她……不希望孩子被拿掉？）

（應該吧。老實說，我們早就隱約察覺她的母性本能慢慢覺醒，當時的她常會說出一些企圖逃避墮胎的話，而面對這種心態上的改變，最驚訝的人應該是她自己吧，她似乎很後悔，並且質疑自己過去的想法是不是錯了。但她如果不拿掉孩子，事情會變得很棘手，我們只能努力說服她，然而她終究還是選擇成爲一個母親，放棄了研究者的身分。）

一陣莫名的悲傷湧上心頭，是媽媽救了我，如果她當初沒逃走，我根本不會出現在這個世界上。

（我們聽從久能教授的指示，全力對外界隱瞞小林失蹤的消息，一方面根據她的居民證紀錄判斷，她應該是回老家去了，所以教授也去東京試圖帶她回來。聽說教授見到了小林，也試著說服她。）

（但是說服未果？）

（好像是沒談成，可是久能教授從東京回來卻告訴我們他已經說服小林把孩子拿掉了，還說小林不願意繼續從事研究工作，所以他核准了小林的辭職。）

（爲什麼他要撒這種謊……）

（或許是久能教授與小林之間的交易吧，教授知道無法說服她，便答應不再追究此事，但條件是她必須從此消失不再出現在眾人面前。）

（於是小林小姐生下了一個女孩，就是出現在電視上的那個人？）

（沒錯，那孩子好像取名雙葉。）

我的淚水奪眶而出。和我毫無血緣關係的媽媽只是生下了我便對我如此疼愛，而我呢？我對她做了什麼？連和她的一點小小約定我都無法遵守，甚至因此害死了她。

我蹲在地上雙手掩面，無法遏抑地放聲大哭。

哭了一陣之後，我站起身取出手帕擤了擤鼻子，錄音帶不知何時已停止播放了。

「不好意思，我沒事了。」我問高城晶子：「那個複製人計畫後來怎麼了？」

「據氏家先生說，後來計畫旋即終止，但詳細情形他沒告訴我。」

「那麼……氏家鞠子又是怎麼回事？她和我一樣是妳的複製人吧？」

「我想應該是，但我也不知道爲什麼氏家先生會收養我的複製人當女兒。那次我和氏家先生見面的時候我並不知道還有另一個分身，所以也沒問到這一點。」

「那些人……接下來打算怎麼處理？」

「我也問過氏家先生，我和他說這件事遲早會在世人面前曝光，實際上我公司員工看見電視上出現長相酷似我的女孩就已經議論紛紛了，但氏家先生只說他們會想辦法解決，他還說，他們也是現在才得知當年那場實驗的複製人還活著，也有點慌了手腳。」

「想辦法解決……是什麼意思……？」我喃喃說道。

「他叫我別多問，交給他們處理就對了。我又問他，小林志保小姐被車撞死而兇手肇事逃逸的那件案子和他們有沒有關係，他的回答是……和他沒有關係。」

「和他沒有關係，至於其他人就不敢保證……，是這個意思吧？」那些人絕對脫不了關係的。

「老實和妳說，其實妳剛才聽到的這些來龍去脈我都知情。」脇坂講介滿懷歉意地說：「是因爲知道了這些事，母親才命令我繼續監視妳，希望能藉此查出複製人計畫的首腦人物以及藤村等人的目的。關於首腦人物，我心裡大致有底，由北斗醫科大學與伊原駿策的關係來看，極有可能就是這傢伙，再加上妳讓我看那本小林志保小姐遺留的剪貼本，我更加確信這個推測是正確的。」

「那本剪貼本裡頭都是關於伊原駿策和他小孩的新聞……」

「沒錯，而且那個小孩長得和伊原駿策一模一樣。」

「那個小孩也是複製人嗎？」

「應該吧。伊原一定是爲了創造自己的分身而暗中教唆北斗醫科大學，經過妳這個成功案例，久能教授等人終於創造出伊原的分身。」脇坂講介朝高城晶子踏出一步，「媽媽，當妳得知這件事的背後有伊原涉入之後便來到了北海道，對吧？妳告訴我，妳想就近掌握狀況，必要時能隨時出面處理。於是我一面陪著雙葉行動，一面向妳回報，偶爾也聽命妳的指示行事，但當我發現氏家鞠子在新千歲機場被人帶走，我不得不開始懷疑妳了，因爲知道氏家鞠子今晚會在那個時間抵達千歲的人，除了我們兩個，就只有媽媽妳而已。」

高城晶子依舊不發一語面朝窗戶怔怔站著。

「這麼說來，我在札幌的旅館差點被綁架，也是因爲……」

「應該也是媽媽向那些人通風報信吧？」脇坂講介說：「媽媽，妳爲什麼要這麼做？爲什麼妳要幫助他們？妳和他們做了什麼交易？」

高城晶子慢條斯理地拉上窗簾遮住窗戶，室內更昏暗了。

「我想和你單獨談談，請那孩子出去一下。」

她口中的「那孩子」指的應該是我。

「爲什麼？她有權利知道眞相。」脇坂講介的聲音帶著怒意。

「我不想看到她，也不想被她盯著看，請你體諒媽媽的感受好嗎。」她坐回椅子，手指伸入眼鏡下方按摩著眼角。

我站起身來問脇坂講介：「我在哪裡等你？」

他有些意外，「可是……」

「沒關係啦，」我說：「反正我待在這裡也渾身不對勁。」

他面露一絲無奈，但隨即點了點頭，「那妳到一樓大廳等我。」

「嗯，好。」

剛剛我和脇坂講介是從連接寢室的隔間門走進來，但這個房間也有一扇直接通往走廊的房門，脇坂講介幫我打開了那扇門。

「妳去喝杯咖啡吧，我請客。」他遞給我一張摺起來的千圓紙鈔。

「不用了。」

「沒關係，拿去吧。」他執意將紙鈔推過來，我一看紙鈔心中一愣，剛剛他打開隔壁寢室門時所使用的卡片就夾在紙鈔裡。

「那我就不客氣了。」我接過了紙鈔與卡片。

高城晶子的房門一關上，我立刻走向隔壁房門，照著脇坂講介剛才的方式打開了門鎖，我靜悄悄地拉開門閃身入內，小心翼翼關上門。

我不曉得隔壁房間的兩人是否已開始對話，於是我將耳朵貼在隔間門上。

「眞是年輕啊。」是高城晶子的聲音，「看她好像沒化妝，肌膚卻那麼緊實有彈性，眼角一條皺紋都沒有，也沒有鬆弛的雙下巴，比我好太多了。」

「人都會老的。」

「是啊……」此時傳來家具的碰撞聲響，似乎有人移開椅子。她繼續說：「一抵達北海道，我立刻去見北斗醫科大學的藤村教授，從他口中問出了實情。」

「他會願意把實情說出來，看來媽媽一定祭出了相當強的殺手鐧吧？」脇坂講介語帶諷刺，但高城晶子只是沉默不語。「算了，這部分之後再請妳說清楚，先告訴我藤村說了什麼。」

「……首先是關於複製人計畫的肇始。下命令的人的確是伊原駿策，由於他的精子帶有缺陷，所以無法傳宗接代，但他又不願意採用ＡＩＤ的方式讓他人的精子取代自己的精子，他無論如何都想留下繼承自己基因的子孫。」

「所以他把腦筋動到複製人上頭？伊原的確很有可能做出這種事。」

「久能教授一干人的實驗成功了，他們創造出伊原的分身，而這個分身由伊原的年輕妻子負責生下。我光聽他敘述都覺得全身不寒而慄。」

「那個研究團隊後來怎麼了？」

「據說解散了，每名成員都得到相當豐厚的報酬，也有不少人因此平步青雲，但藤村說其實最大的報酬還是研究過程中所獲得的知識，雖然依規定他們不得對外洩漏任何與複製人有關的情報，但除了複製人，他們還開發出許多劃時代的技術，好比剛剛錄音帶裡氏家先生提到的胚胎冷凍法就是其中之一，聽說後來好幾個人都去了英國或澳洲加入一些在體外受精領域頗有成就的研究機構。藤村教授說，整個研究團隊唯獨久能教授一直很惋惜無法發表複製人技術，聽說久能教授甚至暗中和美國某大學聯絡，希望能以那些複製人研究的成果當條件換得在該大學當教授的資格。」

「可是久能教授不是已經……」

「是啊，團隊解散之後不久就去世了，那場車禍到底是單純的意外還是暗殺至今仍是個謎，大概也不會有眞相大白的一天吧，唯一能確定的是，研究團隊的成員們都再次領教到那名幕後黑手的力量。」

「或許伊原目的達成之後便對久能教授過河拆橋吧。」脇坂講介說。

「很有可能。」高城晶子也同意，「不過伊原的如意算盤打錯了，原本健康成長的複製人小孩逐漸有了狀況，免疫系統出現缺陷，各式各樣的症狀接踵而來，藤村說問題可能出在當初細胞核移植時所選擇的體細胞不合適，伊原大發雷霆，叫他們一定要想辦法解決，但所有人都束手無策，最後小孩就這麼夭折了。」

我想起媽媽那本剪貼本上的確有伊原的兒子死亡的新聞。

「伊原不想再次嘗試製造複製人？」脇坂講介問。

「或許是學乖了吧，而且就算再試一次也沒人能保證成功。」
「但是如今事隔二十年，他們又打算重新挑戰？」
「沒錯。」傳來一陣腳步聲輕響，「因爲伊原得了骨髓性白血病。」
「白血病……，眞的嗎？」
「應該是眞的。爲了治病，伊原的部下費盡苦心想找到移植用的骨髓。」
「他想接受骨髓移植？」
「我們出版社的雜誌也做過骨髓移植特輯，骨髓這種東西，除了親人之外幾乎很難找到適合移植者，運氣差一點的案例，適合率甚至只有百萬分之一，所以沒有親人的伊原駿策幾乎是絕望了。」
「所以他才想再次製造複製人……」
「沒錯。」高城晶子說：「不知道你記不記得，在國外曾有一對夫妻爲了救白血病的女兒，決定再生一個小孩，這樣的行爲引起很大的爭議。而伊原駿策的狀況就像一個極端的類似案例，他想以他的細胞來製造複製人，再把複製人小孩的骨髓移植到自己身上。前面提到那對夫妻後來生下的小孩的骨髓是否適合移植只能碰運氣，但如果是複製人的骨髓，就能保證百分之百適合。想到這個點子的是伊原的首席祕書大道庸平，這個人也知道當年的複製人計畫，所以數個月前他便四處聯絡當年的研究團隊成員，其中又以現在仍持續在做哺乳類動物複製研究的藤村教授以及函館理科大學的氏家教授爲主。氏家先生一開始不想蹚這渾水，但後來還是答應幫忙了。」
「原來他們的目的在此……。但他們爲什麼要綁架氏家鞠子和小林雙葉？這兩個人對他們有什麼用處？」

「……關鍵在於她們的卵子。」

我不禁心中一震，我的卵子……

「要她們的卵子做什麼？」脇坂講介問。

「雖然現在各方面技術都比當年進步，但他們在複製人的製造過程中依然遇到了瓶頸。他們原本使用的是大道所帶來的某位女性的卵子，但試了很多次，細胞核移植卵都無法順利成長。失敗原因藤村教授他們其實很清楚，剛剛的錄音帶裡氏家先生也說過，細胞核移植之後的處置會依每顆卵子本身的性質而有微妙的差異，但確實掌握這項技術的人只有久能教授，而且久能教授幾乎沒留下任何資料，所以他們也無計可施。」

「當初對久能教授下殺手，如今遭到報應了。」

「藤村教授他們目前手上只有兩份成功案例的資料，一份是製作我的複製人那時候的資料，一份是第一次製作伊原的複製人的資料，如果不使用與當時性質相同的卵子，這些資料便完全派不上用場，而十七年前為伊原的複製人提供卵子的那位女性現在已經過了更年期；當然，我也是。」

「原來如此，雙葉或氏家鞠子所擁有的卵子和媽媽的完全相同，這麼一來二十年前的紀錄資料就能拿來依樣畫葫蘆了。」

「不過藤村教授一干人是最近才得知她們這兩個複製人的存在，氏家先生當然也沒主動透露自己女兒的事，就在研究遲遲沒有進展的時候，藤村教授上東京參加學會活動，偶然在飯店電視上看見了令他難以置信的畫面。」

「他看見了……雙葉。」

「藤村教授仍清楚記得我的長相，所以一看到電視馬上明白是怎麼回事——小林志保小姐根本沒拿掉孩子，當年那個複製人胎兒被生下來了。」

「於是藤村就去見小林志保小姐？」

「沒錯，藤村教授要求小林志保小姐協助實驗，至於如何遊說他並沒有詳述，但我猜他應該是語帶威脅吧，好比如果妳想繼續守住女兒是複製人的祕密就必須與我們配合之類的。」

我愈聽愈不舒服，腦中浮現藤村那副道貌岸然的嘴臉。

「但是小林小姐沒答應他吧？」

「是啊。」高城晶子說：「小林小姐和藤村教授說，如果你們敢動我女兒一根寒毛，我就把整個複製人計畫及幕後黑手的身分公諸於世，她還把那本剪貼本拿給藤村看，她當年在當研究助理的時候便猜到幕後黑手是伊原，所以蒐集了不少關於伊原小孩的新聞剪報。」

「藤村把這件事告訴大道，大道認爲留著她很危險，便殺了小林志保小姐滅口？」

「……藤村教授是說他對小林小姐的死因一無所知。」

「誰相信他的鬼話！」脇坂講介高聲罵道，但高城晶子只是沉默不語。我緊咬著唇，悲傷與憤怒在我胸口翻攪。

「我大致明白了。」脇坂講介恢復了冷靜，「媽媽，妳與大道庸平見過面了吧？」

「……對。」

「妳答應協助他？」
「我只答應把你們的行蹤告訴他。」
「這不就是協助了嗎!?而且媽媽妳做的事不止這樣吧？當我告訴妳有氏家鞠子這號人物的時候，妳立刻通知了他們，所以他們才會將目標從雙葉改成更容易掌握的氏家鞠子，不是嗎？」
高城晶子沒答話，這麼說是默認了。
「媽媽，我再問妳一次，爲什麼？」脇坂講介說：「爲什麼妳要幫那些人？妳從他們那邊能得到什麼好處？」
兩人再度陷入沉默，但這次脇坂講介似乎打算堅持到高城晶子開口爲止。我開始覺得呼吸困難，身子幾乎站不穩。
「我叫他……想辦法處理掉。」過了許久，她淡淡地說道。
「什麼意思？」
「那兩個我的分身……是沒經過我的允許生下來的，我要他想辦法處理掉。我和他說，是你們闖下的禍，你們必須負責收尾，這就是我的交換條件。」
「想辦法處理掉？媽媽，妳是……」脇坂講介頓了一下調整紊亂的呼吸，「妳是要大道殺了她們？」
聽到這句話，一股冰涼的寒意竄過我全身，汗水卻不斷湧出，我拚命忍住想放聲大喊的衝動。
「我怎麼可能說出那種話。」高城晶子的語調毫無抑揚頓挫，「我只是叫他們想辦法把問題處理掉。我和大道說，那兩個女孩繼續活著遲早會引起軒然大波，到那個時候對你們來說也很棘手吧。」

「但妳要大道處理掉她們，不就只有殺掉一途嗎？」

「大道庸平說他想到了一個方法，就是讓她們兩人接受整形手術，只要把長相修成和我略爲神似的程度應該就不會有問題了。」

我忍不住伸出左手摸了摸自己的臉頰，他們要改變我這張臉？

「我還是無法認同，她們也有她們的人權啊。」

「這麼做對她們比較好。」

「我不這麼認爲。媽媽，報導眞相不是妳一貫的理念嗎？我一直很尊敬妳的處世原則，妳現在要做的應該是對世人公布整起複製人計畫的來龍去脈呀。」

「別說傻話了，這麼做世人不知道會怎麼看我，何況這也會影響你的將來。」

「不用在意我，而且媽媽妳也是受害者，根本沒必要擔心啊。」

「你不懂的，到這時候誰對誰錯已經不重要了。複製人計畫一旦在眾人面前曝光，人們就會以異樣的眼神看我，大家只會把我視爲那兩個分身的原始版本，我永遠會被拿來和那兩個人相提並論。一邊是年輕、擁有無限可能的少女，一邊是少女三十年後的模樣……，使用前對照使用後……啊啊……」

傳來一陣低泣。

「外人愛怎麼說就隨他們啊。」脇坂講介試著安慰她，但似乎沒什麼效果。

「你還說得出這種話？我問你，你自己呢？當你和她或我在一起的時候，你敢保證從未拿我們兩人做比較？你敢發誓完全沒意識到我的年老？」

脇坂講介沉默不語。

「一定會比較的，對吧。」她淡淡地說：「我不怪你，這很正常。我剛剛說我害怕世人的眼光，其實我最害怕的是我自己的視線，我一想到那兩個少女，就沒有勇氣站在鏡子前面。你說人都會老，是啊，沒錯，大家都會老，每個人都是在放棄希望與自暴自棄中逐漸習慣老去。老實說，以前我從不曾這麼悲觀地看待自己的年老，我知道既然三十年前有個二十歲的我，現在就會有個五十歲的我，能夠活過這些歲月我反而覺得很欣慰，就連眼角的每一條皺紋對我來說都是驕傲。但現在不同了，一切的一切彷彿全化成碎片，年老這件事對我來說只是悲慘，到我臨死前一定是更加慘不忍睹吧。」

「人們看到年輕人，多少都會意識到自己的年華老去啊。」

「我講的是不一樣的事，完全不一樣，不過我想你是無法體會的，你還那麼年輕，也沒有人擅自製造出你的分身。三十年後當你逐漸看到未來的終點，如果這時有個男人出現在你面前，長相和現在的你完全相同，連基因也一模一樣，我敢打賭你一定會非常恨那個男人，或許是出於一種嫉妒吧，如果你的地位權勢允許，搞不好你也會對那個男人萌生殺意。」

「媽媽，妳恨她們？」

「我確實非常排斥她們，我無法克制這個念頭，我不想看見她們，不想承認她們的存在，這種心情是毫無道理的。」

「難道妳不能像疼愛女兒一樣對待她們嗎？」

「把她們當女兒？別開玩笑了。」高城晶子的聲音微顫，或許她正全身發抖，「當我從氏家先生口中得知自己有複製人分身的時候，你知道我心裡作何感想嗎？我只覺得恐怖，全身寒毛都豎起來了。」

我不禁退開門邊，因爲似乎有一股悲傷的浪潮即將從遠處襲來，我心裡的另一個自己正不停地發出警訊，若不趕快離開這裡，我將受到一輩子無法平復的創傷。

但是房內兩人的對話依然無情地鑽入我的耳裡。

「她們是無罪的。」脇坂講介說：「她們只是再平凡不過的人類，媽媽妳把她們說成這樣，不覺得她們太可憐了嗎？」

「所以我說你什麼都不懂啊！如果和你長得一模一樣的人偶模特兒被換上服裝放在玻璃櫥窗裡頭展示，你能想像嗎？」

這一瞬間，我身體裡面某個東西徹底崩潰，我拉開後方的房門衝出了房間。身後似乎傳來脇坂講介的呼喊，但我只是不斷地向前狂奔。

鞠子之章 十二

我不知道自己睡了多久，雖然躺在床上閉著眼睛，但感覺意識一直很清醒。不過說不定我是眞的睡著了，因爲我完全沒發現陽光什麼時候從窗簾的縫隙透了進來。

我下了床拉開窗簾，天空藍得教人心情很差，我的視線往下移，樹林近在眼前，透過林間看得見一些紫色區塊，應該是遠處的薰衣草田吧。

我坐在床邊嘆了一口氣，又是莫名其妙的一天，到底什麼時候才能回到往日平凡安穩的生活呢？

換上洋裝，我愣愣地等了一會兒，傳來令人不安的三聲敲門聲。那個叫尾崎的削瘦男子應該是助理吧，我知道敲門的人一定是他，心情不禁更加沉重。

果然是尾崎，他在門口伸出骨瘦如柴的手對我招了招，「請跟我來。」

我做了一次深呼吸之後站起身。

走在走廊上，我本來想詢問父親的事，想想還是算了，從這個助理口中不大可能問出什麼。

我被帶到類似一般醫院診療室的房間，但這裡沒有護士，而且中央桌上放了一臺類似電腦的機器，昨天見過那名身穿白袍的男人正盯著那臺儀器的監視螢幕。

「坐這裡。」身穿白袍的男人努了努下巴指向前方的椅子，我依言坐下，助理則站在門口。

身穿白袍的男人一會兒盯著螢幕輸入鍵盤，一會兒看著身旁的檔案夾，過了許久才轉頭對我說：

「接下來我要問妳幾個問題，請妳老實回答。」

「好。」反正一切照做就是了。

一開始他問我最近健康狀況及病史之類的一般性問題，很像健康檢查時的問診，只是他問得非常詳細。接下來方向一轉，他問我最近經期正不正常、上次月經來是什麼時候，他甚至問了這句話：

「有沒有過性經驗？」

由於他的問題都很尷尬，我一直是低著頭回答，但聽到這個問題我不禁抬起了頭，臉頰一陣火熱，「連這個問題都必須回答嗎？」

「這很重要。」男人冷漠地說：「有，還是沒有？」

「……沒有。」

男人似乎頗滿意，點了點頭輸入鍵盤。身後那位助理的視線一直讓我全身不舒服。

「有沒有習慣每隔一段時間測量基礎體溫？」

「沒有。」

「嗯。」他左手撫著臉頰，右手食指按了一個鍵，雙眼一直盯著螢幕。

「請問，」我說：「你們到底要我做什麼呢？聽說你們這麼大費周章是為了治療一位對日本很重要的人物，但是這和我回答這些問題又有什麼關係？」

男人充耳不聞，只是目不轉睛地盯著螢幕，過了好一會兒才以公務性的口吻說：「妳什麼都不必想，只要聽話照做就對了。別擔心，我們所做的事不會對妳的身體造成任何傷害。」

「可是……」

「總而言之，」男人繼續輸入鍵盤，「我們請妳來幫忙是得到令尊同意的，所以請相信我們。」

「我知道家父也涉入這件事，但是……」

身穿白袍的男人似乎不想和我多談，只見他對身後的助理使了個眼色，助理過來抓住我的手臂。

「你們想幹什麼？」

「安靜點，只是抽個血而已。」身穿白袍的男人一邊準備針筒一邊說道。

抽血檢查之後我被帶回房間，沒多久助理推著推車送了早餐進來，餐盤上放著三明治、沙拉、湯、一壺咖啡、一壺柳橙汁及一大瓶水，助理出去後，我將這些食物全移到鐵桌上，然後坐在鐵椅上吃著這頓遲來的早餐。雖然完全沒食慾，但進食是現在唯一能讓我感受到日常生活的行爲，只可惜三明治、沙拉和湯的味道都不怎麼樣，火腿太鹹，湯也太濃，我忍不住喝了兩大杯水。

用完餐後我發了一會兒呆，見沒人進來，我便一邊喝著咖啡一邊眺望窗外。

不久我感到一陣尿意，於是我打開房門出來走廊上，但讓我大吃一驚的是，那位削瘦的助理竟然在門口放了張椅子坐在走廊看書。

「想上廁所嗎？」助理大剌剌地問道，我只好輕輕點頭，接著助理不知爲什麼看了看手表，接著說出一句令人難以置信的話：「請妳再忍耐一下。」

我以爲自己聽錯了，「什麼？」

「我說請妳晚一點再上廁所。」助理的口氣很粗魯。

「爲什麼？上個廁所也不行嗎？」

「這是配合檢查需要。」助理說：「我們必須讓妳的膀胱呈飽和狀態。」

「什麼檢查？難道又要……」

「請妳轉身，回房間去。」助理指著我身後。

我只好回房間像剛剛一樣坐在桌前望著用剩的早餐，原來他們故意把料理做得很鹹是爲了讓我多喝水，飲料種類特別多也是這個緣故。

他們到底想對我做什麼檢查？我忍受著下腹部的不舒服，不安再度襲來。

過了大約三十分鐘，我又打開房門，那個長相凶惡的削瘦助理已經不在了，我不知道怎麼辦，決定等等看他會不會回來。

又過了十五分鐘，我再也忍不下去了，於是我走出房間。削瘦助理還是不見人影，我在走廊上邊走邊找人，我想拜託他趕快讓我接受那個檢查，但走廊兩側的房間都悄無人聲，我宛如走在廢墟中。

彎過轉角，我看到廁所的標示，頓時鬆了口氣，我毫不猶豫地走了進去。

上完廁所後，我沿著走廊打算回自己房間，發現有一扇門是開著的，正要通過門口，裡頭傳出了說話聲。

「這和原本的約定不一樣呀！」

我吃了一驚停下腳步，那是父親的聲音。

「我們不是說好不使用排卵劑嗎？」

「我可沒和你做這種約定，我只說不會強迫她排卵。」那位身穿白袍的男人說。

「不是一樣嗎？你聽著，鞠子才十八歲，對這麼年輕的女子投予荷爾蒙複合藥劑，天曉得會有什麼藥物反應！」

「正因爲她還年輕所以不必擔心，對排卵劑產生嚴重副作用的個案全是高齡女性。」

「少和我信口胡謅，你這統計資料是哪裡冒出來的？」

「這是我們內部得出的資料，而且氏家老師，你和我吵這些是沒意義的，現在最重要的是提高實驗的成功率。」

「增加卵子數並不見得能提高成功率，會成功的話一顆卵子就夠了，會失敗的話就算用三、四顆卵子也沒用。」

「同時製作數顆細胞核移植卵，再從中選擇最合適的一顆來進行著床，你應該明白這是最佳的作法。」

「只要有一顆就夠了。總而言之，我不允許你使用包含排卵劑在內的任何荷爾蒙複合藥劑。」

「眞是傷腦筋啊，擁有決定權的人可是我呢。」

「氏家老師，」此時另一個人說話了，就是昨天把我帶到這裡來的那個矮小男人，「請聽從藤村老師的指示吧，你不合作的話可能會後悔喔。」

「又是威脅嗎？眞是卑劣。」

這時突然有人抓住我的肩膀，我吃了一驚轉頭一看，那個叫尾崎的助理正以他凹陷的雙眼俯視著我。

「妳在幹什麼？」他問。

「啊……呃……」我不知道怎麼回答。

助理似乎想到了什麼，只見他臉色一變，一臉猙獰地問我：

「妳跑去小便了？」他的口氣和他的表情一樣凶惡。

我縮著身子微微點頭。

「妳這個笨蛋！我不是叫妳忍住嗎？」

「可是一直找不到你，我又實在忍不住……」

「人類的膀胱沒那麼容易破裂呀，眞是的……，這下子得從頭來過了。」

想想自己又沒犯什麼嚴重的錯卻受到如此責罵，我忍不住流下了淚，助理見狀只是咂了個嘴。

「發生什麼事？」房裡傳出聲音，身穿白袍的男人走了出來，助理向他報告原委，講得像是我犯了什麼滔天大罪。

「這樣啊。」身穿白袍的男人嘆了口氣，「那也沒辦法了，這件事你也有錯，是你沒看好她。好吧，我來向她說明。」他笑著對我說：「請到裡面來。」

走進會議室，我第一眼看到的是父親，他就坐在狹長會議桌的最後頭，臉色很差，看上去相當憔悴，父親朝我看了一眼旋即低下頭。父親身旁坐著昨天那位矮小男人，矮小男人的旁邊則坐著那個柑橘香味很重的男子，這兩人完全沒看我。

身穿白袍的男人讓我在前方的椅子坐下。

「讓妳感到不舒服，眞是抱歉。」他也坐了下來，「是我們不好，沒和妳說清楚，至少要向妳說明檢查內容才對。」

我抬起臉望著他。

他接著說：「我們要做的檢查大致分成三項，首先是血液檢查與尿液檢查，這兩項主要是爲了檢測荷爾蒙的數値，最後一項是超音波檢查，這是爲了檢測卵巢中卵子的發育狀況。」

「卵子……？你們想拿我的卵子做什麼？」

「這個目前還不能告訴妳。」男人搖了搖頭，「總之，接下來的每一天都必須進行以上這些檢查，而其中的超音波檢查必須先讓膀胱充滿尿液才能取得淸晰的影像，這樣妳明白了吧？所以以後請不要擅自採取任何行動，有任何需要請通知我或是助理，他應該告訴過妳呼叫鈴在哪裡吧？」

「每次上廁所都得徵求你們的同意嗎？」

「沒錯。」男人點頭。

我偷瞄父親，他仍維持一樣的姿勢，我隱約明白身穿白袍的男人爲什麼要把我帶進這間會議室了，他要讓我親眼目睹父親的處境，藉以威脅我乖乖聽話。

「我知道了。」我回答。

身穿白袍的男人露出詭異的笑容，「眞是個乖孩子。」

「不過，能讓我和父親單獨談一下嗎？」

我看見父親身子一震。

身穿白袍的男人臉上的笑容頓時消失，很快又堆起笑說：「我們再找時間吧，現在要做的事太多了。……尾崎！」

助理走了進來。

「帶鞠子小姐回房間去，還有，送壺水進去。」

我跟在助理後面慢慢步出會議室，父親似乎想站起來，卻被身旁那個矮小男人拉住了袖子。

雙葉之章

十二

我忍著陣陣襲來的頭痛坐在大通公園的長椅上，我不知道今天是星期幾，但公園裡全家出遊的遊客不多，應該是非假日吧，不過反正今天星期幾對我來說都一樣。

我的頭痛得要命，大概是酒喝多了，我試著計算自己昨晚到底喝了多少酒，但愈算頭愈痛，還是放棄了。

我打了個大大的呵欠，從剛剛就一直處於呵欠連連的狀態，不過這很正常，因爲我一夜沒闔眼。昨天晚上我從千歲搭計程車來到札幌市的薄野(*1)，我問計程車司機哪裡有安全、便宜又營業到早上的夜店，計程車司機說了一間位於車站南邊的店。一走進店內，傳來六〇到八〇年代的黑人靈魂音樂，店裡有一塊小小的舞池，一直有人在跳舞，看來是店內員工及常客。其實我比較想找個安靜的地方喝酒，但待在這樣嘈雜的地方或許能讓自己不去想些有的沒的，我決定在吧檯的角落坐下。

不出我所料，不斷有男人過來搭訕，或許是因爲我穿著牛仔褲掛著腰包，他們一眼就看出我是外地來的。我和他們有一搭沒一搭地聊天打發時間，適時澆些冷水不讓他們覺得有機可乘。

「喂，妳被男人甩了嗎？」有個傢伙這麼問我，我反問他爲什麼這麼問，他說：「因爲妳一臉寫著我剛被甩啊。」我心想，難道我現在的心情就是失戀的感覺嗎？我不曾經歷過眞正的失戀，如果失戀就像現在這麼難受，我以後還是別隨便談戀愛好了。

夜店在清晨五點打烊，一位員工問我要不要去他家休息，我隨口找個理由拒絕了。我走在清晨的札幌市區裡，薄野的街道上到處是嘔吐物。

我隨意逛了一會兒，走進一家七點開店的咖啡店點了早餐套餐，吐司我只吃了不到一半，咖啡卻續了兩杯，用完餐後，胃果然有些刺痛，我走出店門來到大通公園殺時間。

我整個人癱在長椅上，恍惚望著經過身旁的行人，熙來攘往的人潮彷彿向我誇耀世界依然轉動，唯獨我被遺留在這兒。

我試著咀嚼「失戀」這個字眼。當然，我並沒有失戀。若說脇坂講介完全不吸引我，那是騙人的，但即使想到以後可能再也無法見到他，我也沒太沮喪，這種程度的失望對現在的我來說根本微不足道。

然而我試著分析自己現在的心情，的確很接近失戀的狀態，爲什麼呢？

我想了很久得到一個結論，或許原因就在於，我覺得自己的期待遭到了背叛，換句話說我心裡一直有著期待，那麼，我到底在期待什麼？

與高城晶子初次面對面的那一幕清晰浮現腦海，雖然我的出生之謎是後來才從她及脇坂講介的口中得知，但當我看見她的那個瞬間，我便明白了這整件事的本質。

她就是我。

不僅如此，我就是她。

於是這一刻，期待誕生了，而且開始膨脹。我聽著他們說了許多話，心裡只有一個念頭——我希望這個人、這個應該是我的本體的女人能夠愛我這個卑微的分身。

*1 位於札幌市中央區的地名，以夜店、特種行業眾多聞名。

但她並不愛我，非但如此，她還表示了厭惡之意，她說我讓她感到恐懼。的確，她會討厭我恐怕是理所當然的反應。

我從長椅站起來拍了拍屁股離開公園，我像其他行人一樣走在路上，隨著人群移動給了我莫大的安全感。

我漫無目的走了一會兒，不知道自己要去哪裡，事實上，我也不知道自己爲什麼在這裡。我已經曉得了所有眞相，繼續逗留在這塊土地上沒有任何好處，但我就是無法下定決心前往機場搭飛機回東京，有股莫名的力量把我留在這裡。

我走到百貨公司林立的街上，於是我仔細觀察每個展示櫥窗，玻璃窗內的人偶模特兒有些穿著泳裝，有些則早早換上了秋季套裝，這些都是女的人偶。我想找出一個長得像我的，卻怎麼也找不到。

我開始思考爲什麼我會期待高城晶子愛我，難道我把她當成我的母親？不，不是的。我的母親只有一個人，那就是小林志保，那個又凶又不會說好聽話的媽媽。因爲有媽媽的愛，我才能活在這個世界上。

或許我希望得到的是高城晶子的認同。我是違反她的意志之下製造出來的分身，這個分身如果要被認可是一個獨立的人類，最快的方法就是獲得她的疼愛。

雙胞胎或是更單純的親子關係也是同樣道理，這些人也是互爲分身，但他們每個人都能被視爲一個獨立的個體，正因爲他們明白對方愛著自己。

我在櫥窗前佇足了好一會兒，正打算繼續往前走，突然某樣東西吸住了我的目光，那是櫥窗裡的一面鏡子，鏡子上映出我的臉孔，但一時之間我覺得那不是我，而是一個來自遙遠世界、正凝視著我的另一個自己。

另一個我……

這個詞撼動了我心裡的什麼，我的胸口湧上一股熱流悄悄地翻攪。

氏家鞠子……

不知爲什麼，光是默念這個名字就讓我陷入懷念的情緒，我忽然好想知道她的想法，好想知道她心中的煩惱，而且，我好希望讓她知道我的心情。

我無從得知自己爲什麼會突然產生這樣的反應，但這股衝動是確實存在的。受傷、疲累、絕望不已的我，最終能夠得到慰藉的，只有那位與我擁有相同命運的分身。

於是我朝著札幌車站飛奔而去。

鞠子之章
十三

傳來敲門聲，進門的依然是助理尾崎，他捧著一個很大的瓦楞紙箱。

「如果還需要其他東西再跟我說。」他邊說邊將紙箱放到地上，語氣很冷淡。

箱子裡是全新的休閒服及T恤，令我吃驚的是連內衣都有，難道是這個助理買的？一想到這個可能性，我實在不大想把這些衣物穿到身上。

我翻了翻箱子底層，找到原本放在我旅行包裡的換洗衣物及小雜物，不過似乎缺了一些東西。

「我們認爲妳不需要的東西就沒放進去。」助理似乎看穿了我的心思。

「那些東西在哪裡？」

「我們處理掉了。」助理冷酷地說完這句話便離開了房間。他的態度比先前更不客氣，或許是因爲超音波檢查無法順利進行吧。就在剛剛即將接受檢查的前一刻，我的月事來了，由於比預期的日子提早很多，我自己也嚇了一跳，身穿白袍的男人當然也很沮喪，不過暫時不必忍受把膀胱撐開的不舒服感，我其實鬆了一口氣。

助理逐漸遠去的腳步聲還沒完全消失，我已將紙箱裡的東西全倒在床上。這些都是我昨天隨身帶著的東西，如今看了卻覺得好懷念，就連一把梳子也宛如珍寶。我又看到當初在東京買的檸檬從箱底滾出來，心裡更是湧上一股莫名的感傷，掉在千歲機場的那顆檸檬如今不曉得流落何方呢？

而當中最讓我移不開眼的是一本文庫本的《紅髮安妮》，一看見這本書，我的心情登時開朗了許多。

直到傍晚我都沉浸在《紅髮安妮》的世界裡，閱讀這本書能讓我暫時忘卻痛苦的現實，安妮所說的每一句話總是能讓我得到愉快的心情，唯一不大愉快的是每次那個助理一進來就會打斷我快樂的情緒。

助理收拾晚餐走出房間沒多久，又有人敲門，我一邊納悶一邊問哪位，門外有個女人打了招呼便開門進來，那是一位我從沒見過的女人。不對，我見過她，昨晚我剛被帶來的時候，站在窗邊的人就是她。女人大約三十歲，身材苗條，長得很漂亮。

「能打擾妳一下嗎？」她說：「我想和妳聊一聊。」

「我是不介意，不過……」

「不必擔心那個助理，他沒資格管我。」

「好吧，請進。」我仍坐在床上。

她把鐵椅拉到床邊坐下，看著我手上的書問道：「妳在看什麼？」

「這個。」我把書封亮在她眼前。

她只是「喔」了一聲，「好看嗎。」

「嗯，很好看。」我說得很肯定，想了想又垂下眼：「不過每個人的喜好不同吧。」

「嗯，也對。」她漫不經心地回應，接著嘆了口氣看著我說：「妳不怕嗎？」

我不明白她的意思，只是愣愣地望著她。

她見我沉默不語，又再問道：「不知道自己接下來會被怎麼對待，妳不害怕嗎？」

「害怕啊，怕死了。」我老實地回答，接著我問她：「請問妳爲什麼會在這裡？」

「和妳一樣，爲了救某個人。」

「那麼妳的身體也會被他們動手腳嗎？」

「是啊，不過我的任務和妳不一樣。」

「任務？」

「我的職責是懷孕並且生下小孩，只不過生的不是我自己的小孩。」她很乾脆地說道。

我聽不懂，「不是自己的小孩是什麼意思……？」

「就是代理孕母，透過醫學技術讓一顆和我毫無血緣關係的受精卵在我的子宮裡著床，忍耐十個月平安生下一個健康的嬰兒，這就是我的任務。」

「也就是說，體外受精……？」

「嗯，就是這麼回事。」

「那是誰的小孩？」

她聽我這麼一問，回答差點沒脫口而出，但她及時打住搖了搖頭說：「我不能告訴妳。」

「難道是……」我腦中浮現一個臆測，但沒有勇氣說出口，如果說出來之後她沒有否定，我無法想像這個臆測成眞的後果。

我調整了一下呼吸改口問道：「他們說帶我來這裡是爲了幫某個人治病。妳呢？他們讓妳當代理孕母生下嬰兒，這和治病又有什麼關係？」

她雙唇微張，略帶茶色的瞳孔直盯著我看，過了一會兒她仍舊搖搖頭。

「抱歉，他們交代我不能告訴妳詳情，要是驚嚇到你一定會增加他們的麻煩吧。」

「我心裡大概有數。」我做了好幾次深呼吸試著讓自己保持冷靜，「即將移植到妳身上的受精卵的卵子是從我身上取得的，對吧？」

她有些意外，凝視著我好一會兒，嘴角微微浮現笑容。

「原來妳都知道啊。」

「除此之外，我想不出別的可能。」

「既然妳都知道，我就必不拐彎抹角了。」她蹺起了腿，「妳說的沒錯，他們要用妳的卵子來製作受精卵放到我體內，只不過好像不是單純的體外受精，但詳情我也不清楚。」

不是單純的體外受精……

「所以我想來和妳說說話。」她說：「我將代替妳養育妳身上的東西，多少該對妳有些了解。」

「我身上的東西……」好怪的感覺，我的卵子竟然要在與我非親非故的女性體內化爲一個生命，怎麼想這都不正常。

我看著她秀麗的臉孔問道：「妳不排斥這樣的事嗎？」

「排斥？」她微微皺起眉，「豈止是排斥，我恨透這件事了。爲什麼我非得把一個和我毫無關係的小孩放進自己肚子裡？我連自己的小孩都還沒生過呢，那麼可怕的事我怎麼可能不排斥。」

看她說得怒氣沖沖，我有些慌了手腳。

「既然這樣，爲什麼……」

「我別無選擇，只有這個方法能救那個人的命，我又不想把這個任務拱手讓給其他女人。」

她粗魯地抓了抓頭髮，「不過不管怎麼說，我是自願來到這裡的，比起被抓來的妳好多了。」

「倒也不是被抓來啦，只是沒辦法拒絕……」

「他們威脅妳？眞不愧是大道，對這麼小的女孩也做得出這種事。」

「大道是誰？」

我這麼一問，她頓時愣住了，似乎很後悔自己說溜了嘴，但旋即恢復冷靜，「就是帶妳來這裡的那個矮個子，他算是我們要救的那個人的頭號部下吧。」

「我來這裡的路上，除了他還有另外兩個人，一位帶著家父，另一位幫我們開車。」

她點了點頭說：「帶妳父親的那個男子並不知道詳情，而且人已經離開了，現在這裡只剩下大道和坂卷。」

「那個柑橘香味很濃的男人……叫做坂卷嗎？」

她不禁笑了出來。

「眞的很臭，對吧？聽說他有狐臭，所以總是喜歡用味道強烈的香水或髮雕露蓋住臭味，可是味道那麼重，或許什麼都別塗還好一點。」接著她神情凝重地說道：「妳最好小心這個人，雖然我不知道他的來歷，但他總是說老爹對他恩重如山，他為老爹犧牲性命也在所不惜。」

「老爹？」

「就是我們要救的那個人。」

「喔……」

我的頭開始痛了，一切的一切都沒有眞實感，我只知道自己被捲入了一團極大的漩渦，但我的腦袋卻連這個漩渦有多大都判斷不出來。

「我該走了。」她看了看時鐘站起身，「打擾了。和妳聊過心情輕鬆不少，我回房去了。」

我默默地目送她，但她走到門邊又回頭問我：「聽說妳月經來了？」

我心頭一驚，難道那個助理到處和別人講這件事？

「希望妳的月經能夠持續久一點。」她說完這句話便離開了房間。

我發了一會兒呆便鑽進被窩，原本放在床緣的《紅髮安妮》掉到地上，但我根本沒心情去撿。

那個身穿白袍的男人並沒告訴我他們想拿我的卵子去做什麼，但我腦中有個非常可怕的臆測——既然我是透過複製人技術誕生到這世界，他們取走我的卵子肯定也是爲了製造複製人，剛剛那個女人所說的那些話更讓我肯定了這個臆測。

我一定要阻止這件事才行，我絕對不能成爲他們的幫兇，人類不應該做這種事，何況我比誰都明白身爲一個複製人是多麼地痛苦。

我轉頭望向窗戶，這裡是二樓，也沒有裝鐵窗，只要有心其實不難逃走，於是我開始認眞思考逃走的步驟。先逃出這棟房子，然後避開他們的視線跑到國道上攔下路過的車子，請駕駛載我到附近村落……

然而一想到接下來可能發生的情況，我發現這個計畫其實漏洞百出。就算我一個人成功逃走也毫無意義，他們馬上會找到我，並且再次威脅我要我乖乖聽話，到時候我依舊無法違抗。

更何況父親還在這裡，我不能在還沒確定父親安危的狀況下獨自逃走。我有預感，如果沒在這裡與父親見上一面，以後恐怕永遠見不到他了。

想了很久，我還是決定留下來。我沒辦法前進，也無法後退，或許這就是我的宿命吧。十八年前，我這個實驗品透過複製人技術誕生都是爲了迎接這一天的到來，所以我是無法抗拒宿命的，就像實驗用的白老鼠不可能遠離實驗回到大自然一樣。

我趴在床上想嚎啕大哭，我感到無盡的絕望，卻一滴眼淚也流不出來，我的體內有另一個極爲冷靜的我不斷在我耳邊呢喃：「沒辦法，誰教妳是白老鼠呢。」我再次深刻體認自己根本不應該存在於這個世界……

我想起位於函館的學生宿舍，我好想回去那裏，我不想再和外界接觸了，只想一個人靜悄悄地活著。不知道細野修女一切都好嗎？我相信她就算得知我是違逆神的旨意誕生的生命，還是會溫柔對待我的，我好想和安妮·雪莉一樣毫不在乎自己的身世，開朗堅強地活下去。

我撐起沉重的身子爬下床撿起我最寶貝的書，我翻找著剛剛讀到一半的那一頁，期待繼續讀這本書爲自己帶來一些開朗的心情。

我一頁一頁翻下去，忽然停下了來，因爲我看見某一頁的空白處有人留了一行鉛筆字：「看書衣的背面。」

書衣的背面？

我翻開小說的書衣一看，不禁愣住了。

書衣背面密密麻麻地寫了許多字，我心臟的鼓動愈來愈激烈，耳中嗡嗡作響，於是我逐行讀下去。

開頭寫著「給鞠子」，是父親的筆跡。

「給鞠子。我知道妳心裡有很多疑問，我也知道妳是爲了尋求答案而前往東京。一直以來我對妳隱瞞了很多事，此時此刻，我有義務將眞相告訴妳。」

細小的藍墨水字每個都寫得整整齊齊，一想到父親寫這篇留言時的模樣，我的胸口不禁一熱。父親一定知道這本書是我在這裡唯一的樂趣，才會想到透過這個方法向我傳遞訊息。

父親的留言從他曾經參與的複製人研究計畫開始說起，他首先告訴我高城夫婦的來訪，並說明晶子小姐是他學生時代愛戀的對象，接著又簡略地描述晶子小姐的細胞核移植卵製作及胚胎冷凍保存的過程。

接下來，父親提到這個冷凍胚胎帶給他的煎熬。

「當時我和靜惠，也就是妳的母親相親結婚之後過了五年，我依然無法忘懷高城晶子，不，在我心中她永遠是名叫阿部晶子的單身女子。心愛之人的細胞核移植胚胎就在我手中，我痛苦不已，我不停告誡自己不能起邪念，但有個想法一直在我腦中盤旋不去：如果這個胚胎平安培育長大，將成爲和她一模一樣的女人……

那個時候，我們夫妻正因膝下無子而受到雙方父母的催促，他們提議既然我在北斗醫科大學從事體外受精相關研究，何不嘗試以體外受精的方式生小孩。一開始靜惠的意願並不高，後來才逐漸覺得不妨一試，但當時這項技術還在研究階段，我是持反對意見的，直到靜惠心意已決，我才決定陪她放手一搏。

這時我心中還沒有邪念，我只是打算進行一場單純的體外受精。我們排定了嚴謹的行程表，決定了採卵的日子。

但或許是命運作弄，負責進行採卵手術的醫生將靜惠麻醉並切開卵巢之後才發現她的卵子已經排出了，結果那個醫生什麼都沒做，也沒向靜惠說明，直接跑來向我解釋狀況，當時我正待在另一個房間準備採集受精用的精液。

聽到他的告知，我的腦袋出現一個可怕的想法，我明知是絕對不能做的事情，卻抵抗不了誘惑。只要讓那個冷凍胚胎在靜惠體內著床，我就可以永遠擁有晶子了……。我心裡的惡魔不斷地慫恿我。

於是我對那個醫生說，接下來交給我處理，我會親自向妻子說明。接著我將晶子的冷凍胚胎解凍，在沒告知任何人的情況下讓胚胎在靜惠的子宮內著床。我心裡不停祈求受孕成功，靜惠也在祈禱，但她祈禱的是自己與丈夫的小孩能順利出生。

就這樣，她懷孕了。從懷孕到生產的過程我就不加贅述，就許多層意義而言，我和靜惠都達到了幸福的巔峰，我們受到了所有人的祝福。

妳出生之後的前幾年也沒發生任何問題，一如我的期待，妳長得和我心愛之人的小時候一模一樣，每次一看見妳我就覺得好幸福。

當然靜惠也深愛著妳，畢竟妳是她懷胎十月生下來的小孩，雖然妳的長相和她完全不同，但她並不在意，她相信等妳再大一點應該就比較像了。

但隨著妳的成長，靜惠心裡的疑慮也愈來愈大，她開始認眞地思考爲什麼妳和她長得完全不像。

而此時的我卻抱著另一種煩惱。妳長得愈來愈像阿部晶子，一見到妳，我的內心就無法平靜。每次一想到妳有一天會長大成人，我內心的不安總是大於期待，我完全無法預測到時候的我會有什麼反應，我非常恐懼自己，因爲我無法把妳當成女兒看待。

我煩惱了很久，決定把妳送到很遠的地方，於是我讓妳去住校。或許妳一直以爲這是靜惠的主意，但事實上一切都是我的決定。

我相信靜惠從不曾討厭妳，她總是很自責，認爲自己不該那麼在意女兒與自己像或不像，她覺得自己是個失職的母親。

正因爲她如此愛妳，我不難想像當她在我的舊相本裡看到阿部晶子的照片時，內心是多麼震驚與難過。靜惠獨自前往東京，查出了阿部晶子是我從前的愛慕對象，當下她便認定她當年所接受的受精卵是丈夫的精子與其他女人的卵子所受精而成。她會這麼推論是很合理的，因爲她完全沒有關於複製人的知識。

內心充滿絕望的她選擇了最悲慘的路，那就是殺死我和妳之後再自殺。就這樣，我們三人迎接了那個永難忘懷的可怕夜晚。

那一天的晚餐裡被下了安眠藥，相信妳事後也察覺了。妳睡著之後沒多久我也沉沉睡去，但在我睡著之前，靜惠把她的計畫和動機一五一十地告訴了我，她說她上了我的當，生下別人的小孩還把小孩扶養到大，她已經沒有力氣活下去了，她還說她打從心底恨著我。我無法辯駁，因爲她說的沒錯。就這樣，我昏睡過去失去了意識。

醒來時，我發現自己躺在客廳地上，或許是我平常吃慣安眠藥所以醒得比較早吧。我馬上察覺有濃濃的瓦斯味，連忙跑上樓去，但就在這時，大爆炸發生了，整間房子陷入火海，這一幕妳應該還記得。

說到這裡，或許妳心裡有個疑問——我完全沒提到將妳抱到屋子外頭的事。沒錯，爆炸之前將妳抱到屋外的人並不是我，那麼到底是誰救了妳呢？只有一個可能，是靜惠，原本想殺死妳的靜惠把妳抱了出去。在最後一刻，她對妳的愛戰勝了其他想法，即使沒有血緣關係，她畢竟是妳的母親。

我一直想把這件事告訴妳，我知道妳已隱隱察覺那並不是一場單純的事故，而是母親想帶著我們一起自殺。也正因爲我曉得妳心裡有數，我更希望自己能對妳坦白一切，但這件事一說出口就會扯出那些可怕而黑暗的過去，我始終無法鼓起勇氣。」

讀到這裡，我的淚水沾溼了文字。

媽媽……

原來媽媽並不討厭我，她常會露出難過的表情並不是因爲我長得不像她，而是她對自己老是在意此事而感到自責。母親對我的愛從沒變過。

即使我身上遺傳的不是她的基因……

雙葉之章 十三

我在札幌搭上電車，抵達旭川的時候已經是晚上了。上次來到這裡不過是短短五天前，回想起來卻覺得好遙遠。

我出了剪票口走向計程車招呼站，忽然一道人影從右側衝上來抓住我的手臂，我大吃一驚定眼一瞧，竟然是脇坂講介。

「妳果然來了。」

「放開我。」我說。

他放開了手，「我早猜到妳會來這裡，所以一直在等妳。」

「幹嘛等我？你要辦的事不是都辦完了嗎？難道你打算把我交給大道和藤村他們？」

「我沒那種打算。我要爲我母親所做的事向妳道歉。」他的眼神非常悲傷，「還有她說過的那些話我也要道歉，她已經失去理智了，請妳不要放在心上。」

「我不會放心上的。」我望著遠方的霓虹燈，「你不必和我道歉，她說的話並沒有錯，所以你早點回去陪她吧。」

「我還是想守護妳，我的心意是不會變的。」

「謝謝你。我不是諷刺喔，是眞的很感謝你，但是，眞的不用了，請你別再管我了。」說完我轉身就走。

「等等。」他追上來，「妳這樣教我怎麼放心得下。」

「你放心吧，我不會再參加電視節目，也盡量不在人前露臉，這樣應該不會給她添麻煩了，你回去就這麼轉告她吧。」

走。

「妳們也有權利過一般人的人生啊。」

「我知道，我也打算過一般人的人生，只不過每個人的起點不盡相同就是了。」我繼續往前走。

「等等。」他又喊道：「氏家鞠子不在這裡。」

我停下了腳步，轉頭問：「什麼意思？」

他走過來，「體外受精的相關研究並不是在北斗醫科大學進行，而是在一處叫做北斗醫科大學生物實驗所的地方。」

「那個實驗所在哪裡？」

「富良野。」他說：「我母親和我說，那個地方最近在進行整修工程暫時對外封鎖，當然這只是爲了偷偷進行複製人研究的障眼法。」

「你知道確切位置嗎？」

「知道，車上有地圖。」他指著車站正前方的圓環，他那輛深藍MPV像一條忠狗乖乖地等在那兒。

「你想幹什麼？」我問：「難道你想破壞大道和藤村的計畫？」

「那還用說，我要把氏家鞠子搶回來。妳不也想這麼幹嗎？」

「我不過是一介弱女子，哪敢奢望自己幹出那種驚天動地的大事。」

「那妳爲什麼……」

「我只是想見見氏家鞠子，而且那幫人看到我一定非常歡迎吧。」

「妳在說什麼傻話，這麼做連妳也會被抓去當成實驗材料的。」
「或許吧，不過我不在乎。」
「什麼？」脇坂講介一臉難以置信的神情。
「不能只有氏家鞠子被當成白老鼠，我也應該和她接受同等待遇。你也知道採集卵子有多可怕，肚臍下方會被開三個洞，然後塞進一堆莫名其妙的器材耶。」
「所以更不能眼睜睜看著這件事發生啊。」他抓住我的雙肩凝視著我，「我能體會妳擔心氏家鞠子的心情，但我希望妳也能體會我擔心妳的心情。雖然我不知道自己能幫上什麼忙，但那些傢伙的行徑我沒辦法視而不見，至少我必須償還母親的罪過。」
我不由得避開他的視線。此時一輛汽車駛進圓環，開車的是女子，一名男子下車之後兩人正依依不捨地話別。我和脇坂講介在旁人眼中或許也是那副模樣吧。
「你要去富良野？」我問。
「是啊。」
「帶我去。」
「我原本是打算帶妳去的，但剛剛聽了妳那些話我就改變心意了，我才不會傻傻地帶妳去自投羅網。」
我嘆了一口氣，「你打算怎麼搶回氏家鞠子？」
「還沒想到法子，走一步算一步吧。」
我退後一步搔了搔頭，我已經好幾天沒洗澡了。

「如果我只是在車裡等著呢？」我說：「除非你點頭，我絕不會離開車子。我只是想看看你如何救出氏家鞠子。」

脇坂講介交抱雙臂凝視著我，似乎在判斷我這句話的眞僞。

「妳保證不亂跑？」他說。

「嗯，我保證。」

「好，那就一起走吧。」

我跟在他身後坐進那輛熟悉的MPV，一坐上座位便問他那間實驗所的所在地。

「看地名大概是在中富良野一帶，實驗所旁邊應該有個薰衣草農場。」他指著地圖說。

「眞是個好地方。」

「地方好，裡頭的人就不見得了。」他邊說邊發動車子。

車開沒多久，我要他先暫停一下，他踩下了煞車。

「能不能先載我到上次那間飯店？」

「飯店？爲什麼？」

「我的手提包還在那裡，上次你只幫我拿了大包包出來。」

「喔，不過現在去還找得到嗎？訂房的人是藤村吧？妳東西沒帶走，飯店人員應該會聯絡藤村啊。」

「搞不好飯店人員還保管著，那裡頭有很重要的東西，我想碰碰運氣。」

「好吧，反正就在附近。」脇坂講介踩下油門。

來到飯店門口，他把車子停在路邊，這裡離鬧區有一段距離，路上幾乎不見行人。

「雖然大道的手下不大可能還守在這裡，保險起見還是由我進去吧。」他一邊解開安全帶一邊說：「我就和飯店人員說妳突然生病被送進醫院了。」

「拜託你了。」我說。

看著他的身影消失在飯店大門內，我移到駕駛座上，車鑰匙還插著，看來他真的很信任我，我不禁有些心痛，但我還是狠下心轉動了鑰匙，引擎伴隨著一陣低鳴開始運轉，我將排檔桿打入Drive檔，放下手煞車，鬆開煞車踏板，車子開始緩緩前進，我踏下了油門。

這時脇坂講介從飯店衝了出來，他的表情只能以氣急敗壞來形容，照後鏡映著他拚了命追著車子的模樣。

「對不起了。」

我喃喃地道了歉，用力踩下油門。

鞠子之章

十四

父親在留言最後寫著這段話：

「爲了妳的幸福，我希望妳能逃離這裡。不能從走廊逃走，走廊上應該有助理輪班監視。妳必須從窗户逃走，只要把床單和窗簾綁在一起當繩索應該沒問題，但是到達地面之後一定要把繩索抽掉藏起來。不用怕，他們想不到妳有勇氣做出這麼大膽的行爲，而且他們根本不擔心妳會逃走，他們滿心以爲我和妳都不敢違逆他們，而這正是妳的機會。

現在門口沒有守衛，下到地面之後，妳先沿著建築物外牆繞到圍牆大門右側，那邊的鐵絲網比較矮，很容易越過，而且從他們的房間看不到那個方向。出去之後，我希望妳能在圍牆大門旁的白樺樹上綁一條手帕，讓我知道妳順利逃走了。接著妳什麼也別想，一直往前跑就對了，不管發生什麼事都別回頭。

其他的事就由我來解決，妳不必擔心，我會結束這一切，讓妳今後不再爲此痛苦。我知道我對妳和妳的母親做了非常過分的事，現在我只希望妳能像正常的女性一樣活下去。最後，我希望妳能幫我將這篇懺悔拿給小林雙葉小姐看，她和妳背負著相同的命運，我也衷心期盼她能獲得幸福。」

最後的署名是「氏家清筆」而不是「父親筆」，我看了很難過，但我能體會父親的心情。

我不敢想像父親有什麼打算，如今我只能照著他的指示行動。

我將書衣套回書本，坐在椅子上發著呆，全身沒了力氣。我一直想知道自己的身世之謎，而現在眞相就在攤我眼前，但是，知道了眞相又如何呢？

無意間我望向眼前的書，隨手翻開一頁，剛好看到安妮的好友黛安娜送給她的卡片上所寫的一首詩。那首詩是這麼寫的：

「如果妳愛著我
就如我愛著妳
我倆將形影相隨
至死不渝」

不知為什麼，我一邊看著這首詩，腦中浮現了一位女子的面容，不，說浮現或許並不恰當，因為我根本沒見過她。

但我非常清楚她的長相。

小林雙葉小姐……

她現在在哪裡做著什麼事呢？她是否也和我一樣知道了自己是複製人？她是否也正承受著痛苦？

我遙想著這位未曾謀面的女子，熱淚再度盈眶，眼淚一滴一滴順著臉頰流下，久久不能自已。

我一直等到半夜三點才開始行動。

首先我整理了行李，不過由於必須盡量輕便，我只帶了一只小肩包，裡頭有重要物品及《紅髮安妮》，猶豫了一下決定把檸檬也塞進去。

接著我按照父親的指示取下窗簾及床單，沿著縱向撕成兩半，再把兩端緊緊綁在一起讓長度變成兩倍，一條不大可靠的白色繩索便誕生了。

我把床拉到窗邊，確認怎麼拉扯也不會移動之後，把繩索一端繞過床腳一直拉到繩中央。我打開窗戶，吹進房裡的乾冷空氣拂上我火熱的臉頰，感覺很舒服。

我探頭看了看窗外，外頭黑壓壓一片彷彿遼闊的大海，萬籟無聲，一旦落入這深邃的黑暗世界，似乎將不斷下墜永無到達底部的一天。

我將繩索兩端扔進黑暗中，繩索宛如兩條白蛇一邊扭動一邊墜下。

我雙手緊緊抓住兩股繩索謹慎地爬上窗框，我先坐在窗邊調整一下呼吸，接著身子慢慢往外滑動。床稍微動了一下，嚇了我一跳。

當身子完全懸空，雙手便承受了我的體重，我死命抓著繩索，但我的握力根本無法支撐自己的體重，不過這反而是好事，因為我正順著繩索往下滑。我身上的喇叭裙像降落傘似地整個張開向上翻起，我的小腿及手肘撞上了水泥牆。

就在我快抵達地面的時候，我的腳不慎踢到一樓的玻璃窗，雖然玻璃沒破，卻發出巨大的聲響，下一瞬間我便整個人摔到地面。

二樓某個房間的燈亮了，我心想得趕快藏身才行，但腳踝疼痛不已，一時站不起來，那個房間的窗簾及玻璃窗打了開來。

出現窗口的是那位預備當代理孕母的女人，她一看見我，驚訝得瞪大了眼。

我慌忙十指交扣放在胸前，就像住宿舍時每天在教堂祈禱的動作。

她愣愣地俯視著我好一會兒之後，嘴角揚起淡淡的笑容，她似乎輕聲說了句什麼。

看嘴型好像是「再見」，也可能是我弄錯了。

接著她拉上窗簾關了燈。

「謝謝妳……」我對著窗戶悄聲說道。

我抓住繩索一端用力一扯，整條繩索便滑了下來，雖然我很想把窗戶也關上，應該是沒辦法了。

我忍耐著腳踝的疼痛沿著外牆移動，途中看見一個廢棄紙箱，於是我將繩索藏進箱裡。

我照著父親的指示來到圍牆大門旁，眞的有一棵白樺樹，我從小肩包取出手帕綁上樹枝，不曉得父親看不看得見呢？

我越過鐵絲網之後不斷地向前走，穿過林間，撥開雜草，我不知道自己身在哪裡，也不知道自己會走到哪裡去。四下沒有街燈，也不見人煙。

走了許久，我發現自己正處於一片極爲寬廣的大草原中央，左看右看都不見任何道路，但我不打算回頭，父親說過，無論發生什麼事都不能回頭。

我坐到地上抱著膝，恐懼、緊張與孤獨讓我再也無法前進。我抬頭仰望夜空，星光宛如遍灑的水晶粉末，耀眼的光粒散布整個黑色天空，忽然我有種感覺——其實有個人一直守護著我。

雙葉之章

十四

我隔著車子天窗望向天空，切割成四角形的星空像是一張漂亮的包裝紙，如果要拿這張紙來包一盒禮物，盒子裡應該放什麼東西呢？T恤太遜了。音樂盒？還是太陽眼鏡？不如送一本書吧，收到的人應該滿驚喜的，一本以星空包裝紙包起來的書。那麼挑哪本書好呢？《小王子》？太掃興了。

紅髮安妮……

不知爲什麼，我的腦中突然浮現這個書名。第一次讀這本書已經是好久好久以前的事，不過這點子不錯，把《紅髮安妮》包成禮物，要送給誰呢？像這樣天馬行空地東想西想也滿累的，我看向車內的電子鐘，已過了凌晨三點，距離天亮還有一段時間。

我搶走脇坂講介的車之後，不假思索便開來富良野，但我怎麼繞就是找不到他說的實驗所，我猜是因爲那間實驗所不在大馬路旁，必須鑽進某條小路才到得了，但是夜裡一片漆黑什麼都看不到，我東繞西繞幾乎耗光汽油，看到加油警示燈開始閃爍，我只好先停車，決定等天亮再想辦法，但老實說我根本不知道自己身在何處。

我躺在放平的後座上，一邊看著星空一邊想著媽媽。我對媽媽的感情沒有絲毫改變，我對殺死媽媽的那個男人的憎恨之意也沒有絲毫改變，但不知道爲什麼，我不是那麼想報仇了。殺死媽媽的兇手不止那個男人，媽媽是被所有人聯手殺死的，但這些人也是我的創造者，這麼推論下來，我也成了殺死媽媽的幫兇。

我閉上眼睛思考自己死掉的話能改變什麼。如果我的出生是一場錯誤，那麼是否只要我死了一切就能回歸原狀？是否能像按下電視遊樂器的重置鍵一樣讓所有的問題瞬間消失？

但是這個世上又有哪個人敢斬釘截鐵地說自己的出生不是一場錯誤？又有哪個人敢斬釘截鐵地說自己不是某個人的分身？或許，其實每個人都在尋找自己的分身，而正因爲找不到，所以每個人都是孤獨的。

我的耳邊響起某種低鳴，我勉強睜開眼又快要睡去，但我拚命阻止自己睡著。不能睡，現在不是睡覺的時候。

我右手揉了揉乾澀的眼睛，宛如吸血鬼從棺材爬起來似地坐起上半身，周圍異常明亮，我望向車窗外。

草原的另一頭有濃煙冉冉飄升，一棟白色建築物籠罩火海之中，沒多久突然一聲爆炸巨響，一道火柱向上竄起。

我急忙衝下車，那棟建築物不就是我遍尋不著的實驗所嗎？

濃煙不斷上升直入天際，我朝著濃煙的方向邁出步子，眼前是一大片宛如淡紫色地毯的薰衣草田。

這時前方出現一道人影。

蟎子之章

十五

聽到撼動地面的一聲巨響，昏睡過去的我睜開了眼。

我朝著聲音的方向望去，只見那棟白色建築物陷入一片火海。

不可思議的是，我並不意外，只是愣愣地看著眼前的景象。我說不上來是不是因爲自己早有預感會是這樣的結果，也或許只是因爲有過類似的經驗，所以感覺像是正看著一場舊事重現的幻覺。

我要自己不去想父親幹了什麼，我也不敢想像父親的下場，我心裡一道細微的聲音告訴自己，這件事應該花我往後的漫長歲月慢慢思考。

我茫然佇立草原中央，眼看著火焰逐漸將天空染紅，此時纏繞心頭的種種糾葛逐一浮現、消失，當一切消失殆盡，我甚至懷疑自己的肉體也不存在了。

眼淚緩緩流下，我依然凝視著火焰。

我不知道自己在那兒站了多久，當我回過神環顧四周，發現自己被一大片鮮艷的紫色包圍，原來我一直站在一塊薰衣草田之中。

我望向遠處想找出大路。

這時我看見紫色地毯的另一端站著一名女子。

不曉得爲什麼，我隱約知道她會站在那兒，彷彿在遙遠遙遠的從前便已注定我們倆將在此地相會。

她也正望著我朝我走來。

我也開始往前走，我們宛如在薰衣草之海裡游著泳朝對方前進。

就在我心想差不多該停步的時候，她停步了，同一刻我也停下了腳步，我們兩人距離很近，只要伸出手便可交握。

「妳好。」我說。晚了幾秒她也回我：「妳好。」她的聲音和我一模一樣。

我們就這麼怔怔地望著對方，地球彷彿爲了我們停止旋轉。

「會渴嗎？」她問。

「我帶了檸檬。」我回答。

「眞好。」她說。

我從小肩包取出檸檬遞了過去。

「謝謝。」她看著檸檬對我說：「我也有東西要給妳。」

「什麼東西？」

她從腰包取出一顆檸檬，像極了和我剛剛交給她的那顆，我吃驚地望著她。

「我在新千歲機場撿到的。」她說。

我低頭看了看她給我的檸檬，又抬頭看她。

「妳都怎麼吃檸檬的？」我問。

「當然是這麼吃嘍。」

我眼前的另一個我在晨光照耀下露出雪白燦爛的牙齒，朝著黃綠色的檸檬一口咬下。

（全文完）

解說

血緣倫常的羈絆

藍霄

＊內文涉及小說情節，未讀正文者請勿閱讀

一九九三年東野圭吾發表了《分身》，這是一本有著嚴謹醫學理論夾帶濃厚科學幻想味道的懸疑小說，閱讀本作的過程卻是不斷累積奇妙訝異的驚喜。

東野圭吾的小說總能在掩卷當刻帶給我訝然的震撼，不過這些讀後的餘味多半是建立在推理小說本身講求的閱讀趣味性，在某種層面上指的是故事結局的意外性所帶來的震撼，似乎都是作者特意營造的結構式堆疊造成的效果。

然而對我個人而言，《分身》帶來的訝異不大一樣。

東野圭吾會寫醫學題材小說我倒是不意外，理工學科背景出身的他對於醫學素材的處理一向中規中矩，作品中強調精神心理層面的犯罪動機也隨著創作日程愈見其描寫功力，除了《分身》這類嚴格定義的醫學懸疑小說，東野圭吾在一九九一年也寫過一本以腦移植爲核心設定的傑作《變身》。

本作《分身》以北海道與東京、鞠子與雙葉兩名不同年齡卻擁有相同面貌的年輕女子雙線追尋如同鏡像的「分身」爲故事懸疑性的啓端，以帶有一絲寂寥憂傷的交會爲結尾。一些推理小說愛好者對於「雙胞胎詭計」從原始的禁忌演化突破再變化的過程耳熟能詳，很可能直覺以爲本作《分身》也是這類詭計的變形作，讀者要如此歸類其實也無妨，但對照日本、台灣類似變形詭計的推理小說傑作，我不得不佩服東野圭吾先驅的創意。

另一方面，以推理小說的懸疑性而論，本作在相當前段便交代了醫學線索，這樣的設定就我個人的閱讀經驗，對於醫學相關背景的讀者而言，結局並不難猜。

既然讀沒幾頁就知道結局，我怎會逐漸累積奇妙的「訝異」感覺呢？

除了剛剛提及東野圭吾在這類變形作的前驅性，或許我得先提提與本作相關的兩起生殖醫學歷史事件。

一、一九七八年七月二十五日，第一個在母體體外受精的試管嬰兒露易絲布朗誕生於英格蘭，這是由愛丁堡大學出身的動物遺傳學家愛德華茲（Robert Edwards）與婦產科醫師史岱普特（Patrick Steptoe）利用母體取出的單獨卵子在體外與精子結合，再把分裂期的胚胎植入母體內，就當時而言是相當不可思議的創舉（日本是一九八三年，台灣則是一九八五年陸續出現首例）。

二、一九九七年二月二十七日，《自然》（*Nature*）期刊出現了複製羊桃莉（Dolly）的報導，愛丁堡羅林斯學院的坎貝爾（Keith Campbell）與魏爾麥（Ian Wilmut）由母羊的乳腺細胞和無細胞核未受精卵結合所複製出來的哺乳類（即本作所提及的「核轉殖」技術），當時已經半歲。

七〇年代以後分子生物研究的突飛猛進對人類社會的各層面造成相當的衝擊，以現在眼光來看這兩起事件，即便都是粗淺的技術，但可想而知當時造成的爭議與喧嘩是多麼地巨大。

在世紀交替的前後，生物醫學的腳步更是如同特急子彈快車疾飆前進，接下來的基因解碼與幹細胞研究其實與前述兩起事件都有所牽連。

所以了解了這樣的時空背景，再回來細看一九九三年《分身》的設定，正是令我大感訝異之處。即便小說提及的「不成熟卵子的培養」、「胚胎的冰凍」、「排卵誘發」、「體外受精」從現今的眼光來看都是老舊技術的描述，專業人士對於「分身」製作成功的可能性大可提出科學性的質疑，但能夠肯定的是，小說的設定並非全然的無稽，甚至可說是以充足的醫學理論為基礎所創作的前衛性預言小說。

生物醫學發展歷程似乎都是有意無意碰觸「神」的領域，一旦談到精卵胚胎，不但牽涉到生命嚴肅的議題，還包括血緣倫常在傳統社會認知的挑戰。從歷史來看，生物醫學雖然起步蹣跚雜亂，總能逐漸理出一道即使暫時無法盡如人意卻能減低爭議的煞車閥。

以生殖醫學試管嬰兒科技為例，隨著時程進展，基本上已成為日常不孕症治療的一部分，絕大多數一般社會大眾也都能接受這類治療的觀念。不過生殖醫學若深入到人類臨床的治療，由於牽涉夫妻的私密與家庭社會建構的倫常，在各國已有斟酌其民情的立法與管理準則；此外，生殖醫學研究的倫理審查更驅嚴苛，特別是精卵的相關研究尺規更是嚴格，這在日本與台灣皆然。在《分身》情節中所描述的違法情事，基本上在現今的規範已是全然禁止的，做了就是犯罪與違法；再從道德層面來看，本作筆觸傷感地描寫登場人物彼此間的徬徨，雖無疾言厲色的譴責，卻更巧妙地令讀者感染情緒進而思考其是非對錯。

這也是所謂的煞車閥。

文學家以細膩的眼光看待科學可能帶來的衝擊，可以如同《科學怪人》的嚴苛，也可以如同《分身》設定的柔軟。

小說家反應社會，以故事情節教化大眾，科學家會發現社會大眾（包含小說家）的觀察之眼正注視自己的所思所爲；相對地，科學家回頭來閱讀小說家的論點，透過故事的闡述也能提供原始思考另一種視野。

值得一提的是，本作除了文字纖細描寫自然「人類」與不自然「複製人」的心境，當中對於兩位主角的體質設定也頗爲有趣。此外，類似「救命寶寶」這種現今的倫理人權問題，早在這本十多年前的小說中便已出現這樣的設定，更是令我讚歎。

我本身身爲臨床工作者，始終觀察著醫學的研究進展，的確，現今的醫學研究中倫理尺規一直如影隨形，但是人類聰明的「山不轉路轉」法則總能在倫理爭議中覓出一個新方向，譬如另闢幹細胞蹊徑的萬能細胞（iPS cell），何嘗不是在避免倫理爭議之下找出新的替代方案。

這就是醫學有趣的地方，也是推理懸疑小說有趣之處，以爲詭計用盡、情節模式到底，還能有什麼新突破？醫學的發展其實也把推理小說的限制線做了無窮盡的延伸，總會有無窮盡的傑作陸續出現。

《分身》正是一個好例子。

本文作者介紹

藍霄，推理作家、推理小說的耽讀者。

東野圭吾創作年表

一九八五年 《放學後》（第三十一屆江戶川亂步獎）

一九八六年 《畢業——雪月花殺人遊戲》★

《白馬山莊殺人事件》

一九八七年 《學生街的殺人》

《11文字的殺人》

一九八八年 《魔球》

《以眨眼乾杯》

《浪花少年偵探團》

一九八九年 《十字豪宅的小丑》

《沉睡的森林》★

《鳥人計畫》

《布魯塔斯的心臟——完全犯罪殺人接力》

《殺人現場在雲端》

一九九〇年 《宿命》★

一九九一年
《面具山莊殺人事件》
《偵探俱樂部》
《沒有犯人的殺人夜晚》
《變身》★
一九九二年
《迴廊亭殺人事件》
《天使之耳》
《雪地殺機》
《美麗的凶器》
一九九三年
《同班同學》
《分身》★
《向忍老師說再見——浪花少年偵探團・獨立篇》
一九九四年
《我以前死去的家》
《操縱彩虹的少年》
《怪人們》
一九九五年
《平行世界的愛情故事》
《天空之蜂》
《那個時候我們都是傻瓜》（散文集）
《怪笑小說》★
一九九六年
《誰殺了她》★

《惡意》★
《名偵探的守則》
《名偵探的咒縛》
《毒笑小說》★

一九九八年 《祕密》（第五十二屆日本推理作家協會獎、第一百二十屆直木獎入圍作）
《偵探伽利略》★

一九九九年 《我殺了他》★
《白夜行》★（第一百二十二屆直木獎入圍作）

二〇〇〇年 《再一個謊言》★
《預知夢》★

二〇〇一年 《單戀》★（第一百二十五屆直木獎入圍作）
《超・殺人事件》★

二〇〇二年 《湖邊凶殺案》★
《時生》★
《綁架遊戲》★

二〇〇三年 《信》★（第一百二十九屆直木獎入圍作）
《殺人之門》★
《我是非情勤》（註）

二〇〇四年 《幻夜》★（第一百三十一屆直木獎入圍作）

《挑戰？》（散文集）

《徬徨的刀刃》

二〇〇五年　《黑笑小說》★

《嫌疑犯X的獻身》★（第一百三十四屆直木獎、第六屆本格推理小說大獎）

二〇〇六年　《夢回杜林》（散文集）

《紅色手指》★

《使命與心的極限》★

二〇〇七年　《恐怕這是最後的隨筆》★

《在黎明的街》

《Dying Eye》

二〇〇八年　《流星之絆》★

《伽利略的苦惱》★

《聖女的救贖》★

二〇〇九年　《悖論13》

★表示獨步已出版以及即將出版的作品，其餘的作品名稱爲暫譯。

註：本書書名和「非常勤」（中文意爲兼任）同音，是作者特別設定的雙關語趣味。

國家圖書館出版品預行編目資料

分身／東野圭吾著；李彥樺譯. -- 初版. - 台北市：獨步文化：家庭傳媒城邦分公司發行，2009〔民98〕
面；　公分. --（東野圭吾作品集；18）
譯自：分身
ISBN 978-986-6562-23-5（平裝）

861.57　　98007306

東野圭吾作品集18 分身

原著書名／分身
原出版社／集英社
作者／東野圭吾
翻譯／李彥樺
責任編輯／詹靜欣
編輯總監／劉麗真
總經理／陳逸瑛
發行人／涂玉雲
出版／獨步文化
城邦文化事業股份有限公司
台北市中山區民生東路二段141號5樓
電話：(02) 2500-7696　傳真：(02) 2500-1967
發行／英屬蓋曼群島商家庭傳媒股份有限公司
城邦分公司
台北市中山區民生東路二段141號2樓
讀者服務專線：(02) 2500-7718; 2500-7719
24小時傳真服務：(02) 2500-1990; 2500-1991
服務時間：週一至週五上午09：30-12：00；下午13：30-17：00
讀者服務信箱E-mail：service@readingclub.com.tw
劃撥帳號／19863813
戶名／書虫股份有限公司
香港發行所／城邦（香港）出版集團有限公司
香港灣仔駱克道193號東超商業中心1樓
電話：(852) 25086231　傳真：(852) 25789337
E-mail: hkcite@biznetvigator.com
馬新發行所／城邦（馬新）出版集團
Cite (M)Sdn. Bhd.
41,Jalan Radin Anum,Bandar Baru Sri Petling,57000 Kuaia Lmpur,Malaysia.
電話：(603)90578822　傳真：(603) 90576622
E-mail:cite@cite.com.my
美術設計／戴翊庭
排版／浩瀚電腦排版股份有限公司
印刷／鴻霖印刷傳媒股份有限公司
□2009年（民98）6月初版
□2021年（民110）10月29日初版十七刷
售價／360元
Printed in Taiwan

First published in Japan in 1996 by SHUEISHA Inc., Tokyo
Traditional Chinese translation rights arranged by SHUEISHA Inc.
through Japan Foreign-Rights Centre/Bardon-Chinese Media Agency

ISBN 978-986-6562-23-5